RETRATO DO ARTISTA QUANDO JOVEM

COLEÇÃO
CLÁSSICOS
DE
OURO

JAMES JOYCE

RETRATO DO ARTISTA QUANDO JOVEM

20ª EDIÇÃO

TRADUÇÃO
JOSÉ GERALDO VIEIRA

EDITORA
NOVA
FRONTEIRA

Título original: *A Portrait of the Artist as a Young Man*

EDITORA NOVA FRONTEIRA PARTICIPAÇÕES S.A.
Rua Nova Jerusalém, 345 – Bonsucesso – 21042-235
Rio de Janeiro – RJ – Brasil
Tel.: (21) 3882-8200 – Fax: (21) 3882-8212/8313

Imagem de capa: Niday Picture Library/Alamy Stock Photo

CIP-Brasil. Catalogação na fonte
Sindicato Nacional dos Editores de Livros, RJ

J979r Joyce, James, 1882-1941
Retrato do artista quando jovem / James Joyce ; tradução José Geraldo Vieira. - 20. ed. - Rio de Janeiro : Nova Fronteira, 2017.
256 p. ; 23 cm. (Clássicos de Ouro)

Tradução de: A Portrait of the Artist as a Young Man

ISBN: 978.85.209.3696-2

1. Romance irlandês. I. Vieira, José Geraldo. II. Título. III. Série.

CDD: 828.99153
CDU: 821.111 (415)-3

Et ignotas animum dimittit in artes

Metamorfoses, OVÍDIO, VIII, 18

Apresentação

O primeiro terço do presente século XX corresponde ao estabelecimento das ideologias modernas, nutrientes do medo e do desejo da aventura que alimentam a arte; o bisturi do realismo corta então as sensibilidades, e junta-se ao ascetismo positivista o fermento oportuno para o ideal baseado em ações reais. A hora é de mudanças e, malfirmados no seu chão evasivo, os estetas valem-se da discrepância, recorrendo ao misticismo cristão ou pagão, à teologia moralizante ou aos esoterismos orientais; a angústia de Kierkegaard e a ontologia heideggeriana disputam preferências com o vitalismo de Henri Bergson, com os voluntarismos de Schopenhauer ou de Nietzsche. Entra em moda a psicologia de William James, de Freud e de Jung. Na quebra do equilíbrio burguês, a sociedade pensa a revolução como garantia dos direitos humanos e, em 1917, a Rússia retoma de forma exacerbada o ideal positivista.

Como Gulliver nas mãos do gigante, o homem desse tempo sente-se transformado em inseto, e debate-se na tentativa de descrever o mundo já irreconhecível, retratando-o com as tintas da revolta, do medo, da perplexidade, do humor cáustico, da ironia e da indignação. Assim, mesmo quando a sua produção literária está fundamentalmente comprometida com valores estéticos e místicos, o artista da transição observa a desagregação ambiente, faz prognósticos apocalípticos e, ao contrário do Adão expulso do paraíso estável, revolta-se contra a flamejante espada do querubim que lhe impede a reentrada no Éden. Copiando em escala miserável a altivez de Prometeu e Lúcifer, ele tem consciência de que a vida sequer se caracteriza pela falta de sentido pois, em geral, parece fundamentar-se no desastre.

Trabalhando a ambígua mistura de apocalipse e utopia, o artista invoca opções variadas antes de tomar o rumo definitivo e, como nova edição de romântico, toma consciência da responsabilidade social e política da arte; às vezes faz as escolhas mais absurdas, como, por exemplo, o americano Ezra Pound, que se volta para a antiga civilização romana em busca de parâmetros éticos, quando, em sua época, o que vige é o execrável e moderno fascismo italiano. Outros escritores, como Joyce, Virginia Woolf e Faulkner, mergulham em vaga nostalgia da harmoniosa "arete" grega, e muitos talentos menores caem em beletrismo estéril. Nesse tempo, porém, de modo geral, poetas e ficcionistas deixam-se fascinar pelo esdrúxulo e o desvio, cultivam o masoquismo, traduzem as pulsões mais prementes da sociedade e, frequentemente, transformam-se em absurdos paladinos de verdades mortas, desenraizadas. Percebendo que a beleza não se aloja no olhar do "beholder" nem no confuso mundo que observam, procuram-na nos meandros escondidos da consciência ou do inconsciente, no fundo da terra, na voragem do tempo recorrente, nas primitivas virtudes humanas.

Todas as áreas artísticas estão infiltradas de indecisão e de empenho transformador: na música, Debussy, Bartók, Stravinski e Ravel exploram audácias dissonantes; o folclore e os regionalismos vêm à tona, metamorfoseados; os "formalistas russos" pinçam das profundezas da linguística os mistérios da literariedade e, em decorrência, a literatura usa o potencial criativo da linguagem, explorando sistematicamente a metáfora, o símbolo, as alegorias, a misteriosa e perene gravidez das palavras e dos sons. Na pintura, também ocorrem mudanças sintomáticas, o suave impressionismo é substituído pela agudeza do cubismo e, enquanto Chagall voa em busca do paraíso apenas intuído, Picasso desbrava labirintos, desvendando a angulosa e lasciva alma de mulheres, toureiros e minotauros. No cinema, em nome da moral e da ternura humanitária, cineastas como Eisenstein e Chaplin recorrem à montagem de atração para exprimir os seus pontos de vista. Por sua vez, a poesia esplende e maltrata, revelando a miséria contemporânea da terra devastada, como no caso exemplar de *The Love-Song of J. Alfred Prufrock* e *The Waste Land*, de T.S. Eliot, ou como os escritos de Joyce, estruturados sobre temas mitológicos que, há milênios, servem ao homem como veículo de regeneração.

A repugnância pela realidade objetiva leva muitos escritores a procurar a subjetividade: a sensibilidade da memória de Proust continua a cativá-los, e Virginia Woolf revigora o lirismo através do estilo do "fluxo da consciência", enquanto André Gide examina as várias camadas da alma humana, aproveitando-se das caixas de segredo da "mise-en-abyme". Em 1929, um William Faulkner já inteiramente amadurecido como artista produz o monumental *The Sound and the Fury*.

A expressiva retomada artística da temática mitológica, prática tão comum nos tempos de crise, é característica dominante de todo o período e, em cerca de duas décadas e meia, ajuda a mudar o panorama geral da arte europeia e a da norte-americana; além disso, como costuma acontecer, a crise favorece o surgimento de um dos mais férteis períodos da literatura ocidental, incentivando o imaginário poético, admitindo o concurso de variadas intuições filosóficas, estéticas e emocionais. Autores dentre os mais expressivos, como Henry James, Joyce, Virginia Woolf e Thomas Mann, por exemplo, fazem inteligentes incursões pelo pensamento de Henri Bergson, de Nietzsche, de George Moore, de Freud, Jung e William James.

Desse modo, cultivando o novo ou o renovado, resgatando especialmente os mitos do eterno retorno e da ressurreição, a vibrante produção literária do início do século geralmente desenha a utopia, seja no sentido otimista e frequentemente ingênuo da literatura marxista, seja pela inversão, pela paródia como a que Joyce empreende ao inventar os gregos-irlandeses de *Ulysses*.

É este o mundo em que James Joyce se entrega à literatura como um novo Parsifal em busca do Santo Graal; acredita ele que, na condição de "exilado", vai poder resgatar através da arte a consciência de sua raça, como declara o seu alter ego Stephen Dedalus, no final de *Retrato do artista quando jovem*. Por isso, onde quer que esteja, carrega na alma a Irlanda, Dublin por inteiro e todos os irlandeses massacrados por impedimentos como a pobreza e a ignorância, a injustiça social, a hipocrisia do clero católico conivente com a crueza do opressor inglês, o preconceituoso e aristocrático protestantismo minoritário e rígido e a mágoa da perda de Charles Parnell, o herói destroçado pela violência política e o moralismo repressor.

Com efeito, misturando os regionalismos da própria experiência com os substratos psicológicos da experiência humana geral, James Joyce constrói com tal desenvoltura o seu universo fictício que, embora convivendo com a obra de irlandeses tão talentosos como Bernard Shaw, Synge ou Yeats, garante a perenidade do binômio Joyce/Irlanda.

Como qualquer jovem intelectual de sua época, admira Ibsen, lê Kropotkin, Bakunin e Proudhon, olha os fenianos com simpatia, rotula-se um "artista socialista", advoga medidas revolucionárias contra a opressão britânica e, apesar de gabar-se de odiar a Irlanda, o amor e o vago humanitarismo patrióticos são particularidades que Stephen Dedalus não consegue disfarçar. Apesar disso, alguns críticos acusam-no de admiração pela burguesia capitalista e de indiferença quanto ao destino irlandês.

Nascido em Dublin, em 2 de fevereiro de 1882, Joyce é o primeiro filho da grande família de Mary Jane Joyce e do arruinado coletor de impostos John Stanislaus Joyce; desde criança, define-se pela timidez da rebeldia, faceta de sua personalidade que vai se exacerbar por influência dos anos passados sob a rígida tutela dos padres jesuítas do Clongowes Wood College e do Belvedere College. Em 1899, aos dezessete anos, entra para o University College de Dublin, escreve ensaios sobre o teatro e um panfleto em que ataca o Irish Literary Theater, ganhando a antipatia de considerável parte da "intelligentsia" local; sentindo-se marginalizado, despaisado no próprio país, decide mudar-se para a França, mas, em 1903, volta à Irlanda para assistir à morte da mãe; em 1904, apaixona-se por Nora Barnacle, mãe de seus futuros filhos, uma criadinha insinuante com a qual foge para Trieste e com quem se casa oficialmente apenas em 1931. Em 1932, enfrenta o ano terrível do enlouquecimento irremediável da filha Anna Lucia, mas, também naquele ano, tem o gosto de ver o neto recém-nascido receber o nome de Stephen.

Da mesma forma que o personagem Stephen Dedalus, e talvez inspirado em Kierkegaard, James Joyce resolve inaugurar o próprio futuro através de um gesto romântico, e foge da realidade dublinense, embora a Irlanda continue necessariamente plantada em sua obra, transfigurada, alegorizada, metamorfoseada, simbolizando o princípio feminino ou, como ele mesmo a descreve, como a voraz "porca que devora as próprias crias", a branca Deusa Porca que, na versão mitológica celta, é uma das mais fortes representações da Grande Mãe Cerridwen.

Embora o mito seja o grande gerador de vida no corpo geral de sua produção literária, é na escolástica de Tomás de Aquino e no pensamento de Giambattista Vico que ele vai encontrar fundamentos estéticos; partindo de vagas sugestões de natureza tomista, visa à sabedoria e à iluminação, e engaja-se na busca de si mesmo e da beleza artística. Misturando simbolismo e realismo, com a mesma liberdade com que utiliza conceitos filosóficos, congrega diversas vertentes da mitologia, fazendo o mito grego comungar com as raízes autóctones da tradição celta e da anglo-saxônica, ou com posteriores empréstimos normandos, almejando estruturar uma síntese relativamente idealista, o epítome do *Homo sapiens*.

A sua obra está profundamente comprometida com valores autobiográficos, principalmente o romance *Retrato do artista quando jovem*, em que a vida do personagem principal solda-se às impressões da infância, da adolescência e da juventude do próprio autor: estão aí registrados a fraca figura de John Joyce, verdadeira frustração do arquétipo do Pai, a rígida paixão religiosa da mãe, o rigor dos jesuítas, a pátria linda e paupérrima explorada pelo estrangeiro, a Igreja aviltada, o ideal patriótico encarnado por Parnell, a nervosa sensualidade da primeira juventude, a alma da Irlanda em toda a sua plenitude.

O interesse juvenil do escritor pela medicina dá-lhe o gosto realista do detalhe e da precisão mimética, e a paixão da forma denuncia-se mesmo nas particularidades gráficas de sua escritura, onde também não se disfarça a fascinação pela música, pois, se a beleza plástica o cativa, logo ela o remete para o ritmo mais amplo, para a harmonia intuída, para a música das estrelas.

Paralelamente, Joyce interessa-se pela força criativa da linguagem, peculiaridade responsável pela cativante musicalidade de seus escritos, onde melodia, ritmo, senso de orquestração e harmonia são conteúdos básicos. Aliás, quando, em 1907, publica *Chamber Music*, ele próprio o considera um conjunto de canções; além disso, em Trieste, em Paris e em Zurique, na Escola Berlitz, é como professor de língua estrangeira que mantém a família.

Consequentemente, no amplo caleidoscópio de sua ficção mais madura, o desenho final tem por base um tapete de neologismos sintáticos e vocabulares, sinestesia, variação de pontos de vista, equilíbrio tonal, *leitmotiven* sintáticos, vocabulares ou sonoros, aglutinações, montagem espaço-temporal, com o recurso das chamadas técnicas cinematográficas como, entre outras, o *flashback* e o *flash-forward*, o *fade out* ou o *close-up*. Contém ainda trechos em línguas estrangeiras, traduções, hibridismo linguístico, contraponto, onomatopeia e orquestração, o uso da gíria, dos dialetos, de painéis imagísticos entrecruzados, enfim, de uma imensa gama de formas gestuais e faladas, através do que o escritor visa à apreensão de significados latentes.

Desse modo, como exemplar do romance moderno, a obra de James Joyce não expõe propriamente o "mundo sem deus" denunciado por Georg Lukács, mas, ao contrário, levando em conta elementos da relatividade einsteiniana, é como tela relativizada que sugere a presença do "deus absconditus".

Desde os seus seis anos de idade, Joyce armazena na alma uma pesada carga de sentimentos de culpa e de chamados à responsabilidade espiritual e, por isso, é natural que se torne exemplar do homem em conflito consigo mesmo e com o ambiente à sua volta; entretanto, "autoexilado" em nome da arte, ansiando pelo paraíso, ele ainda conserva da beleza uma visão que nem a dolorosa morte da mãe, nem a sensualidade de Nora, nem o seu próprio erotismo ou a fragilidade de seus olhos podem apagar. Impressionado pelo indizível da experiência poética, maltratado pela lembrança do sacerdote punidor que parece expelir chamas, prometendo ao adolescente um inferno terrivelmente cruel e plástico, pela angústia da escolha vocacional e profissional, pelo mistério do amor e da sexualidade, afligido por remorso e embates espirituais, é também esperável que se sinta tentado pelo confessionalismo literário; é natural que ambicione encontrar uma síntese poética infiltrada de alto teor místico e configurada no anseio pelo paraíso buscado pelos meios da solidão, do sofrimento, da coragem moral. Por isso mesmo, volta-se para a mitologia e para a metafísica.

Entretanto, ao contrário do que acontece com artistas de épocas estáveis, não busca a forma mitológica estática, mas o mito em seu potencial de metamorfose e de reconstrução; por conseguinte, quando adota parâmetros gregos em *Ulysses*, propõe uma espécie alegorizada de "segunda vinda" marcada pelo humor e a sensualidade divertida e vulgar de Molly Bloom.

Adotando o realismo, o inventor de Stephen publica *Dubliners*, em 1914; em 1916, apresenta a versão integral de seu primeiro grande romance, *Retrato do artista quando jovem*, em cuja feitura utiliza a maior parte do material de *Stephen Hero*, ficção que abandona, após ter se ocupado dela desde 1904. De modo geral, em toda a sua obra de ficção, retrata o tempo infeliz em geral revelado pelo romance moderno, a vida reificada, cujo sentido é a própria ausência de sentido. Contudo, infiltra valores mitológicos em tudo o que compõe, garantindo assim algum lastro otimista. Afinal de contas, no final do romance de 1916, Stephen Dedalus declara o seu desejo de moldar na própria alma a "incriada consciência" dos irlandeses.

Desde o início de sua criação literária, portanto, James Joyce pensa a Irlanda em termos míticos e perenes, continuando a escrever sobre este tema em *Exiles*, de 1918, *Ulysses*, de 1922, e *Finnegans Wake*, de 1939.

Em número de livros publicados, sua obra não é extensa, embora abunde em profundidade e experimentalismo ao longo do percurso iniciado pelo lirismo dos poemas, incorporando realismo e intimismo, entrando pela paródia, o humorismo irônico e o simbolismo de *Ulysses*, que transforma Ítaca em Dublin, Ulisses em Leopold Bloom, Telêmaco em Stephen Dedalus e traz Penélope metamorfoseada em Molly Bloom. O coroamento vem com o intrincado universo onírico de *Finnegans Wake*, que sai apenas dois anos antes da morte do autor.

Nos vários estágios dessa produção, o inventor de Stephen Dedalus apresenta a Irlanda por inteiro, no mesocosmo em que o atual e o *illo tempore* mítico coalescem com naturalidade; além disso, depois das obras em que analisa a esfera consciente e o subconsciente dos personagens, explora em *Finnegans Wake* o inconsciente pessoal e o inconsciente coletivo atuantes no sonho de Earwicker. É também neste último romance, que transforma o rio Liffey em arquétipo da feminilidade, sob o nome de Anna Livia Plurabelle.

É costume dizer-se que há uma Irlanda "antes de Joyce" e outra "depois de Joyce". Na Upper Combrassil Street, 52, por exemplo, algumas pessoas quase conseguem ver Leopold Bloom em carne e osso; em vez de olhar o rio do alto da ponte Chalelizod, como antigamente, os namorados de hoje encontram-se na ponte Anna Livia; além disso, entre tantas outras manifestações de reconhecimento pelo talento do escritor, todos os anos Dublin comemora o "Bloomsday" em 16 de junho, porque, no cosmo imaginário de *Ulysses*, Stephen-Telêmaco e Leopold-Ulisses se conhecem nesse dia, em 1904.

Na verdade, o mundo inventado por Joyce tem tal habilidade para gerar imagens na imaginação dos leitores, que continua a desenvolver-se como perene "work in progress". Naturalmente, muito dessa sua força gerativa deriva da habilidade com que o ficcionista associa substratos míticos à realidade presente, sugerindo a eternidade do "deus absconditus" traduzido como a alma a um tempo regional e universal dos irlandeses.

É assim que Stephen Dedalus, um jovem pobre, pretensioso e meio amalucado segundo os padrões locais, é também James Joyce, Prometeu, Hamlet, Byron, Lúcifer, Parsifal, Dédalo e Ícaro, é o peregrino que busca a iluminação, caçando "epifanias" como quem colhe flores, é o poeta metido a filósofo que vive permanentemente em busca de si mesmo.

Contudo, se a base mítica dos diversos romances de Joyce traz à superfície os homens reificados e vazios e a terra devastada, Stephen Dedalus, ao contrário do enfermo e desesperançoso Rei do Graal, ainda consegue vislumbrar a felicidade simbolizada pela beleza artística. Na verdade, a sua condição de "exilado" inclui o paradoxo de "Kāma" e "Māra", o desejo de vida prazerosa e o medo da morte ou, em seu caso específico, o pavor do fracasso em termos estéticos.

É tão compacta a relação entre Stephen Dedalus e James Joyce, no enredo confessional de *Retrato do artista quando jovem*, que o criador se torna dependente da criatura, a ponto de fazê-la atravessar as próprias fronteiras do romance; assim, depois de representar o papel de imaturo Telêmaco empenhado em encontrar o pai, Stephen pode completar-se magistralmente em *Ulysses*, onde, mais adulto, e também mais realista, já aceita as limitações de Leopold Bloom como cabíveis no que se poderia chamar de desinflação do Pai arquetípico.

Quer como idealista, quer como realista, o personagem desajustado na própria terra, e revoltado contra o *establishment* carcomido e inútil, adota a máxima dos frades cartuxos *Fuge, late, tace*, viajando para a França, disposto a estudar medicina, plano logo desfeito em nome da literatura. Conduzido pela *hybris* de seu egoísmo de artista talentoso, enforma o herói trágico que, como lembra Ortega y Gasset, representa na modernidade a aflição da procura da identidade. Porque, em seu angustiado orgulho de Lúcifer, Stephen demonstra coragem moral e senso de responsabilidade espiritual. Exemplo de sua integridade é o fato de que, tendo perdido a fé católica, nega-se a comungar para satisfazer à mãe moribunda, alegando respeito pelo símbolo venerado há séculos.

Neste romance, o "eu" problemático de Stephen aparece no próprio título da obra, nas palavras "artista" e "jovem", que sugerem vitalidade criativa e possibilidade de desenvolvimento; na escritura que funciona como uma espécie de desenho anamorfótico passível de decifração, o personagem principal, com o seu temperamento de Hamlet sensível, melancólico e neurótico, apreende a corrente lírica que subjaz ao mundo das aparências, examinando a forma, a cor, a estrutura das palavras, e chegando à evidência de que elas o fascinam especialmente pelo ritmo, mais do que pelos outros atributos, ou por sua associação com o lendário.

Portanto, o primeiro passo da aventura estética de Stephen está sediado em sua aguçada percepção sensorial, especialmente na capacidade auditiva, o mais rico polo energético da organização sinestésica da composição. Neste romance, frequentemente, som e ritmo vêm relacionados com imagens de pássaros, a começar pelo "baby-tuckoo" com o qual o personagem, ainda um bebê, se identifica. Ao longo da obra, o voo natural das ondas sonoras complementa-se com a sugestão do voo conscientemente arquitetado pela inventiva humana, pois o Dédalo legendário de quem Stephen herda o nome constrói deliberadamente o labirinto e a asa antes de empreender o voo, da mesma forma que Stephen prepara adequadamente os instrumentos e os esteios de seu voo poético. Como Dédalo, portanto, o personagem não se entrega apenas ao êxtase de voar, mas quer garantir a segurança da viagem porque, ao contrário de Ícaro, sabe que o voo intuído é inseparável do gesto, do ato que fabrica a asa, e que atravessa labirintos, antes de lançar-se para conquistar o espaço e o tempo. Por conseguinte, por lírica e impressionista que seja a sua visão da realidade, Stephen Dedalus conta com uma organização psicológica dialética e programadora, e assim, preparando o futuro, toma as mesmas precauções de seu criador.

Na verdade, após escrever *Stephen Hero* utilizando técnica tradicional, largamente argumentativa e expositiva, Joyce procura novos espeques literários e linguísticos a fim de dotar a própria ficção com a originalidade, o aspecto ímpar que a caracteriza. Por isso, antes de se dar por satisfeito com a estória de Stephen Dedalus, reformula-a com nova roupagem, inventa artifícios estilísticos, estuda a obra de outros escritores como, por exemplo, quando analisa a ficção de Edouard Dujardin, a fim de observar o uso que este autor faz do monólogo interior. Somente a partir do estudo sistemático e criterioso, portanto, é que se dispõe realmente a criar, sentindo-se apto a alçar voo com as asas já então confiáveis do estilo do "fluxo da consciência". Através dessa seriedade de propósitos, o criador une-se ao personagem, transformando *Retrato do artista quando jovem* em verdadeira viagem de aprendizagem.

É nesta obra que, interessado em alcançar e exprimir convenientemente a coerência básica em termos estéticos, ou melhor, em apreender a misteriosa "lógica ontológica" subjacente à representação artística e desviante da realidade bela, Stephen Dedalus desenvolve uma teoria estética vagamente fundamentada no conceito tomista de "quidditas", de "coisidade". Em primeiro lugar, procurando a beleza artística ideal, concentra-se no que chama de "epifania", ou seja, o momento de estesia em que o artista desvenda a "coisidade" do ser. Explica ele que são Tomás de Aquino mostra os três passos necessários ao desvelamento da "coisidade", ou seja, as condições de "integritas", "consonantia" e "claritas", isto é, integridade, simetria e radiância.

Seguindo o roteiro do santo escolástico, ao descrever detalhadamente tal processo, o esteta Stephen Dedalus observa que, a fim de apreender a essência objetiva, o observador precisa dividir o universo em duas partes, uma delas assumida pelo próprio objeto examinado, a outra pelo vazio que nada tem a ver com ele pois, apenas dessa maneira, a mente pode descobrir o objeto integral. Para Stephen, a integridade assim desvendada é a primeira qualidade da beleza.

Para definir a segunda qualidade da beleza, mostra ele a necessidade de se considerar o objeto contemplado em todo e em partes, enquanto relacionado consigo mesmo e com outros objetos; então, a mente pode constatar o equilíbrio das partes, examinando a forma da coisa observada e cada particularidade de sua estrutura. Somente a partir desta análise vai tornar-se apta a apreender a simetria do objeto, ou seja, a segunda necessária qualidade da beleza.

Para completar, juntamente com a sua explicação do termo "epifania", o artista propõe a receita para a apreensão da terceira qualidade da beleza, deduzindo que, após identificar no objeto as qualidades de integridade e simetria, a mente observadora chega à síntese, ou seja, à "única relação lógica possível"; assim, apreende a terceira qualidade da beleza, ou seja, a "radiância" ou "claritas", atingível num momento mágico que Stephen Dedalus chama de "epifania".

Apesar de eminentemente lírico e baseado na riqueza da percepção sensorial do autor, *Retrato do artista quando jovem* demonstra o aspecto arquitetônico da imaginação de James Joyce, habilidade que vai chegar ao auge na obra posterior do ficcionista. Entretanto, neste primeiro romance, o veio estruturante, a paixão arquitetônica já transparece claramente como, por exemplo, na divisão da narrativa, pois a primeira parte do relato corresponde à infância do personagem, o que explica a coerente organização sinestésica do texto inicial do livro; enquanto isso, o final da obra, embora carregado de impressionismo, caracteriza-se pelo aspecto lógico e racional, especialmente nas últimas páginas, quando o diário de Stephen Dedalus apresenta raciocínio dedutivo e meditação.

Este mesmo senso arquitetônico denuncia-se no interesse de Stephen Dedalus pelas ideias de Giambattista Vico, pois, analisando a estória como quem examina uma partitura musical, o personagem refere-se à constituição intrínseca da obra literária, explicando que uma peça literária deve necessariamente comprometer-se com o esquema lírico, ou com o épico, ou com as características do gênero dramático.

Condizente com tal ideia, a ficção de 1916 obedece às linhas regulares de composição, pois conta com uma primeira parte essencialmente lírica e dedicada à infância do personagem, uma segunda, de natureza épica, com a subjetividade do adolescente entrando em contato com o mundo ambiente através da ação, e uma terceira, quando, já adulto, o personagem alarga o âmbito de suas relações, assumindo um papel dinâmico no palco da sociedade que o inclui.

Aliás, no corpo geral da obra de Joyce, o esquema estrutural pregado por Stephen Dedalus em *Retrato do artista quando jovem* mantém-se relativamente válido, uma vez que esta ficção é marcadamente lírica, *Ulysses* prestigia o gênero épico ao tratar da ação do herói problemático em suas escolhas particulares e em suas experiências plurais, e *Finnegans Wake* reflete a dramaticidade geral da existência e, de modo muito especial, o drama da ebulição constante, dos contrastes e confrontos das diversas correntes do inconsciente do personagem principal.

Outro ponto interessante é a especificidade da epifania no contexto de *Retrato do artista quando jovem* pois, se as experiências místicas dos santos, o êxtase poético dos românticos e o êxtase amoroso dos trovadores medievais têm muitas ligações com o momento de revelação buscado por Stephen Dedalus, tais instantes de transe também apresentam diferenças essenciais em relação à epifania conforme explicada pelo personagem. Em primeiro lugar, como ensina William Wordsworth, o êxtase romântico do qual deriva a obra de arte está diretamente relacionado com o fazer poético obtido pela conjunção de percepção sensorial, emoção, e "recollection in tranquility". Além disso, propõe-se a recriar a beleza através de capacidade exclusiva do artista, isto é, por meio do dom específico que Samuel Taylor Coleridge denomina "secondary imagination"; a finalidade de tal momento de transe é, naturalmente, um resultado estético e praticado objetivamente, ou seja, uma obra de arte concreta. O *minnesinger* medieval, por sua vez, descreve o instante de alumbramento em que a beleza transita do olhar para o coração humano, fazendo refulgir aí o amor absoluto. Neste caso, o resultado do êxtase é um sentimento abstrato, e consequentemente puro. Aliás, como largamente difundido, é uma mágica experiência desse tipo que absorve Dante, no momento mesmo em que ele avista Beatriz pela primeira vez; ambos têm apenas nove anos de idade, mas, segundo conta o poeta em *Vita Nuova*, naquele instante, a centelha de beleza ilumina para sempre o seu coração com a chama do amor perene e absoluto. Outro transe específico é a experiência mística dos santos, um êxtase de natureza puramente anagógica, um momento inefável em que o humano transcende a si mesmo; um estado milagroso de arrebatamento em que, para usar-se termos de Mircea Eliade, o profano é momentaneamente absorvido pelo sagrado atemporal e aespacial. O resultado deste transe não é um objeto concreto como a obra de arte romântica, nem um sentimento, como no caso o *minnesinger* apaixonado, mas uma momentânea morte do corpo, o milagre da comunhão do espírito humano com o espírito divino.

No que concerne à epifania ambicionada e sistematicamente registrada pelo personagem de Joyce, entretanto, a exaltação milagrosa, o alumbramento momentâneo é de natureza especulativa e, portanto, intelectual. Toma por base a "coisidade", a essência do ser, uma essência não necessariamente espiritual ou artisticamente bela, e não um dos atributos do ser, ou a ausência total do ser, ou seja, a morte do observador, ou do objeto observado; constitui-se como o raro momento de desvelamento do ser ou, como diz Stephen Dedalus, o instante em que o intelecto apreende a misteriosa "quidditas" de qualquer objeto sublime ou vulgar. Portanto, os meios auxiliares pelos quais o observador atinge a "quidditas" do objeto são neste caso a percepção sensorial e o intelecto, a fagulha da razão, sendo o mistério revelado pela epifania uma verdade ontológica, não emocional ou estética ou mística.

Por conseguinte, com a sua mente de observador a um tempo realista e metafísico, o personagem de Joyce está empenhado na sabedoria atingível através do momento de revelação, o qual, posto lhe possa servir de base para a criação estética, como no caso do êxtase romântico, posto lhe possa trazer emoção e intuição do sublime, como ocorre, respectivamente, com o trovador ou o santo, está fundamentalmente relacionado com a verdade, com a essência do ser, com o princípio filosófico, com aquela Beleza essencial que Platão, citado pelo próprio Stephen Dedalus, define como "o esplendor da verdade".

Um romance, entretanto, não é propriamente um corpo linguístico onde ideias altissonantes transitam, mas um palco dramático em que personagens agem e reagem de acordo com as circunstâncias ambientes. Neste sentido, a primeira parte da estória de Stephen Dedalus, isto é, a que vem contada no livro de 1916, é completa em si mesma, e subsiste sozinha, não sendo apenas um preâmbulo do que vem relatado depois, em *Ulysses*. Como obra lírica, é montada sobre uma sucessão de epifanias, pois a curiosidade da criança, do adolescente e do jovem artista focaliza constantemente o mundo objetivo e, como mais uma vez explica o personagem, o objeto torna-se "epifanizado" no momento em que o foco da mente consegue ajustar-se perfeitamente em relação a ele. Além disso, caracteriza-se como um romance regular, pois enforma a atuação de personagens complexos, verossimilhantes e plausíveis, apresentando os incidentes mais expressivos da infância, da adolescência e da juventude do artista ingênuo e inteligente que é Stephen, descrevendo-o no ambiente da casa pobre, em sua relação com a família, especialmente com os pais e com Dante, com o tio Carlos, com os colegas da escola, ou ainda no hospital, na igreja, nos divertimentos, no esporte, nas conversas, na atração amorosa, na furtiva sexualidade, nos momentos de meditação e de tristeza, nas pequenas alegrias, na sua afetação "pour épater le bourgeois".

Embora *Retrato do artista quando jovem* seja um romance intimista e confessional, todas as criaturas que transitam por suas páginas são como pessoas de carne e sangue. Todas agem naturalmente, demonstrando uma característica básica da alma ocidental, isto é, a constante preocupação com a individualidade.

Aliás, é exatamente o anseio por liberdade e consciência individual que explica a alegria criativa de James Joyce, a sua viva capacidade de apreender a alma humana, a alegria que lhe permite aperfeiçoar-se como ficcionista, mesmo quando enfrenta reveses tão dolorosos como a loucura da própria filha e a cegueira progressiva que o maltrata durante toda a vida, até que a morte o encontra, em 1941, num hospital suíço.

Rio, 12 de março de 1993

Hilda Gouveia de Oliveira

I

"Certa vez — e que linda vez que isso foi! — vinha uma vaquinha pela estrada abaixo, fazendo muu! E essa vaquinha, que vinha pela estrada abaixo fazendo muu!, encontrou um amor de menino chamado Pequerrucho Fuça-Fuça..."

Essa história contava-lhe o pai, com aquela cara cabeluda, a olhá-lo por entre os óculos.

Ele era o Pequerrucho Fuça-Fuça que tinha encontrado a vaquinha que fazia muu! descendo a estrada onde morava Betty Byrne, a menina que vendia confeitos de limão.

Que beleza a pracinha verde,
Cheia assim de botões de rosas!

Essa era a sua canção. Ele cantava assim essa modinha:

Os botão veilde de lozinhas...

Quando se molha a cama, no começo fica quentinho; depois vai esfriando. Sua mãe punha por cima um oleado. Que cheiro esquisito que o oleado tinha.

O cheirinho de sua mãe era mais gostoso do que o cheiro de seu pai. Ele tocava ao piano o *Cachimbo de chifre do marujo* para ele dançar.

Tralalá lalá
Tralalá tralaladona,
Tralalá lalá,
Tralalá lalá.

Tio Carlos e Dante aplaudiam. Os dois eram mais velhos do que seu pai e sua mãe, mas tio Carlos era mais velho do que Dante.

Dante tinha duas escovas no armário dela. A escova com pelúcia marrom nas costas era para Michael Davitt e a escova com pelúcia verde nas costas era para Parnell. Dante dava-lhes uma pastilha cada vez que ele lhe trazia papel de seda.

Os Vances moravam no número sete. Tinham um pai e uma mãe diferentes. Eram o pai e a mãe de Eileen. Quando os dois crescessem, ele ia se casar com Eileen. Disse e se escondeu debaixo da mesa. Sua mãe ficou zangada:

— Stephen! Peça já desculpas.

Dante ameaçou:

— Ahn! Se não pedir, as águias virão arrancar-lhe os olhos.

Arranca os olhos desse freguês!
Então você diz isso outra vez?
Ah! Você vai dizer outra vez?
Arranca os olhos desse freguês!
Então você diz isso outra vez?
Arranca os olhos desse freguês!
Arranca os olhos desse freguês!
Ah! Ele não diz mais outra vez!

Os enormes pátios de recreio formigavam de garotos. Estavam todos gritando, e os monitores os incentivavam com grandes brados. O ar da tarde era desmaiado e friorento e a cada carga e arremesso dos jogadores a bola de couro lustrosa voava, através da claridade acinzentada, como um pássaro pesadão. Ele conservava-se nos limites da sua divisão, fora da vista do monitor e do alcance dos terríveis pontapés, fingindo correr para cá e para lá. Sentia-se pequenino e fraco de corpo no meio daqueles brutos jogadores e os seus olhos lacrimejantes viam mal. Já, por exemplo, Rody Kickham não era assim; ia ser o capitão da terceira divisão, diziam os alunos.

Rody Kickham era um colega bem-comportado, mas Roche Relaxadão era um esbodegado. Rody Kickham tinha ramagens bordadas em volta do seu número e uma cesta no refeitório. Roche Relaxadão tinha umas mãozonas. Chamava o pudim das sextas-feiras de "cachorro encolhido no cobertor". E um dia lhe perguntara:

— Qual é o seu nome?

Stephen tinha respondido: Stephen Dedalus.

Ao que Roche Relaxadão dissera:

— Que raio de nome é esse?

E, vendo que Stephen não soubera o que responder, Roche Relaxadão perguntara:

— Seu pai o que é?

Stephen tinha respondido:

— Um cavalheiro.

Ao que Roche Relaxadão indagara:

— Ele é magistrado?

Ia, agora, aos pinotes de ponta a ponta do pátio da sua divisão, dando de vez em quando umas carreirinhas. Mas estava ficando com as mãos azuladas com o frio. Meteu-as nos bolsos que existiam de cada lado do seu terno cinzento com cinturão. O cinturão dava a volta, passando rente dos bolsos. O cinturão também era para dar uma lambada num camarada. Um dia um camarada dissera assim a Cantwell:

— Dou-lhe já uma lambada.

Cantwell respondera:

— Vá jogar a sua partida. Quero ver mas é você dar uma lambada em Cecil Thunder. Eu, sim, é que te dou já um pontapé no rabo!

Isso não era uma expressão bonita. Sua mãe dissera-lhe para não falar com meninos grosseiros no colégio. Aquilo é que era mãe! No primeiro dia, no castelo, ao se despedir dele, ela tinha erguido o véu, dobrando-o por cima do nariz, para poder beijá-lo; e tanto o nariz como os olhos dela estavam vermelhos. Mas fingira não perceber que ela estava a ponto de chorar. E o pai então lhe dera duas moedas de cinco xelins para ele ficar com dinheiro miúdo no bolso. E o pai lhe dissera que se precisasse de qualquer coisa que escrevesse para casa e que nunca, fizessem-lhe lá o que fosse, desse parte de qualquer colega. Depois, à porta do castelo, o reitor estendera a mão a seu pai e a sua mãe, enquanto a sotaina dele esvoaçava na brisa; e o carro tinha ido embora, levando seu pai e sua mãe. Lá do carro eles o tinham chamado alto, agitando as mãos:

— Adeus, Stephen, adeus!

— Adeus, Stephen, adeus!

Ele fora colhido no meio dum redemoinho e, amedrontado com tantos olhos que luziam e tantas botinas encoscoradas de barro, se inclinara para espiar ainda através de tantas pernas. Os camaradas estavam lutando e goelando, e enquanto isso davam pontapés, caneladas, deixando marcas uns nos outros. Depois as botinas amarelas de Jack Lawton tinham escapado com a bola e todos aqueles calçados e pernas tinham saído a correr atrás dele. Também correu um pouco atrás deles, mas logo parou. Não valia a pena correr. Em breve todos voltariam para casa, em férias. Depois da ceia, ele mudaria, no salão de estudo, o número colocado no alto da sua carteira, em cima, de setenta e sete para setenta e seis.

Estar lá dentro, no salão de estudo, havia de ser muito melhor do que ali fora no frio. O céu estava desmaiado e frio, mas dentro do castelo já havia luzes. Perguntou a si mesmo de que janela Hamilton Rowan teria arremessado o seu chapéu e se naquele tempo já haveria floreiras debaixo das janelas nessa estação do ano. Um dia, ao ser chamado no castelo, o mordomo lhe tinha mostrado as marcas das coronhadas dos soldados na madeira da porta e lhe tinha dado um pedaço de pão fresco do que a comunidade comia. Era bonito e como que aquecia ver as luzes no castelo. Era como se fosse num livro. Quem sabe se a Abadia de Leicester não era assim? E que bonitas que eram as sentenças na Cartilha do dr. Cornwell! Parecia até poesia, mas eram apenas frases para aprender o modo de pronunciar.

Wolsey morreu na Abadia de Leicester
Onde os monges o sepultaram.
Ferrugem é uma doença das plantas,
Câncer o é dos animais.

Como devia ser bom estar estirado sobre o pelego da lareira, diante do fogo, com a cabeça apoiada nas mãos, pensando nessas sentenças. Teve um arrepio como se lhe tivessem encostado na pele água fria e visguenta. Tinha sido maldade de Wells empurrá-lo sobre a valeta só porque ele não quisera trocar o seu estojozinho pelo bastão de críquete de Wells que era de carvalho bem amadurecido e com o qual Wells tinha ganho quarenta partidas.

Como estava fria e visguenta a água! Um garoto vira uma vez uma ratazana cair dentro da escuma. A mãe a essas horas estaria sentada diante do fogo, com Dante, esperando que Brígida trouxesse o chá. Estaria com os pés sobre a barra e as suas chinelas bordadas como estariam quentinhas e com um cheirinho quente, gostoso como quê! Dante sabia uma porção de coisas. Ela lhe ensinara onde ficava o canal de Moçambique, qual era o rio mais comprido da América e como se chamava a montanha mais alta da Lua. O Pe. Arnall sabia mais do que Dante porque ele era padre, mas tanto o seu pai como o tio Carlos diziam que Dante era uma mulher inteligente e muito preparada. E quando Dante fazia aquele barulho depois do jantar e em seguida levava a mão à boca: isso era gás no coração.

Uma voz gritou lá no pátio do recreio:

— Todos pra dentro!

E, a seguir, outras vozes se puseram a gritar na divisão dos médios e na terceira.

— Todos pra dentro. Pra dentro!

Os jogadores ajuntaram-se, esbaforidos e enlameados, e ele veio para o meio deles, contente porque ia entrar. Rody Kickham segurava a bola pelo laço encerado. Um garoto pediu-lhe para dar um último chute; mas ele prosseguiu sem sequer responder ao garoto. Simão Moonan disse-lhe que não lhe desse, porque o monitor estava olhando. O garoto voltou-se para Simão Moonan e disse:

— Nós bem que sabemos por que é que você está falando. Você é o songa do McGlade.

Que palavra esquisita! O garoto chamara Simão Moonan por esse nome porque Simão Moonan tinha o costume de ligar as mangas sobressalentes do monitor nas costas dele; e o monitor o deixara fazer, sem ficar zangado. Mas essa palavra soava feio. Uma vez ele, Stephen, tinha lavado as mãos no lavatório do Hotel Wicklow, e seu pai tinha puxado a válvula pela corrente, tendo a água começado a descer pelo buraco da pia. E depois, quando toda a água já tinha descido vagarosamente, o buraco da bacia tinha feito um som que era direitinho essa palavra. Só que mais baixo.

Recordar-se disso e do olho branco do lavatório fez que sentisse frio e depois calor. Havia dois registros que a gente virava e a água saía logo: quente e fria. Experimentara a fria e depois, um pouquinho, a quente; e vira palavras impressas nas torneiras. Que coisa mais esquisita.

E o ar, no corredor, também o inteiriçou. Além de esquisito, era úmido. Mas o gás ia ser aceso imediatamente e, aceso, fazia um barulhinho que até dava ideia duma cançãozinha; um barulhinho sempre igual; quando os companheiros paravam de conversar no recreio, podia--se ouvir.

Agora era hora de fazer as somas. O Pe. Arnall passou uma soma difícil no quadro e depois falou assim:

— Vamos ver, agora, quem ganhará? Adiante, York! Passe na frente, Lancaster!

Stephen caprichou o melhor que pôde, mas a soma era difícil e ele se sentiu atrapalhado. A insigniazinha de seda, que tinha uma rosa branca em cima e que estava presa bem no peito da sua jaqueta, começou a mexer. Ele não era muito forte em somar parcelas, mas tentou o melhor que pôde de maneira que York não viesse a perder. A cara do Pe. Arnall parecia carregada e bastante, mas não estava furioso, não; pelo contrário, estava sorrindo. Por fim Jack Lawton estalou os dedos e o Pe. Arnall, dando uma olhadela no caderno dele, disse:

— Acertou. Bravo, Lancaster! A rosa encarnada ganhou. Vamos, vamos, York! Toquem pra frente!

Jack Lawton olhou todo garboso, lá do seu lado. A pequenina insígnia, com a rosa encarnada no alto, parecia muito bonita porque tinha um barrete de marinheiro em cima. Stephen também sentiu a sua própria cara ficar vermelha, pensando em todas as apostas sobre quem teria o primeiro lugar em Elementos. Jack Lawton ou ele. Certas semanas Jack Lawton ganhava o cartão de primeiro; e certas semanas ganhava ele. A sua insígnia branca de seda mexia e remexia enquanto trabalhava na soma seguinte e ouvia a voz do Pe. Arnall. Depois todo o entusiasmo passou e sentiu que o seu rosto estava completamente frio. Pensou que o seu rosto devia estar lívido, já que estava sentindo tanto frio. Não havia possibilidades de dar com a resposta da soma, mas não se importou mais. Rosas brancas e rosas encarnadas; ora, aí estavam umas cores que dava prazer pensar nelas. E os cartões de primeiro, segundo e terceiro lugares também tinham umas bonitas cores: cor-de-rosa, creme e alfazema. Rosas dessas cores dava prazer pensar nelas. Com certeza a rosa silvestre devia ter cores como essas e ele se lembrou da canção sobre os botões de rosa silvestre na pracinha verde. Mas ter uma rosa verde, isso não era possível. Mas talvez nalgum lugar do mundo houvesse.

A sineta tocou; e então as classes começaram a desfilar saindo das salas para os corredores na direção do refeitório. Sentou-se lá encarando os dois bloquinhos de manteiga no seu prato; mas não houve meios de poder comer aquele pão úmido. A toalha da mesa estava úmida e mole. Mas bebeu todo o chá quente e fraco que o desajeitado servente, que tinha um avental branco, entornou na sua xícara. Perguntou a si mesmo se o avental do servente também estaria úmido e se todas as coisas brancas estariam frias e úmidas. Roche Relaxadão e Saurin beberam chocolate que os parentes lhes mandavam em tabletes de estanho. Diziam que não podiam beber chá; que era água suja. Os pais deles eram magistrados, era o que os colegas diziam.

Todos os meninos lhe pareciam muito estranhos. Todos eles tinham pais, mães, roupas e vozes diferentes. Sentiu saudades de casa, desejou encostar a cabeça sobre o colo da mãe. Mas isso agora era impossível; assim, pois, desejou que acabasse o brinquedo, o estudo e as orações para ir logo para a cama.

Bebeu outra xícara de chá e Fleming disse:

— Que é que há? Estás com alguma dor, ou o que é que há?

— Não sei — disse Stephen.

— Vomita na tua cesta de pão — disse Fleming —, pois está com a cara branca como quê! Vomitando, passa logo.

— Oh! sim — disse Stephen.

Mas não era no rosto que ele se sentia doente. Pensou que estava doente mas era no coração, se é que se pode ter doença nesse lugar. Fleming era muito bonzinho em lhe perguntar isso. Ficou com vontade de chorar. Fincou os cotovelos sobre a mesa e começou a apertar e soltar as orelhas. Cada vez que abria os pavilhões das orelhas escutava o barulho do refeitório. Isso produzia um ruído como o de um trem à noite. E quando apertava os pavilhões das orelhas o estardalhaço se fechava como um trem entrando num túnel. Aquela noite, em Dalkey, o trem ia rangendo com o barulho de agora e, depois, quando entrou no túnel, o barulhão tinha sumido. Fechava os olhos e o trem continuava, fazendo barulho e calando; fazendo barulho e calando. Era gostoso ouvi-lo rugir e calar, e começar outra vez a rugir ao sair do túnel e em seguida tornar a ficar silencioso.

Depois os camaradas da divisão dos grandes começaram a descer dos estrados para o centro do refeitório, Paddy Rach, Jimmy Magee, o espanhol que tinha permissão de fumar charutos e o portuguesinho que usava capote de três palas com lã. A seguir, a divisão dos médios, depois as mesas da terceira divisão. E cada camarada individualmente tinha uma maneira sua de caminhar.

Ele ficou sentado a um canto da sala de recreio com a ideia de assistir a um jogo de dominó e uma vez, ou mesmo duas, chegou a ouvir distintamente, durante algum tempo, a pequena canção que o gás fazia. O monitor estava à porta com alguns meninos e Simão Moonan estava dando nó nas mangas sobressalentes dele. O monitor contava-lhes qualquer coisa a respeito de Tullabeg.

Depois que ele saiu, Wells veio até Stephen e lhe disse:

— Diga-nos uma coisa, Dedalus, você beija sua mãe antes de ir deitar?

Stephen respondeu:

— Beijo, sim.

Wells virou-se para os demais camaradas e disse:

— Escutem uma coisa, este camarada que está aqui está dizendo que beija a mãe dele todas as noites antes de ir deitar.

Os outros garotos pararam de jogar e se viraram todos naquela direção, pondo-se a rir. Stephen corou e disse:

— Não beijo nada.

— Escutem vocês, este camarada que está aqui está dizendo que não beija a mãe dele antes de ir deitar.

Eles todos tornaram a rir. Stephen tentou rir com eles. Sentiu todo o corpo quente e confuso, de súbito. Qual era a resposta certa para tal pergunta? Ele tinha dado duas e ainda assim Wells rira. Que Wells soubesse a resposta certa não era nada de mais, pois ele estava no terceiro de gramática. Experimentou imaginar como seria a mãe de Wells, mas não ousou erguer os olhos para o rosto de Wells. Não lhe agradava a cara de Wells. Fora Wells quem o empurrara para dentro da valeta na véspera, só porque não quisera trocar o seu pequeno estojo pelo bastão de críquete dele que era de carvalho bem amadurecido e com o qual havia conquistado quarenta vitórias.

Agir assim era uma coisa má; todos os camaradas tinham tido. E como a água estava fria e escorregadia! E um garoto tinha visto, uma vez, um rato enorme cair repentinamente na escuma.

O lodo visguento do fosso tinha coberto o seu corpo inteiro; e quando a sineta tocara para o estudo e as filas começaram a deixar as salas de recreio ele sentiu o ar frio do corredor e das escadas por dentro das duas vestes. Tentava ainda pensar qual seria a resposta certa. Era direito beijar sua mãe, ou não era direito beijar sua mãe? Que significava isso, beijar? Punha-se a cara para cima, assim, para dizer boa-noite, e então a mãe baixava o seu rosto. Isso é que era beijar. Sua mãe punha os lábios na sua face; os lábios dela eram moles e umedeciam a face; e faziam um barulhinho diminuto: bift!

Por que as pessoas faziam isso assim com seus rostos?

Ao sentar no salão de estudo abriu a tampa da carteira e trocou o número colocado em cima, setenta e sete, pelo seu, setenta e seis. Mas as férias de Natal ainda estavam muito longe; um dia, porém, tinham que chegar, porque a Terra estava sempre se movendo.

Havia um desenho da Terra na primeira página da sua geografia: uma bola imensa no meio de nuvens. Fleming tinha uma caixa de lápis e uma noite, durante o estudo livre, ele lhe havia colorido a Terra de verde e as nuvens de castanho. Tinha ficado tal como as duas escovas de prensa de Dante, a escova com pelúcia verde nas costas, para Parnell, e a escova com pelúcia marrom nas costas, para Michael Davitt. Mas ele não dissera a Fleming que pintasse essas cores. Fleming tinha feito isso por si mesmo.

Abriu a geografia para estudar a lição; mas não conseguia aprender os nomes dos lugares na América. Ainda por cima todos eles eram lugares diferentes que tinham nomes diferentes. Estavam todos em diferentes países, os países estavam nos continentes, os continentes estavam no mundo e o mundo estava no universo. Virou a aba da geografia e olhou o que tinha escrito, ele próprio, do lado de dentro: o seu nome e onde estava:

Stephen Dedalus
Classe elementar
Colégio de Clongowes Wood
Sallins
Condado de Kildare
Irlanda
Europa
Mundo
Universo

Isso com a sua caligrafia; e Fleming, certa noite, por um bolinho, tinha escrito na página oposta:

Stephen Dedalus é o meu nome,
Irlanda é o meu país.
Em Clongowes tenho a minha residência,
Mas só no céu espero ser feliz.

Leu os versos de trás para diante, mas assim já não eram mais poesia. Depois leu a folha antes do frontispício vindo de baixo para cima até chegar ao seu próprio nome. Sim, era ele. E tornou a ler a página até embaixo, outra vez. Que é que haveria depois do universo? Nada. Mas haveria qualquer coisa em volta do universo para mostrar onde ele parava antes de começar o lugar do nada? Não poderia ser uma parede; mas bem que podia ser uma linha fininha, bem fininha, lá bem em volta de tudo. Era uma coisa muito grande para poder pensar em todas aquelas coisas e em todos aqueles lugares. Só Deus podia fazer isso. Tentou imaginar que enorme pensamento deveria ser esse, mas só conseguiu pensar em Deus. Deus era o nome de Deus, assim como o nome dele era Stephen. *Dieu* era o nome francês para Deus, e era também o nome de Deus; e quando alguém rezava a Deus e dizia *Dieu*, então Deus imediatamente ficava sabendo que era uma pessoa francesa que estava rezando. Mas embora houvesse nomes diferentes para Deus em todas as diferentes línguas do mundo, e Deus compreendesse o que era que todas as pessoas que rezavam diziam em suas línguas diferentes, ainda assim Deus permanecia sempre o mesmo Deus e o nome verdadeiro de Deus era Deus.

Cansou-se muito de pensar dessa maneira. Acabou sentindo a cabeça ficar muito grande. Virou aquela página de dentro e encarou, já cansado, a Terra redonda verde no meio de nuvens marrons. Perguntou a si mesmo qual seria o certo, ser a favor do verde ou do marrom, porque Dante tinha rasgado a pelúcia verde das costas da escova que era para Parnell, um dia, com uma tesoura e lhe dissera que Parnell era um homem ruim. Perguntou a si mesmo se em casa estariam discutindo por causa disso. Chamava-se a isso política. E em tal coisa havia dois lados: Dante estava dum lado e seu pai mais o sr. Casey estavam do outro lado; mas sua mãe e o tio Carlos não estavam de lado nenhum. Todos os dias saía alguma coisa nos jornais sobre isso.

Afligia-o não perceber bem o que significava política, bem como não saber onde era que o universo acabava. Sentia-se pequeno e fraco. Quando seria ele como os alunos de Poesia e de Retórica? Tinham umas vozes enormes, botinas muito grandes e estudavam trigonometria. Até lá ainda demorava muito. Primeiro viriam as férias e depois o primeiro período letivo; a seguir férias outra vez; e depois, de novo, outro período e outra vez, de novo, férias. Era como um trem entrando e saindo de túneis e era como o barulho que faziam os meninos comendo no refeitório quando a gente apertava e afrouxava as abas das orelhas. Período letivo, férias: túnel, fora! Barulho, silêncio. Ah! Como ainda estava longe! O melhor era ir para a cama dormir. Só faltava rezar na capela e, depois, cama. Arrepiou-se e bocejou. Que gostosa seria a cama depois que os lençóis ficassem um pouco quentinhos. No começo, que frio que eles eram para uma pessoa se meter dentro deles! Ficou todo arrepiado só em pensar como eram frios quando se entrava para debaixo deles. Mas logo ficavam quentinhos e então poderia dormir. Bem que era agradável sentir-se cansado. Bocejou outra vez. Orações da noite e, depois, cama! Estremeceu todo e teve vontade de abrir a boca de novo. Ia ser uma gostosura daí a pouco. Sentiu uma brasa quentinha ir despencando pelos lençóis friorentos e trêmulos e ir aquecendo cada vez mais até tudo ficar bem quentinho; ainda assim tremeu um pouco e teve vontade de bocejar.

A sineta tocou para as orações da noite; e ele deixou o salão de estudo, depois dos outros; desceu as escadas e se meteu pelos corredores rumo à capela. Os corredores estavam sombriamente iluminados e sombriamente iluminada estava a capela. Em breve tudo estaria imerso na treva e no sono. Dentro da capela havia um ar frio, da noite; e os mármores estavam com a cor que o mar tem de noite. O mar era frio tanto de dia como de noite; mas de noite era bem mais frio. O paredão à beira-mar, perto da casa paterna, embaixo, era frio e escuro. Mas a chaleira estaria no fogo para fazer ponche.

O monitor, na capela, rezava por cima da sua cabeça e ele sabia o responso de cor:

Abre os nossos lábios, ó Senhor,
E nossas bocas anunciarão a Tua glória
Vem, ó Deus, em nosso socorro!
Ó Senhor, apressa-Te em ajudar-nos!

Havia um cheiro de noite fria na capela. Mas era um cheiro sagrado. Não era como o cheiro dos velhos aldeões que se ajoelhavam no fundo da capela na missa do domingo. Não era aquele cheiro de poeira, de chuva, de torrão e de couro curtido. Mas eram uns santos aldeões. Por detrás dele, respiravam-lhe na nuca e suspiravam enquanto rezavam. Moravam lá para Clane, segundo havia dito um garoto. Um lugar com pequenas cabanas; tinha até visto uma mulher em pé à porta meio aberta da cabana, com uma criança nos braços; passara lá de carro, vindo de Sallins. Que agradável que devia ser dormir uma noite nessa cabana, pertinho da lareira, a turfa fumegando no escuro, uma escuridão quentinha, sentindo, ao respirar, o cheiro dos aldeões, um cheirinho feito de ar quente, de chuva com terra e de couro curtido. Mas, oh! Que escura que estaria a estrada entre as árvores! Era para uma pessoa se perder na escuridão. Causava-lhe medo só pensar como isso havia de ser.

Ouviu a voz do monitor da capela recitando a última oração. E ele também a recitava, mas lá fora, de encontro à escuridão, debaixo das árvores.

> *Visita, nós Te rogamos, ó Senhor, esta habitação e expulsa para bem longe dela as armadilhas do inimigo. Que os Teus anjos permaneçam dentro dela para nos preservarem em paz e que a Tua bênção esteja sempre sobre nós, por Cristo Nosso Senhor. Amém.*

E enquanto ele se despia no dormitório, os seus dedos tremiam. Falou com os dedos que se apressassem. Tinha de se despir, em seguida se ajoelhar, dizer as suas orações particulares e se meter na cama antes que a luz do gás fosse baixada, de maneira que não tivesse que ir para o inferno ao morrer. Arrancou as meias, enrolou-as, meteu a camisola pela cabeça abaixo, às pressas, ajoelhou-se tremendo à beira do leito e repetiu as suas orações em disparada, com medo de que a chama do gás baixasse. Sentiu tremer os ombros ao murmurar:

> *Deus abençoe meu pai e minha mãe e os conserve para mim!*
> *Deus abençoe meus irmãozinhos e minhas irmãzinhas e os conserve para mim!*
> *Deus abençoe Dante e tio Carlos e os conserve para mim!*

Benzeu-se, jogou-se às pressas na cama e, enrolando a ponta da camisola debaixo dos pés, escorregou por entre os frios lençóis alvacentos, cheio de tremores e calafrios. Mas não iria para o inferno quando morresse, e o calafrio havia de parar. Uma voz ecoou pelo dormitório, desejando boa-noite aos meninos. Ele espiou um instante por cima da colcha e viu as cortinas amarelas aos lados e diante da sua cama e que o fechavam de todos os lados. A luz foi baixando vagarosamente.

Os sapatos do monitor afastaram-se. Para onde? Escadas abaixo, ao longo dos corredores, ou para o seu quarto lá na ponta? Via só a escuridão. Seria verdade o que diziam, que um cão preto passava por ali de noite, com uns olhos do tamanho de lanternas de carruagem? Diziam que era o fantasma de um assassino. Um calafrio de pavor correu por todo o seu corpo. Via o portal negrejante do vestíbulo do castelo. Velhos criados com suas antigas librés estavam enfileirados na balaustrada de ferro, em cima, na escadaria. Isso tinha se passado havia muito tempo. Os velhos fâmulos estavam imóveis. Havia uma lareira, mas o vestíbulo estava imerso na escuridão. Uma figura, vinda do vestíbulo, subia a escadaria. Vestia um manto branco de marechal; o seu rosto era pálido e estranho. Uma das suas mãos apertava o corpo, de um lado. Olhava com olhos esquisitos para os velhos criados. E os criados olhavam para ele e viam o rosto do amo, e aquele seu manto! E sabiam que ele tinha recebido um ferimento mortal. Mas para onde eles olhavam não havia mais do que treva; apenas negror no ar silencioso. O seu amo tinha recebido um ferimento mortal no campo de batalha, em Praga, muito longe, para lá do mar. Ele estava em pé no meio do campo; a sua mão apertava o seu corpo, num dos lados; a sua face era lívida e estranha! Cingia-o uma capa branca de marechal.

Oh! Como dava arrepio e como era esquisito pensar nisso! Toda a treva estava fria e estranha. Havia rostos estranhos nela, grandes olhos que nem lanternas de carruagens. E eram os fantasmas de assassinos, as figuras de marechais que tinham recebido seus ferimentos de morte nos campos de batalha, lá longe, além do mar. Que desejariam eles dizer, já que suas faces estavam assim tão estranhas?

> *Visita, nós Te rogamos, ó Senhor, esta habitação e expulsa para bem longe dela todos os...*

Ir para casa em férias! Que bom que seria; tinham-lhe dito os garotos. Subir para os carros na manhã hibernal, no lado de fora do portal do castelo. Os carros rodando sobre as pedrinhas. Hurras ao reitor!

Hurra! Hurra! Hurra!

Os carros passam por diante da capela e todos os barretes são tirados. Lá vão eles rodando alegremente ao longo das estradas e dos campos. Os cocheiros, apontando com o cabo dos seus chicotes, mostram para que lado fica Bodenstown. A garotada dá vivas. Passam pela herdade do Jolly Farmer. Vivas e mais vivas e mais vivas. Atravessam Clane, dando vivas e sendo ovacionados. As aldeãs surgem nas portas meio abertas; os aldeões estão aqui e acolá. Que cheiro bom que anda na atmosfera hibernal! O cheiro de Clane: chuva e ar friorento; turfa queimando e cheiro de couro curtido.

Depois o trem cheio de alunos: um trem muito comprido de chocolate, com fisionomias cor de creme. Guardas passando para lá e para cá, abrindo, fechando, prendendo, soltando as maçanetas das portas. São homens fardados de azul com galões prateados; têm galões prateados e suas chaves produzem uma música ágil: clic, clic; clic, clic.

E o trem dispara por sobre as terras férteis e deixa longe a colina de Allen. Os postes dos telégrafos passando, passando. E o trem sempre a seguir, a seguir. Estava farto de saber. Havia lanternas na entrada da casa paterna e grinaldas verdes de ramos amarrados. Haveria azevinho e hera, esta bem verdinha e aquele bem vermelhão, enrolando os candelabros. E haveria azevinho vermelho e hera verde em volta dos velhos retratos, pelas paredes. Azevinho e hera, para ele e para o Natal.

Que bom!...

Todo o mundo lá. Bem-vindo, Stephen! Ruídos de receber. Sua mãe beijava-o. Isso era direito? Seu pai, agora, era marechal; muito mais do que um magistrado. Bem-vindo, Stephen!

Quanto ruído alegre!

Ruído de argolas de cortinas correndo nas barras; de água espirrando nas pias. Ruído de levantar, de vestir e de se lavar no dormitório; ruído de mãos batendo palmas à medida que o monitor passava para cima e para baixo recomendando os garotos a se despacharem. Um pálido clarão de sol deixando ver as cortinas amarelas corridas e os leitos desmanchados. O seu leito estava ardendo e o rosto e o corpo estavam pegando fogo.

Levantou-se e sentou-se na beirada da cama. Sentia-se fraco. Tentou enfiar as meias. Produziram-lhe uma sensação áspera, horrível. Que luz de sol mais fria e esquisita!

Fleming disse:

— Estás te sentindo mal?

Ele não sabia; e Fleming disse:

— Deita-te outra vez. Eu direi a McGlade que tu não estás bom.

— Ele está doente.

— Quem?

— Comunica a McGlade.

— Mete-te outra vez na cama.

— Ele está doente?

Um companheiro segurou-o pelos braços enquanto ele perdia a meia que lhe caía pela perna abaixo. Enfiou-se outra vez na cama quente.

Encolheu-se bem entre os lençóis, contente do seu calorzinho morno. Ouvia os garotos conversarem entre si a seu respeito enquanto acabavam de se vestir para a missa. Fora malvadeza tê-lo empurrado para dentro do fosso, era o que eles estavam dizendo.

Depois as suas vozes calaram; tinham ido. Junto ao seu leito, uma voz dizia:

— Dedalus, você não vai nos denunciar, não é mesmo?

A cara de Wells estava ali. Ele olhou para a cara e viu que Wells estava com medo.

— Eu não fiz de propósito. Garante que não irá nos denunciar?

Seu pai dissera-lhe que jamais, fosse por que fosse, delatasse um companheiro. Ele sacudiu a cabeça, respondendo que não, e se sentiu contente.

Wells disse:

— Eu não fiz de propósito. Palavra de honra. Foi só brincadeira. Sinto muito.

A face e a voz foram-se. Pedira desculpa porque tinha medo. Medo de que fosse alguma doença. Ferrugem era doença das plantas e câncer era uma das que dão nos animais; ou outra, diferente. Como lhe parecia longe agora, quando estivera a dar pinotes de uma extremidade à outra no pátio da sua divisão, à luz mortiça da tarde, lá no recreio, um pássaro pesadão a voar através da claridade cinzenta. A Abadia de Leicester toda iluminada. Wolsey morrera lá. Os próprios monges o tinham sepultado.

Não, não era a cara de Wells; era a do monitor. Ele não estava fingindo. Não, não: ele estava doente deveras. Não era fingimento, não. Sentiu a mão do monitor na sua testa; e sentiu a testa quente e úmida de encontro à mão fria e úmida do monitor. Era a mesma sensação que um rato produzia: visguenta, úmida e fria. Todos os ratos tinham dois olhinhos para espiar por eles. Uma pele lustrosa e mole, umas patinhas muito pequeninas dobradas para dar um salto, uns olhinhos negros gelatinosos para espiar por eles. Eles sabiam de que jeito deviam pular. Mas o espírito dos ratos era incapaz de compreender trigonometria.

Quando estavam mortos ficavam tombados de lado. Seus corpos secavam logo. Ficavam sendo apenas coisas mortas.

O monitor estava lá outra vez e era a voz dele que lhe dizia que se levantasse, que o padre ministro tinha dito que era para ele se levantar, se vestir e ir para a enfermaria. E enquanto ele se vestia o mais depressa que podia, o monitor falava:

— Devemos despachar para o Irmão Michael quem estiver com dor de barriga!...

Era muito delicado dizer-lhe isso. E era só para fazê-lo rir. Mas não podia rir porque tanto o rosto como os lábios eram um só tremor; de modo que o monitor teve que rir por ele.

O monitor exclamou:

— Ligeiro, marche! Um pé no feno! Outro pé na palha!

Desceram juntos as escadas, seguiram pelo corredor e passaram pelo banheiro. E, ao chegar à porta, recordou com um medo vago do tanque d'água quente cor de turfa, da atmosfera quente confinada, do barulho dos mergulhos, do cheiro das toalhas, cheiro como que de remédio.

O Irmão Michael estava em pé na porta da enfermaria e, pela porta do gabinete escuro que existia à sua direita, vinha um cheiro de farmácia. Provinha das garrafas nas prateleiras. O monitor falou com o Irmão Michael e, respondendo, o Irmão Michael chamava o monitor de Senhor. Tinha cabelo ruivo misturado com cabelo grisalho e uma expressão engraçada. O mais esquisito era que ele não pudesse nunca passar além de irmão. E esquisito também que ninguém o viesse jamais a chamar de Senhor ser irmão leigo e ter uma expressão assim diferente. Não seria ele santo bastante, ou por que não havia ele de poder se misturar ou ser como os demais?

Havia duas camas num quarto, e numa delas estava um aluno; quando os dois entraram, o aluno chamou:

— Alô! Pois não é o jovem Dedalus? Que aconteceu?

— Ordens do céu! — respondeu o Irmão Michael.

Tratava-se dum aluno do terceiro de Gramática, e enquanto Stephen se despia o garoto pedia ao Irmão Michael um pouco de torrada com manteiga.

— Ah! Traga, sim? — dizia ele.

— Que manteiga o quê! — disse o Irmão Michael. — Quando o doutor vier esta manhã você vai mas é ter alta.

— Vou ter alta? — disse o aluno. — Mas eu ainda não estou bem.

O Irmão Michael repetiu:

— O doutor vai assinar a sua alta na papeleta. É o que estou lhe dizendo.

Abaixou-se para espevitar o fogo. Tinha umas costas compridas, como as dum cavalo de puxar bonde. Remexeu com o atiçador, gravemente, e acenou com a cabeça para o aluno do terceiro de Gramática.

Em seguida o Irmão Michael foi embora e pouco depois o aluno do terceiro de Gramática virou para a parede e caiu no sono.

Isso é que era a enfermaria. Ele estava doente, portanto. Teriam eles escrito contando a seu pai e à sua mãe? Seria mais rápido se um dos padres fosse pessoalmente avisar. Ou deveria ele escrever uma carta para o padre levar?

Querida mãe.
Estou doente. Quero ir para casa. Por favor, venha me buscar. Estou na enfermaria.
Seu filho querido,
Stephen.

Que longe que eles estavam! Do lado de fora da janela a claridade do sol era fraca. Começou a desconfiar se por acaso não morreria. Pode-se morrer — ora essa! — num dia de sol. E se morresse antes de a mãe chegar? Depois, então, tinha que haver missa de *requiem* na capela, como daquela vez, conforme os colegas tinham contado, quando morrera o Pequenino. Todos os alunos teriam que assistir à missa, de preto, todos com rostos tristonhos. Wells também tinha que estar lá, mas nenhum aluno olharia para ele. O reitor estaria paramentado com uma casula negra e dourada. Grossas velas estariam a derreter, muito amarelas, nos candelabros, sobre o altar e em torno do catafalco. Depois haveriam de carregar o esquife para fora da capela, vagarosamente... E ele seria enterrado no pequeno claustro da comunidade, sob a grande alameda dos limoeiros. E Wells teria remorsos e arrependimento do que tinha feito. E o sino tocaria lentamente.

Ouviria as badaladas. E disse para si mesmo a canção que Brígida lhe tinha ensinado:

Blem! Blão! Blem! Blão! — O sino do castelo.
Oh! Adeus para sempre, minha mãe.

Sepultem-me no claustro da abadia,
Bem ao lado do meu irmão mais velho.
Quero que o meu esquife seja preto.
Quero seis anjos ao redor de mim:
Dois, bem lindos, cantando... Dois rezando...
E outros dois transportando ao céu minha alma!

Como era bonito! Ah! E como era triste! Que bonitas que ficavam as palavras quando diziam: *Sepultem-me no claustro da abadia!* Um tremor correu-lhe pelo corpo todo. Quão triste e quão bonito seria! Sentia vontade de chorar, mas não por si mesmo: por causa das palavras tão bonitas e tão tristes como se fossem música. O sino! O sino! Adeus! Oh! Adeus para sempre!

A luz do sol estava cada vez mais fraca. O Irmão Michael estava à borda do seu leito, com uma tigela de caldo de carne. Isso o alegrou porque estava com a boca seca e quente. Ouvia os folguedos nos pátios do colégio, como se estivesse lá.

Depois, quando o Irmão Michael ia indo embora, o aluno do terceiro de Gramática lhe disse que visse as novidades e voltasse logo para contar o que havia saído nos jornais. E disse a Stephen que se chamava Athy e que seu pai possuía uma porção de cavalos de corrida, uns excelentes saltadores de obstáculos e que qualquer um desses dias o pai iria dar gorda propina ao Irmão Michael porque o Irmão Michael era muito bonzinho e lhe contava as notícias que vinham nos jornais que o castelo recebia. Notícias de todo jeito: acidentes, naufrágios, esportes e política.

— Agora só sai política nos jornais — disse. — A gente de você também conversa sobre isso?

— Conversa, sim — respondeu Stephen.

— A minha também — observou ele. Em seguida, ficou pensativo até que fez este reparo:

— Que nome mais esquisito que você tem, Dedalus. O meu nome é esquisito também: Athy. É o nome duma cidade. O de você lembra o latim. — Depois indagou: — Você é forte em charadas? — Ao que Stephen respondeu:

— Não muito.

Disse então o outro:

— Veja se responde a esta: Por que é que o condado de Kildare se parece com a perna das calças de uma pessoa?

Stephen procurou adivinhar a resposta, dizendo depois:

— Não adivinho, não.

— É porque no condado existe a *tigh*. Repare bem no jogo das palavras. *At hy*, cidade, tem o mesmo som de *a tigh*, uma perna, de maneira que ambos completam as "calças". É trocadilho, sabe?

— Ah! Compreendo — fez Stephen.

— Esta é uma charada antiga — disse ele.

E depois de um momento, acrescentou:

— Escute!

— O quê? — indagou Stephen.

— Pode-se fazer a pergunta desta charada de outra maneira.

— Então, faça — disse Stephen.

— A mesma charada — disse ele. — Você sabe qual é a outra maneira de perguntar isso?

— Não — disse Stephen.

— Pense bem e veja lá se consegue — disse ele.

Enquanto falava, olhava para Stephen por cima da roupa da cama. Em seguida estirou-se sobre o travesseiro e disse:

— Existe uma maneira diferente, mas não quero agora lhe dizer como é.

Por que não quereria ele dizer? O pai dele, que tinha cavalos de corrida, devia ser algum magistrado também, como o pai de Saurin e o de Roche Relaxadão. Pôs-se então a pensar em seu próprio pai, de como ele cantava umas árias enquanto sua mãe tocava e em como sempre lhe dava um xelim quando lhe pedia só seis *pence*; lastimou não ser ele um magistrado como os pais dos outros meninos. Mas então por que tinha ele sido mandado para este colégio com os outros? Bem lhe dissera o pai que não devia se considerar um intruso, porque um seu tio-avô tinha apresentado ali uma moção ao Libertador cinquenta anos antes. A gente conhecia as pessoas daquele tempo por suas roupagens antigas. Parecia-lhe um tempo solene; e se perguntou se não seria esse o tempo em que os alunos em Clongowes usavam jalecos azuis com botões de latão, coletes amarelos e bonés de pele de coelho, bebiam cerveja como gente já crescida e dispunham de galgos seus para a caça às lebres.

Olhou para a janela e viu que a claridade se fizera mais fraca. Devia estar sobre os pátios de recreio, uma claridade cinzenta e enevoada. A classe devia estar fazendo os temas ou talvez o Pe. Arnall estivesse a fazer a leitura no livro.

Esquisito não lhe terem dado nenhum remédio. Talvez o Irmão Michael trouxesse algum quando regressasse. Diziam que se tinha que beber coisas de cheiro insuportável quando se estava na enfermaria. Sentia-se, porém, melhor agora do que antes. Na biblioteca tinha um livro sobre a Holanda. Havia nele uns nomes estrangeiros esplêndidos e quadros de cidades completamente esquisitas, bem como de navios. Isso fazia a gente se sentir tão feliz.

Que desmaiada que estava a luz na janela! Mas isso era bonito. O fogo da chaminé subia e caía pela parede. Formava como que ondas. Alguém devia lhe ter posto carvão; e Stephen escutava vozes. Como de gente conversando. Era o ruído das ondas. Estariam as ondas conversando entre si, à medida que se levantavam e que caíam?

Viu o mar de ondas, compridas ondas negras erguendo-se e caindo, muito negras sob a noite sem lua. Uma luz fraca bruxuleava de encontro ao molhe por onde o navio estava entrando; e viu uma porção de gente reunida na beira da praia para ver o navio que demandava o porto. Um homem corpulento estava no cais, olhando lá para longe, para a terra chã, escura; e foi por causa da luz nas pedras do molhe que Stephen viu o rosto dele, o rosto infeliz do Irmão Michael.

Viu-o estender as mãos para o povo e o ouviu dizer com uma voz cheia de aflição, por cima das águas:

— Ele morreu. Vimo-lo estendido sobre o catafalco.

Um lamento de amargura subiu daquela gente.

— Parnell! Parnell! Ele está morto!

Todos caíram de joelhos, lamentando com amargura.

E viu Dante, com um vestido de veludo marrom e um manto de veludo verde que lhe pendia dos ombros, passar orgulhosamente e em silêncio por entre o povo que estava ajoelhado na beira das águas.

Um grande fogo serpenteava alto e rubro, flamejando na lareira; e, sob os braços dos candelabros que a hera entrelaçava, estendia-se a mesa de Natal. Eles tinham chegado à casa um pouco atrasados e o jantar ainda não estava pronto; mas ficaria num abrir e fechar de olhos, dissera a mãe. Estavam à espera de que a porta fosse aberta e os criados entrassem trazendo grandes travessas cobertas com suas pesadas tampas de metal.

Todos estavam à espera: tio Carlos, sentado bem longe, na sombra da janela; Dante e o sr. Casey, sentados nas poltronas do outro lado da lareira; Stephen sentado numa banqueta entre eles com os pés descansando sobre a barra tostada. O sr. Dedalus olhou-se no espelho inclinando sobre a cômoda, cofiou as guias dos bigodes e, depois, endireitando as abas da sobrecasaca, postou-se de costas para o fogo crepitante; de quando em quando, retirava a mão da aba da casaca para cofiar uma das pontas dos bigodes. O sr. Casey inclinava a cabeça para um lado e, sorrindo, batia na saliência que tinha no pescoço, com os dedos. E Stephen também sorria porque já sabia, agora, que era mentira que o sr. Casey tivesse uma sacola de prata na sua garganta. Sorria ao pensar quanto o barulho, igualzinho ao de prata, que o sr. Casey tinha o costume de fazer o havia, durante muito tempo, intrigado. E até quando tentara abrir a mão do sr. Casey para ver se a bolsa de prata estava escondida dentro dela vira que os dedos dele não podiam ser esticados; e o sr. Casey contara-lhe que tinha ficado com aqueles três dedos assim, porque os apertara numa prensa ao fazer um presente de aniversário para a rainha Vitória.

O sr. Casey tornou a bater no caroço do pescoço e sorriu para Stephen com olhos sonolentos; e então o sr. Dedalus lhe disse:

— Sim. Ora bem, está tudo muito direito. Demos uma boa caminhada, não demos, John? Sim... Pergunto-me se haverá alguma probabilidade de jantarmos esta noite. Sim... Ora bem, está tudo muito direito. Respiramos hoje, dando a volta por Head, uma boa dose de ozona. Lá isso é que não há dúvida!

Voltou-se para Dante e disse:

— A senhora não se animou absolutamente, hein, sra. Riordan?!

Dante fez um ar carrancudo e respondeu secamente:

— Não.

O sr. Dedalus deixou cair as abas da sobrecasaca e se encaminhou para o guarda-louças. Trouxe de lá um grande jarro de pedra, de uísque, que tirou da prateleira e encheu com ele a bilha devagar, inclinando-se de vez em quando para ver quanto já tinha entornado. Depois, indo colocar outra vez o jarro na prateleira, virou um pouco do uísque dentro de dois copos, acrescentou um pouco d'água e voltou para a chaminé com eles.

— Um pouquinho, John, apenas — disse ele —, para aguçar o teu apetite.

O sr. Casey segurou o copo, bebeu e o colocou perto de si, sobre o aparador. E a seguir disse:

— Ora bem, eu não posso deixar de pensar em nosso amigo Christophen a fabricar...

Teve um acesso de riso e, tossindo, acrescentou:

— ... a fabricar este champanha para aqueles sujeitos.

O sr. Dedalus riu estrepitosamente.

— Referes-te a Christy? — disse ele. — Há mais astúcia nos calombos da cabeça desse careca do que num magote de raposas saltadeiras.

Inclinou a cabeça, fechou os olhos e, lambendo os beiços profusamente, começou a falar imitando a voz do hoteleiro.

— E que boca macia quando fala com uma pessoa, já reparaste? É muito sibilante, com aquela tromba sempre ensalivada.

O sr. Casey estava ainda lutando entre a alternativa de tossir ou de dar risada. E Stephen, vendo e ouvindo o hoteleiro através da cara e da voz de seu pai, ria.

O sr. Dedalus enfiou os óculos e, olhando-o fixamente, de cima para baixo, perguntou calma e bondosamente:

— De que estás a rir tu aí, pequerrucho!?

Os criados entraram e depuseram as travessas sobre a mesa. A sra. Dedalus seguia-os; e os lugares foram dispostos.

— Vamos sentar — disse ela.

O sr. Dedalus foi para a ponta da mesa e disse:

— Já agora, sra. Riordan, sente-se. John, senta-te, meu caro.

Deu uma olhadela a ver onde tio Carlos se sentava e disse:

— Ora, pois, aqui temos uma ave à nossa espera.

Quando todos já haviam tomado seus lugares, ele estendeu a mão até a coberta da travessa e disse vagarosamente, destapando-a:

— Agora, Stephen.

Stephen, em pé, lá no seu lugar, deu as graças antes da refeição:

Abençoa-nos, Senhor, e a estas tuas mercês que, por intermédio de Tua magnanimidade, estamos recebendo, por Cristo, Nosso Senhor. amém.

Todos se benzeram e o sr. Dedalus, com mostras de prazer, levantou da travessa a pesada cúpula perolada em toda a volta com gotículas cintilantes.

Stephen não tirava os olhos do rechonchudo peru que tinha sido preparado, recheado e posto no espeto sobre a mesa da cozinha. Estava a par de que o pai tinha pago um guinéu por ele no Dunn's, ali na D'Olier Street, e que o homem o tinha cutucado muitas vezes no osso do peito para mostrar que gordo que estava; e até se recordava da voz do homem ao dizer:

— Fique com este, Senhor. É um legítimo Ally Daly.

Por que seria que o sr. Barret, em Clongowes, chamava a sua palmatória de peru? Mas Clongowes estava muito longe dali; e o cheiro quente e espesso do peru, do toucinho e do condimento erguia-se dos pratos e das travessas, o grande fogo estava com grandes labaredas vermelhas na lareira e a hera verde mais o vermelho azevinho faziam a gente se sentir tão feliz! Quando o jantar terminasse o grande pudim de ameixas seria trazido, todo enfeitado com amêndoas descascadas e brotos de azevinho, com um fogo azulado correndo em redor dele e uma bandeirola verde flutuando em cima.

Aquele era o seu primeiro jantar de Natal; e pensou em seus irmãozinhos e irmãzinhas que estariam esperando na sala das crianças, como ele tantas vezes tinha esperado, que o pudim viesse. O duplo colarinho baixo e a jaqueta formato Eton faziam-no achar-se esquisito e como que mais velho; e aquela manhã, quando a mãe o descera para o parlatório, vestido para a missa, seu pai até se pusera a chorar. E isso porque estava pensando em seu próprio pai. Tio Carlos também dissera que fora por causa disso.

O sr. Dedalus cobriu a travessa e começou a comer como um esfomeado. Depois, então, disse:

— Pobre do velho Christy, está quase todo entortado agora de tamanha velhacaria.

— Simão — disse a sra. Dedalus —, você não pôs nenhum molho para a sra. Riordan.

— Não pus? — exclamou ele. — Sra. Riordan, perdoe o pobre cego.

Dante cobriu o prato com ambas as mãos, dizendo:

— Não, obrigada.

O sr. Dedalus voltou-se para tio Carlos.

— Que tal vai isso, senhor?

— De vento em popa.

— E tu aí, John?

— Esplendidamente. Trate de você.

— Maria! Não? Então tu, Stephen. Ora aqui está uma coisa de se torcer o cabelo!

Despejou molho sem parar no prato de Stephen e repôs a terrininha de novo sobre a mesa. Em seguida perguntou ao tio Carlos se o peru estava tenro. Tio Carlos não podia responder porque estava com a boca cheia, mas fez que sim com a cabeça, que estava.

— Foi uma boa resposta, a que nosso amigo deu ao cônego. Hem? — disse o sr. Dedalus.

— Nunca pensei que ele levasse isso tão a peito — respondeu o sr. Casey.

— *Pagarei as suas dívidas, padre, quando o senhor deixar de fazer a casa de Deus de barraca de votos.*

— Uma bonita resposta — disse Dante — para um homem que se diz católico. E dá-la ao seu vigário.

— Eles só têm que se queixar de si mesmos — disse o sr. Dedalus suavemente. — Já que tomam o conselho dum louco têm que limitar sua atenção apenas à religião.

— Religião é isso também — disse Dante. — Eles têm que advertir o povo; é dever deles.

— Dirigimo-nos à casa de Deus — disse o sr. Casey — com absoluta humildade, para rezar ao nosso Criador, e não para ouvir discursos de eleição.

— Religião é isso também — tornou a dizer Dante. — Fazem muito bem. Devem dirigir seu rebanho.

— E pregar política do altar? Ah! É, não é? — perguntou o sr. Dedalus.

— Claro que é — disse Dante. — Trata-se duma questão de moralidade pública. Um padre não seria um padre se não dissesse às suas ovelhas o que é direito e o que é errado.

A sra. Dedalus descansou a faca e o garfo, dizendo:

— Mas por piedade, sim, por piedade, deixemo-nos de discussões políticas neste dia que é o maior dia do ano inteiro.

— Tem toda a razão, senhora — disse o tio Carlos. — Já agora, Simão, por hoje chega. Nem mais uma palavra.

— Esta bem, está bem — disse o sr. Dedalus imediatamente.

E descobrindo a travessa, com entusiasmo, perguntou:

— Ora, pois, quem quer mais peru?

Ninguém respondeu. Por fim, Dante disse:

— Lindo modo de linguagem para um católico empregar!

— Sra. Riordan, peço-lhe — disse a sra. Dedalus — que deixe isso agora.

Dante voltou-se para ela e disse:

—Acha então que tenho que ficar sentada aqui ouvindo os pastores de minha igreja serem escarnecidos?

— Mas ninguém está dizendo uma palavra sequer contra eles — disse o sr. Dedalus. — Basta que eles não se intrometam em política.

— Os bispos e o clero da Irlanda falaram — disse Dante — e devem ser obedecidos.

— Eles que deixem a política para lá — disse o sr. Casey —, ou então o povo acaba deixando a igreja para lá.

— Ouviu? — disse Dante virando-se para a sra. Dedalus.

— Sr. Casey! Simão! — disse a sra. Dedalus. —Acabemos com isso.

— Mal, mal! — disse tio Carlos.

— O quê? — gritou o sr. Dedalus. —Tínhamos então que abandoná-lo, por solicitação do povo inglês?

— Ele já não merecia mais o mando — disse Dante. — Era um pecador público.

— Pecadores somos nós todos! E ruins pecadores — disse o sr. Casey, friamente.

— *Ai do homem por cujo intermédio o escândalo vem!* — disse a sra. Riordan. — *Melhor lhe fora que uma pedra de moinho lhe fosse atada ao pescoço e que fosse atirado ao mais profundo do mar, para que ele não venha a escandalizar um destes meus pequeninos.* Esta é a linguagem do Espírito Santo.

— E quer a senhora saber, bem má linguagem — disse o sr. Dedalus, com frieza.

— Simão! Simão! — disse o tio Carlos. — Olhe a criança.

— Sim, é isso mesmo — disse o sr. Dedalus. — Estou me referindo a... Referia-me à má linguagem daquele carregador ferroviário. Ora, pois, está tudo muito bem. Tu aí, Stephen, passa-me o teu prato, amigalhão. E trata de ir comendo. Toma.

Encheu de comida o prato de Stephen, serviu tio Carlos e o sr. Casey de grandes fatias de peru e fios de molho. A sra. Dedalus comia devagar e Dante estava sentada com as mãos no colo. Todo o seu rosto estava vermelho. O sr. Dedalus raspou com os trinchantes o fundo da travessa e disse:

— Aqui temos um saboroso pedaço a que damos o nome de nariz do papa. Se alguma das senhoras ou dos senhores...

Ergueu um pedaço de peru nos dentes do trinchante. Ninguém disse nada. Pô-lo então no seu prato, dizendo:

— Bem, já não poderão dizer que não ofereci. Acho, então, que quem o deve comer sou eu, porque ultimamente não me venho sentindo bem de saúde.

Piscou para Stephen e, recolocando a coberta da travessa, recomeçou a comer. E enquanto ele comia ninguém falou. Disse ele então, depois:

— Ora muito bem. E o dia conservou-se magnífico, apesar de tudo. Andou por aí uma porção de gente de fora.

Ninguém disse nada. E ele recomeçou:

— Creio mesmo que veio mais gente de fora do que no último Natal.

Olhou para os demais cujos rostos estavam abaixados para os pratos; não obtendo resposta, esperou um momento, acabando por dizer amargamente:

— Está bem. O meu jantar de Natal, seja lá como for, ficou estragado.

— Como há de haver sorte e graça — disse Dante — numa casa onde não há nenhum respeito pelos pastores da igreja?

O sr. Dedalus arrumou com a faca e o garfo ruidosamente sobre o prato.

— Respeito? — disse ele. — Quer se referir a Billy, o beiçudo, ou àquela tina de tripas lá de Armagh? Respeito?...

— Príncipes da igreja — disse o sr. Casey com vagaroso desdém.

— Cocheiro de libré de Lord Leitrim, isso sim — disse o sr. Dedalus.

— São os ungidos do Senhor — disse Dante. — São uma honra para a sua pátria.

— Tina de tripas é o que são — disse o sr. Dedalus, grosseiramente. — Bonita cara tem ele, mas é quando não se mexe. Era preciso ver esse indivíduo lambendo o seu toucinho com couves numa fria manhã de inverno. Ó Johnny!

Franziu os traços numa careta de pesada bestialidade e fez com os lábios o ruído de lamber-se.

— Com franqueza, Simão, não devias falar dessa maneira diante de Stephen. Não está direito.

— Oh! Ele há de se recordar de tudo isso, quando crescer — disse Dante com veemência. — A linguagem que ouviu contra Deus, a religião e os padres em seu próprio lar.

— Espero que se lembre também — exclamou para ela o sr. Casey, por cima da mesa — da linguagem com que os padres e os seus assalariados estraçalharam o coração de Parnell e o derrubaram ferido para dentro de um túmulo. Oxalá se lembre disso também, quando crescer!

— Filhos de cadelas! — gritou o sr. Dedalus. — Quando ele já estava caído, atiraram-se sobre ele, para atraiçoá-lo, e arrastá-lo, como rato por um ralo adentro. Cães miseráveis! E presenciaram isso. Por Cristo, ficaram olhando!

— Portaram-se muito bem! — exclamou Dante. — Obedeceram a seus bispos e a seus padres. Honra lhes seja feita!

— Ora! Mas isso é horrível! Dizer que nem mesmo por um único dia, no ano — disse a sra. Dedalus —, possamos estar livres destas horrorosas disputas!

O tio Carlos levantou as mãos, com doçura, e disse:

— Mas que coisa! Que coisa! Pois não haverá meios de termos nós nossas opiniões sem que seja preciso todo este mau humor e esta linguagem feia? Decididamente isto assim vai muito mal.

A sra. Dedalus falou com Dante, em voz baixa, mas Dante disse bem alto:

— Não calo coisa nenhuma! Defenderei a minha Igreja e a minha religião quando elas forem insultadas e cuspidas por católicos renegados.

O sr. Casey empurrou rudemente seu prato para o centro da mesa e, descansando os cotovelos na sua frente, disse com uma voz rouquenha para o dono da casa:

— Diga-me uma coisa, já lhe contei aquela história a respeito de uma célebre cusparada?

— Não contaste não, John — disse o sr. Dedalus.

— Pois olha — disse o sr. Casey —, é uma história instrutivíssima. Aconteceu não há muito tempo, no condado de Wicklow, aonde fomos. — Interrompeu-se e, virando-se para Dante, disse com uma indignação contida:

— E deixe que lhe diga, minha senhora, que eu, se é que a senhora se quis referir a mim, não sou um católico renegado. Eu sou um católico como meu pai foi, como foi o pai dele antes e como o pai do meu avô antes de meu avô o foi, numa época em que preferíamos dar nossas vidas a vender nossa fé.

— Pior ainda a vergonha para o senhor — disse Dante —, de falar como falou.

— Vamos a essa história, John — disse o sr. Dedalus, rindo. — Que venha daí afinal essa história.

— Ahn! Católico! — repetiu Dante, ironicamente. — O mais negro protestante no país não falaria a linguagem que ouvi esta noite.

O sr. Dedalus, meneando a cabeça, começou a cantarolar como um cantor de aldeia.

— Digo-lhe e repito-lhe que não sou nenhum protestante — disse o sr. Casey, enrubescendo.

O sr. Dedalus ainda a menear a cabeça para um lado e para outro, pôs-se a cantar com uma empostação nasal:

Oh! Vinde vós todos, católicos romanos,
Que nem sequer à missa ides...

Pegou de novo na faca e no garfo, com bom humor, e se pôs a comer, dizendo para o sr. Casey:

— Conte-nos lá essa história, John. Sempre nos ajudará a digestão.

Stephen olhava com afeição para a cara do sr. Casey, que estava do outro lado da mesa olhando fixamente para as próprias mãos. Gostava de sentar perto do fogo, ao lado dele, olhando para sua cara morena decidida. Mas os seus olhos não eram nunca ferozes e era bom ouvir aquela sua voz baixa. Por que então era ele contra os padres? Decerto Dante era quem estava com a razão. Mas já ouvira o pai dizer que ela era uma monja espinoteada e que saíra do convento nos Alleghanis quando o irmão arranjara dinheiro com os selvagens por penduricalhos e correntinhas. Talvez fosse isso que a fizesse severa contra Parnell. E ela não gostava que ele brincasse com Eileen, porque Eileen era protestante e porque quando fora meninota tinha conhecido crianças que tinham o hábito de brincar com protestantes e os protestantes costumavam debicar a ladainha da Virgem Santa. *Torre de marfim*, costumavam eles dizer, *Casa dourada*! Como podia uma mulher ser uma torre de marfim e uma casa de ouro? Como podia estar certo isso? Recordava-se da tardinha na enfermaria de Clongowes, das águas escuras, da luz no cais e do lamento de amargura do povo pasmado a ouvir.

Eileen tinha umas mãos brancas, compridas. Uma noite, estando a brincar de compadre e comadre, ela pusera as mãos nos seus olhos. Mãos longas, brancas, finas, frias e macias. Isso era que queria dizer marfim: uma coisa fria e branca. Era esse o sentido de *Torre de marfim*.

— A história é bem curta e agradável — disse o sr. Casey. — Passou-se certo dia, lá embaixo, para as bandas de Arklow. Um estuporado dia frio, não muito antes do chefe morrer. Tenha Deus misericórdia dele.

Fechou os olhos com ar fatigado e fez uma pausa. O sr. Dedalus agarrou um osso do prato e arrancou dele fiapos de carne, com os dentes, dizendo:

— Pouco antes de o matarem, é o que você quer dizer.

O sr. Casey reabriu os olhos, suspirou e prosseguiu:

— Foi lá embaixo, em Arklow, certo dia. Tínhamos descido até lá para uma reunião. Depois dessa reunião, tivemos que abrir caminho no meio da multidão, para a estação da estrada de ferro. Vaias, gritos e assuadas, homem, como jamais ouviste. Chamavam-nos todos os piores nomes do mundo. Havia lá uma velhota, e com certeza se tratava duma bêbada e megera, que se lhe deu no bestunto prestar atenção em mim. Não parava de dançar na minha frente, na lama, vociferando e goelando quase que na minha cara: *Caçador de padre! Capital mandado por Paris, hem? Por Mr. Fox! Por Kitty O'Shea, hem?!*

— E que fizeste tu, John? — perguntou o sr. Dedalus.

— Deixei que ela fosse berrando — disse o sr. Casey. — Era um dia frio. E para conservar meu coração em forma, eu estava (queiram aqui as senhoras me perdoar) com um respeitável bocado de Tullamore na boca; e é claro que eu não podia dizer uma palavra que fosse, de maneira alguma, visto como a minha boca estava entupida de suco de tabaco.

— Ora bem, John?

— Ora bem, deixei que ela continuasse a berrar por ali afora, à vontade do seu coração. *Kitty O'Shea, hem*? E o que mais lhe vinha na telha, até que por fim ela chamou essa senhora por um nome que não digo para não sujar esta noite de Natal, nem os vossos ouvidos, minhas senhoras, nem mesmo os meus lábios, repetindo-o.

Parou um pouco. O sr. Dedalus, erguendo a cabeça do osso, perguntou:

— E que fizeste tu, John?

— O que fiz? — respondeu o sr. Casey. — Ela quase grudara a sua cara horrenda e senil em mim, ao dizer aquilo; e eu tinha a minha boca repleta de suco de tabaco. Avancei para ela, inclinei-me e *Pft!* disse-lhe eu assim!

Virando-se para o lado, fez o ato de cuspir.

— Pft! disse-lhe eu, assim, bem no olho dela.

Bateu com a mão no próprio olho e soltou um lancinante grito de dor.

— *Oh! Jesus, Maria e José!* — disse ela. — *Estou cega! Estou cega e afogada!*

Parou, com um acesso de tosse e de riso, continuando depois:

— *Cega de todo e de vez.*

O sr. Dedalus ria às escâncaras, inclinando-se para trás na sua cadeira, enquanto o tio Carlos meneava a cabeça para um e para outro lado.

Dante tinha uma expressão de raiva e repetia enquanto eles riam:

— Muito bonito. Ah! Muito, muito bonito!

Ter cuspido no olho da mulher não era bonito. Mas qual seria o nome com que ela tinha xingado Kitty O'Shea e que o sr. Casey não devia repetir? Imaginou o sr. Casey passando através da multidão e fazendo discursos do alto de uma vagonete. Fora por causa disso que ele estivera na prisão; recordava-se que uma noite o sargento O'Neill tinha vindo à sua casa e ficara parado no vestíbulo, a conversar em voz baixa com seu pai e a morder nervosamente o cordão do boné. Aquela noite o sr. Casey, em vez de ir para Dublin de trem, fora num carro que estivera parado à porta, tendo ele, Stephen, escutado seu pai dizer alguma coisa a respeito de estrada de Cabinteely.

Era pela Irlanda e por Parnell, e o mesmo se dava com seu pai. E assim por isso era Dante também, pois certa tarde, escutando a banda na esplanada, ela tinha machucado um homem na cabeça com a sua sombrinha, porque esse homem havia tirado o chapéu quando a banda, no fim, tocara o *God save the Queen*.

O sr. Dedalus deu um ronco de desprezo.

— Ah! John — disse ele. — E é verdade para eles. Nós não passamos de uma infortunada raça cavalgada por padres; sempre o fomos e sempre o seremos até o fim dos tempos.

Tio Carlos meneou a cabeça, dizendo:

— Um mau negócio! Um mau negócio!

O sr. Dedalus repetiu:

— Uma raça cavalgada por padres e esquecida de Deus!

Apontou para o retrato do avô na parede, à direita.

— Estás vendo aquele velho lá em cima, John? — perguntou. — Pois foi um bom irlandês e no tempo em que não havia dinheiro no negócio. Foi condenado à morte, como membro de uma associação ilegal, como um *Menino de Branco*. Pois ele tinha uma expressão a respeito dos nossos amigos clericais; que jamais consentiria que nenhum deles pusesse os dois pés debaixo da sua mesa.

Dante interrompeu, raivosamente:

— Pois se sois uma raça cavalgada por padres, devíeis vos orgulhar disso. Eles são a menina dos olhos de Deus. *"Ai de vós, se os tocardes, pois são a pupila dos meus olhos!"* disse Cristo.

— E não nos é permitido então amarmos o nosso país? — perguntou o sr. Casey. — Não nos é permitido seguirmos o homem que nasceu para nos guiar?

— Um traidor da sua pátria! — replicou Dante. — Um traidor, um adúltero! Os padres tiveram razão em abandoná-lo. Os padres foram sempre os amigos sinceros da Irlanda.

— Sê-lo-iam? Acredita? — disse o sr. Casey.

Atirou com o punho fechado sobre a mesa e, com uma carranca de raiva, avançou os dedos, um a um, vagarosamente.

— Não nos enganaram os bispos da Irlanda, não nos atraiçoaram, ao tempo da união, quando o bispo Lanigan apresentou uma moção de lealdade à marquesa da Cornualha? Não venderam os bispos e os vigários as aspirações da sua pátria em 1829, a troco da emancipação católica? Não denunciaram eles o movimento dos fenianos do púlpito e pelo confessionário? E não desonraram as cinzas de Terence Bellew McManus?

O seu rosto chispava de ódio, e Stephen sentiu que um tremor subia-lhe pela face; tais palavras o faziam vibrar. O sr. Dedalus soltou uma risada de escarninho lôbrego.

— Oh! Por Deus — exclamou. — Esquecia-me do velhinho Paul Cullen. Outra menina dos olhos de Deus!

Dante inclinou-se por cima da mesa e gritou para o sr. Casey:

— Direito. Muito direito. Sempre foram direitos! Deus, a moralidade e a religião, primeiro que tudo.

A sra. Dedalus, vendo-lhe a excitação, disse-lhe:

— Sra. Riordan, não se excite respondendo-lhes.

— Deus e a religião antes de mais nada! — exclamava Dante. — Deus e a religião antes de tudo no mundo!

O sr. Casey ergueu a mão fechada e convulsa e a desceu sobre a mesa com estardalhaço.

— Está bem; neste caso — gritou rudemente —, se temos que chegar a isso, não precisamos de Deus para a Irlanda!

— John! John! — exclamou o sr. Dedalus, segurando o seu conviva pela manga do casaco.

Dante ficou estatelada para o outro lado da mesa, as maçãs do rosto tremendo. O sr. Casey desvencilhou-se da sua cadeira, erguendo-se, e se dobrou por cima da mesa, para ela, açoitando o ar diante dos seus olhos com uma das mãos como se estraçalhasse uma teia de aranha.

— Não é preciso Deus para a Irlanda! — berrava. — Já tivemos Deus demais na Irlanda. Rua com Deus!

— Blasfemador! Demônio! — soluçava Dante, erguendo-se nos pés e quase lhe cuspindo na cara.

Tio Carlos e a sra. Dedalus puxaram o sr. Casey outra vez para a sua cadeira, falando com ele, cada qual dum lado, razoavelmente.

Ele esbugalhava os olhos negros flamejantes, repetindo:

— Rua com Deus, já disse!

Dante empurrou a sua cadeira violentamente para um lado e deixou a mesa, derrubando a argola do guardanapo que rolando vagarosamente pelo tapete foi parar junto ao pé de uma poltrona. A sra. Dedalus levantou-se imediatamente, seguindo-a pela porta. E da porta Dante se voltou toda, violentamente, e exclamou na direção da sala, o rosto arrepiado, todo vermelho, num tremor de raiva:

— Demônio saído do inferno! Vencemo-lo! Esmagamo-lo com a morte! Demônio!

A porta bateu com força por detrás dela.

O sr. Casey, livrando os braços dos que o seguravam, repentinamente baixou a cabeça para dentro das mãos com um soluço de dor.

— Pobre Parnell! — exclamou tétrico. — Meu rei morto!

Soluçava amargamente, soturnamente.

Stephen, erguendo a face crispada de terror, viu que os olhos de seu pai estavam cheios de lágrimas.

Os alunos conversavam em pequenos grupos.

Um aluno disse:

— Foram apanhados perto da colina dos Leões.

— Quem os agarrou?

— O sr. Gleeson e o ministro. Estavam num carro.

O mesmo aluno ajuntou:

— Foi um aluno da divisão superior quem me contou.

Fleming perguntou:

— Mas por que é que eles fugiam? Conte.

— Eu sei por que foi. Cecil Thunder me disse. Foi porque arrombaram a caixa da sala do reitor.

— Quem arrombou?

— O irmão de Kickham. E todos tinham participação nisso. Mas foi um roubo. Como puderam fazer isso?

— Sabes mesmo muito, Thunder! — disse Wells. — Eu, sim, é que sei por que foi que eles deram o fora.

— Conta por que foi.

— Contaram-me com a condição de eu não contar.

— Oh! Vamos, conta, Wells — disseram todos. — Podes contar. Não diremos nada.

Stephen aproximou a cabeça para ouvir. Wells olhou em volta para ver se vinha alguém. Depois disse, em segredo:

— Vocês conhecem aquele vinho do altar que eles guardam nos gavetões da sacristia?

— Sim.

— Pois bem, eles o beberam. E descobriram quem foi, pelo cheiro. Ora aí está por que fugiram, já que vocês querem saber.

E o aluno que tinha falado primeiro disse:

— Foi, sim, foi o que também ouvi do aluno do curso superior.

Os colegiais ficaram todos calados. Stephen ficou no meio deles, com medo de falar, escutando. Um frouxo mal-estar de pavor o fez sentir-se cambalear. Como ousaram fazer isso? Imaginou a sacristia silenciosa, no escuro. Havia lá grandes cômodas de madeira onde as sobrepelizes sagradas jaziam placidamente dobradas. Não que aquilo já fosse a capela, mas a gente, contudo, tinha que falar baixinho, ciciando. Era um lugar santo. Recordou-se da tarde de verão em que estivera lá para ser vestido como coroinha na tarde da procissão em que saía o pequeno andor. Um estranho e santo lugar. O garoto que segurava o turíbulo balançava-o gentilmente para cá e para lá, perto da porta, com a tampa de prata erguida pela corrente média a fim de que os carvões ficassem sempre acesos. Chamava-se isso carvão vegetal; ia queimando devagar enquanto o aluno o balouçava gentilmente e desprendia um aroma fracamente irritante. E em seguida, quando todos tinham se paramentado, ele tinha ficado segurando a salva para o reitor. E o reitor tinha colocado uma pitada de incenso dentro e o incenso tinha chiado entre as brasas.

Os alunos estavam conversando juntos, em grupinhos aqui e acolá, pelo pátio do recreio. Os alunos davam-lhe a impressão de haverem diminuído. E essa impressão era porque um estabanado o tinha derrubado na véspera, um aluno do segundo de Gramática. Ele havia sido arremessado pela bicicleta do aluno, facilmente, no atalho da cinza, e os seus óculos se tinham quebrado em três pedaços; e até um pouco da borra da cinza tinha entrado em sua boca.

Era por isso que os alunos lhe pareciam ter ficado menores e mais afastados, e as balizas do gol tão finas e tão longe... E o céu assim macio e cinzento tão para cima. Mas não havia partida no campo de futebol, porque era a época do críquete; e uns diziam que Barnes iria ser o professor, e outros garantiam que ia ser Flowers. E em toda a extensão dos pátios de recreio estavam jogando os lances, fazendo os arremessos e desviando-se uns dos outros.

E, daqui e dali, vinham os sons dos bordões de críquete através do ar acinzentado. Diziam: pic, pac, poc, puc: como gotas d'água duma fonte caindo vagarosamente num balde cheio até a borda.

Athy, que tinha estado calado, disse devagar:

—Vocês estão todos errados.

Todos voltaram-se logo para ele.

— Por quê?

— Que é que você sabe?

— Quem lhe contou?

— Diga logo.

Athy apontou, através do pátio de recreio, para onde Simão Moonan caminhava sozinho chutando uma pedra diante de si.

— Perguntem a ele.

Os alunos olharam para lá e depois disseram:

— Perguntar a ele por quê?

— Ele está metido nisso?

Athy abaixou a voz e disse:

— Vocês sabem por que esses alunos fugiram? Vou lhes contar, mas vocês não devem dar a entender que sabem.

— Conte-nos, Athy. Vamos logo. Conte, se é que sabe mesmo.

Ele parou por um momento e depois disse, misteriosamente:

— Foi porque foram apanhados com Simão Moonan e com o Boyle Trombudo na área, de noite.

Os alunos encararam-no e perguntaram:

— Apanhados?

— Fazendo o quê?

Athy disse:

— "Contrabando!"

Todos os alunos ficaram calados; e Athy disse:

— Foi, sim. Foi por causa disso.

Stephen olhou para a cara dos colegas; mas todos estavam olhando lá para o fundo do pátio. Queria fazer uma pergunta a qualquer deles. Que queria dizer, que significava estar fazendo "contrabando" na área? Por que haviam fugido os cinco alunos da classe superior? Que tinha uma coisa com a outra? Ou teria sido alguma brincadeira proibida? Simão Moonan só vestia roupas bonitas e certa noite lhe mostrara uma bola assim de caramelos que os alunos do time de futebol de quinze lhe tinham jogado pelo tapete, quando ele estava à porta do refeitório. Fora depois da tarde da partida dos Bective. E a bola era tal qual uma maçã vermelha e verde: só que, quando se abria, estava cheia de caramelos. E, um dia, Boyle havia tido um lapso de língua, equivocando-se, pois em vez de dizer um elefante tem duas enormes presas de marfim, dissera que tinha duas trombas. Razão pela qual o tinham apelidado definitivamente Boyle Trombudo. Outros alunos havia, porém, que preferiam chamá-lo de Srta. Boyle, por estar ele sempre às voltas com as unhas, tratando-as.

Eileen possuía mãos delgadas, frias e brancas, também, mas era uma menina. Mãos que pareciam marfim; só que tenras. Esse era o sentido de *Torre de marfim*; mas os protestantes eram incapazes de entender e faziam gracejos com isso. Uma vez ele parara junto dela, vendo-a olhar para os pavimentos do hotel. Um servente estava enrolando uma bandeira numa haste e um cão fox terrier corria em todas as direções na relva batida de sol. Ela havia posto a sua mão no bolso dele onde ele estava com a sua já enfiada; e ele havia sentido quão fria, delgada e macia era a mão dela. Ela dissera que bolsos eram coisa engraçada de ter; e então, depois, sem mais aquela, tinha parado de falar e saíra a correr, rindo, pelo declive abaixo do caminho. Seu lindo cabelo se tinha derramado atrás dela como ouro ao sol. *Torre de marfim. Casa dourada.* É pensando direito nas coisas que a gente as entende.

Mas por que na área? Vai-se lá quando se sente necessidade de fazer qualquer coisa. Estava rodeada de pranchas grossas de ardósia e o dia inteiro pingava água pelos buracos dos canos; e aquilo tinha um cheiro esquisito de água rançosa. E atrás da porta de uma das privadas havia um desenho a lápis encarnado, de um homem barbado com traje romano com um tijolo em cada mão; e por debaixo estava o título do desenho:

Balbus estava construindo uma parede.

Algum dos alunos desenhara aquilo por brincadeira. A cara era engraçada, mas parecia mesmo um homem com barba. E, na parede de uma outra privada, estava escrito a tinta preta em bonita caligrafia:

Julius Cæsar escreveu De Berro Gallico.

Talvez fosse por causa disso que eles estivessem lá, porque era um lugar onde alguns alunos escreviam coisas por gracejo. Fosse como fosse, todavia, era esquisito o que Athy havia dito e a maneira por que o dissera. Não podia ter sido uma brincadeira, visto que depois haviam fugido.

Olhou com os outros para o pátio do recreio e começou a ficar com medo. Por fim Fleming disse:

— E então temos que ser castigados por causa do que os outros alunos fizeram?

— Eu não voltarei mais, vocês vão ver só — disse Cecil Thunder. — Três dias de silêncio no refeitório e nos mandando subir, aos seis e aos oito, cada minuto.

— É, sim — disse Wells. — E o velho Barret tem um jeito novo de dobrar a nota de maneira que a gente não pode abrir o papel desdobrando-o para ver quantas vezes se vai apanhar de palmatória. Eu também não quero voltar.

— É mesmo — disse Cecil Thunder —, e o monitor das disciplinas esteve hoje de manhã no segundo de Gramática.

— Então vamos fazer uma revolta — disse Fleming. — Vamos mesmo, hem?

Ninguém respondeu. O ar estava tão silencioso que se podia ouvir o bordão do críquete; porém não tanto quanto antes: pic, poc.

Wells perguntou:

— Que será que vão fazer com eles?

— Simão Moonan e Comilho vão apanhar bastonadas — disse Athy —, e os alunos do último ano terão que escolher entre bastonada e expulsão.

— E que resolveram eles? — perguntou o menino que tinha falado primeiro.

— Todos estão pedindo expulsão, exceto Corrigan — respondeu Athy. — Ele vai ser bastonado pelo sr. Gleeson.

— Eu sei por que é — disse Cecil Thunder. — Ele é que está certo e os outros alunos estão errados, porque a bastonada nem deixa sinal pouco depois, ao passo que um aluno que é expulso do colégio fica conhecido toda a vida por causa disso. E além disso Gleeson não vai lhe dar varadas com força.

— E o melhor para ele será não dar mesmo — disse Fleming.

— Eu não gostaria de estar no lugar de Simão Moonan, nem no de Boyle Trombudo — disse Cecil Thunder. — Mas não acredito que eles recebam bastonadas. O mais provável é que recebam nove bolos em cada mão.

— Qual o quê! — discordou Athy. — Vão levar bastonadas, e bem no sítio vital!

Wells encolheu-se, tapando-se todo e gritando com voz de choro:

— Por favor, senhor, não faça isso!

Athy arreganhou os dentes e, dobrando para cima as mangas do jaleco, disse:

Qual misericórdia, o quê
Não escapas duma tunda.
Vai descendo logo as calças
E vira pra cima a bunda.

Os colegas riram; mas Stephen reparou que estavam todos um pouco amedrontados. No silêncio do ar macio e cinzento, ouvia o bastão de críquete, ora aqui, ora acolá: poc! Era apenas um som bem audível, mas se a gente estivesse sendo batida com ele, então esse golpe doeria. A palmatória também fazia barulho, mas não era um barulho parecido com esse. Diziam os alunos que ela era feita de osso de baleia e de couro e que tinha chumbo dentro; e ele ficava em dúvida com que dor se pareceria a dor que ela produzia. Havia diferentes espécies de barulho. Uma bengala fina e comprida deveria ter um som alto de assobio, e perguntava a si mesmo com que espécie de dor se pareceria. Dava-lhe um arrepio pensar nisso; e calafrios. E o que Athy dissera, também. Mas que é que havia nessa história, então, para se rirem? Ouvir causava-lhe arrepio, mas era porque sempre se sente um calafrio quando a gente abaixa as calças. Por exemplo, no banheiro, quando a gente tinha que se despir. Ficou em dúvida sobre quem as abaixaria. Se o mestre ou se o aluno mesmo. Oh! Como podiam eles rir, assim, dessa maneira?

Prestou atenção nas mangas arregaçadas e nas mãos com manchas de tinta e com calombos de Athy. Arregaçara as mangas para mostrar como o sr. Gleeson dobraria para cima as suas. O sr. Gleeson, porém, tinha punhos engomados, braços brancos e asseados e umas mãos gordas, esbranquiçadas, com unhas compridas e pontudas. Talvez as cortasse para ficarem parecidas com as da Srta. Boyle. Mas que eram umas unhas terrivelmente compridas e pontudas, eram. Bem compridas e cruéis, apesar de já as mãos não serem cruéis, antes, pelo contrário, gentis. E, conquanto tremesse com frio e pavor ao pensar nas cruéis unhas imensas e no som do assobio da bengala e do arrepio que se sente na ponta da camisa quando se tira a roupa, contudo sentiu um esquisito e mole prazer dentro de si ao pensar naquelas mãos branquicentas, gorduchas, limpas, fortes e gentis. E pensou no que Cecil Thunder havia dito: que o sr. Gleeson não haveria de dar bastonadas com força em Corrigan. E Fleming houvera dito que não daria, não, porque seria melhor para a conveniência dele não dá-las. Mas não havia de ser por isso.

Uma voz longe, lá pelo recreio gritou:

— Todos pra dentro!

E outras vozes gritaram:

— Pra dentro! Todos já pra dentro!

Durante a lição de escrita ele ficou sentado com os braços dobrados, escutando o arranhar vagaroso das penas. O sr. Hartford ia e vinha fazendo sinaizinhos com lápis encarnado e às vezes até se sentando ao lado do aluno para mostrar-lhe como devia segurar a caneta. Stephen tentava soletrar o título por si só, embora já soubesse qual fosse, visto ser o último título do livro. *Fervor sem prudência é como um navio à mercê das ondas.* Mas as linhas onde estavam as letras eram como invisíveis fios, e era só fechando o olho direito, bastante mesmo, e abrindo o máximo que fosse possível o esquerdo, que podia perceber as curvas grossas da maiúscula.

Mas o sr. Hartford era muito delicado e jamais se zangava. Todos os outros professores facilmente faziam terríveis escarcéus. Por que se irritariam eles com o que os alunos dos últimos anos haviam feito? Wells havia contado que os alunos tinham bebido um pouco do vinho da missa dos gavetões da sacristia e que se haviam descoberto os culpados pelo cheiro. Talvez houvessem furtado um ostensório para fugir com ele e venderam nalguma parte. Que horrível pecado que não devia ter sido, terem entrado lá sem fazer barulho, durante a noite, terem aberto os gavetões escuros e furtado aquela coisa coruscante de ouro dentro da qual se colocava Deus sobre o altar no meio de flores e de castiçais, durante a bênção, enquanto o incenso subia em nuvens, de ambos os lados, à medida que o aluno balouçava o turíbulo e Dominic Kelly cantava de cor, a primeira parte sozinho, no coro. Mas Deus não estava dentro dele, naturalmente, quando o roubaram. Fosse como fosse, só tocá-lo já era um grande e estranho pecado. Pensava nisso com profundo pavor; um terrível e raro pecado; arrepiava-o pensar nisso no silêncio, enquanto as penas faziam *corroque, corroque*, vagarosamente. Mas beber o vinho da missa dos gavetões e acabar sendo descobertos pelo hálito era um pecado também; só que tem que não era terrível nem fora do comum. Isso apenas dava para a gente se sentir um tanto tonta por causa do hálito avinhado. De fato, naquele dia em que fizera a sua primeira comunhão, tinha fechado os olhos e aberto a boca, pondo um pouquinho na língua para fora; e quando o reitor se curvara para lhe dar a sagrada hóstia, tinha sentido um cheiro fraquinho, avinhado, no hálito do reitor depois do vinho da missa. A palavra era bonita: vinho. Fazia a gente pensar em púrpura escura porque os cachos de uva tinham a cor escura da púrpura e cresciam na Grécia por fora das casas parecidas com templos brancos. Mas o cheiro fraquinho do hálito da respiração do reitor fizera-o sentir uma sensação de tontura na manhã da sua primeira comunhão. O dia da nossa primeira comunhão é o dia mais feliz da nossa vida. E uma vez um grupo de generais perguntara a Napoleão qual fora o dia mais feliz da vida dele. Cuidaram que ele iria dizer o dia em que havia ganho alguma grande batalha ou o dia em que fora feito imperador. Mas ele respondeu:

— Cavalheiros, o dia mais feliz da minha vida foi aquele em que fiz a minha primeira santa comunhão.

O Pe. Arnall entrou. E a aula de latim começou, tendo Stephen permanecido na sua carteira com os braços cruzados. O Pe. Arnall distribuiu os cadernos de temas e declarou que estavam que era um escândalo e que deviam ser escritos outra vez, com as correções, já, já. Mas que o pior de todos era o de Fleming, porque as páginas estavam grudadas com um borrão; e o Pe. Arnall dependurou-o por uma ponta e disse que era um insulto, fosse para que mestre fosse, ser-lhe entregue um tal caderno. Em seguida pediu a Jack Lawton declinar o substantivo *mare*; e Jack Lawton parou no ablativo singular e não houve jeito de saber prosseguir o plural.

— Você devia ter vergonha de si mesmo — disse o Pe. Arnall, gravemente. — Justamente você, o primeiro da classe!

Depois do quê, mandou o aluno seguinte; e o outro; e o outro. Nenhum soube. O Pe. Arnall ficou parado, cada vez mais imóvel à medida que cada garoto tentava responder e errava. Mas a sua cara estava enfarruscada e os seus olhos chispavam apesar da sua voz estar tão calma. Então perguntou a Fleming. E Fleming disse que aquela palavra não tinha plural. Repentinamente o Pe. Arnall fechou o livro e gritou com ele:

— Ajoelhe-se já, lá no meio da sala. Você é um dos meninos mais vadios que já pude encontrar. Copiem os cadernos outra vez, vocês outros.

Fleming mexeu-se pesadamente do seu lugar e se ajoelhou entre os dois últimos bancos. Os demais meninos inclinaram-se sobre os seus cadernos de tema e começaram a escrever. Um silêncio enchia a sala da classe e Stephen relanceando timidamente o olhar até o Pe. Arnall assim de rosto duro, percebeu que o rosto dele estava um pouco vermelho por causa da zanga.

Ficar zangado, com raiva, seria um pecado para o Pe. Arnall? Ou lhe seria permitido ficar zangado e com raiva quando os alunos eram preguiçosos, talvez isso os fazendo estudar melhor? Ou lhe seria perdoado por estar com raiva? Era porque lhe era permitido, visto como um padre sabe muito bem o que seja um pecado e não o deve cometer. Mas se ele fizesse isso alguma vez por engano, que devia ele fazer para se confessar? Talvez fosse se confessar com o ministro. E caso o ministro cometesse pecado? Deveria confessar-se com o reitor; e o reitor com o provincial; e o provincial com o geral dos jesuítas. Chamava-se a isso a ordem; e tinha ouvido seu pai dizer que eram homens inteligentes, que poderiam se ter tornado pessoas importantes no mundo se não tivessem se tornado jesuítas. Imaginava o que o Pe. Arnall e o padreco Barret teriam sido e o que o sr. McGlade e o sr. Gleeson chegariam a ser se não se tivessem feito jesuítas. Era difícil pensar o que teriam sido porque a gente tinha que pensar neles de maneira muito contrária, com diferentes casacos de cor e calças, com barbas e bigodes e diversos chapéus.

A porta abriu-se vagarosamente e se fechou. Um rápido sussurro correu pela classe: o monitor das disciplinas! Houve um instante de silêncio mortal e, depois, o bater pesado de uma palmatória sobre a última carteira. O coração de Stephen fechou-se de medo.

— Algum menino daqui deseja palmatória, Pe. Arnall? — falou o monitor dos estudos. — Algum malandro preguiçoso, desta classe, deseja bolos?

Veio até o meio da classe e viu Fleming de joelhos.

— Olá! — gritou ele. — Que menino é este? Por que motivo está ele de joelhos? Menino, como é o seu nome?

— Fleming, sim, senhor.

— Olá! Fleming! Um vadio, decerto. Basta olhar os olhos dele. Por que está ele de joelhos, Pe. Arnall?

— Escreveu uma péssima lição em latim — disse o Pe. Arnall — e errou todas as respostas de gramática.

— Mas tinha que errar! — gritou o monitor dos estudos. — Tinha de errar! Um vadio nato! Estou vendo isso no canto dos olhos dele.

Golpeou a carteira com a palmatória e exclamou:

— De pé, Fleming! Levante-se, meu menino!

Fleming levantou-se, vagarosamente.

— Abra a mão — gritou o monitor dos estudos.

Fleming estendeu a mão. A palmatória caiu sobre ela com um ruído de estalo: um, dois, três, quatro, cinco, seis.

— A outra mão!

A palmatória desceu em seis estalos rápidos e altos.

— Ajoelhe-se! — gritou o monitor dos estudos.

Fleming ajoelhou-se, comprimindo as mãos nos sovacos, a face distorcida pela dor; mas Stephen sabia quão rijas eram as mãos dele porque Fleming estava sempre friccionando resina nelas. Mas talvez estivesse com muitas dores porque o barulho da palmatória fora terrível. O coração de Stephen estava batendo e pulando.

— Já ao trabalho, vocês todos! — exclamou o monitor dos estudos. — Não queremos vadios, preguiçosos, malandros aqui, seus vadios, seus preguiçosos, seus trapaceiros. Ao trabalho, estou dizendo. O Pe. Dolan virá aqui ver vocês todos os dias. O Pe. Dolan volta amanhã!

Fustigou um dos alunos, do lado, com a palmatória, dizendo:

— Você, garoto! Quando é que o Pe. Dolan entrará aqui outra vez?

— Amanhã, sim, senhor — disse a voz de Tom Furlong.

— Amanhã, e amanhã, e amanhã! — disse o monitor dos estudos. — Guardem isso bem na memória. Todos os dias, o Pe. Dolan. Vão escrevendo. Você, garoto, quem é você?

O coração de Stephen deu um repentino salto.

— Dedalus, senhor.

— Por que é que você não está escrevendo, como os outros?

— Eu... os meus...

E, de medo, não pôde falar.

— Por que é que ele não está escrevendo, Pe. Arnall?

— Ele quebrou os óculos — disse o Pe. Arnall — e eu o isentei de escrever a tarefa.

— Quebrou? Que é que eu estou ouvindo? Que história é essa? Como é mesmo o seu nome?

— Dedalus, senhor.

— Saia pra cá, Dedalus. Seu trapaceirozinho preguiçoso. Estou vendo o fingimento na sua cara. Onde quebrou você os seus óculos?

Stephen tropeava no meio da sala, cego de medo e de atrapalhação.

— Onde foi que você quebrou os seus óculos? — tornou a perguntar o monitor dos estudos.

— Na pista onde tem cinza, senhor.

— Olá! Na pista, hem? — exclamou o monitor dos estudos. — Eu conheço essa manha.

Stephen ergueu os olhos com espanto e viu, por um instante, a cara macilenta e já avelhantada do Pe. Dolan; uma cabeça raspada, cor de cera, com lanugens dos lados; os aros de aço dos seus óculos, e aqueles seus olhos sem cor olhando através dos vidros. Por que disse ele que conhecia aquela manha?

— Seu vadio, pequeno preguiçoso! — exclamou o monitor dos estudos. — Quebrei os meus óculos! Já é muito velha essa manha! Ponha já a mão pra fora!

Stephen fechou os olhos e estendeu no ar a mão trêmula com a palma para cima. Sentiu o monitor dos estudos tocá-la por um instante nos dedos, para esticá-la e depois o roçar da manga da batina ao ser a palmatória erguida para bater. Uma pancada ardente, zunindo, ressoou como um pesado cair de madeira se quebrando, fazendo a sua mão trêmula revirar toda como uma folha ao fogo; e o som e a dor encheram-lhe os olhos de lágrimas escaldantes. Todo o seu corpo tremia de medo; o seu braço arriava e a sua mão entortada e lívida abanava como uma folha solta no ar. Um grito saltou-lhe aos lábios, pedindo para acabar. Mas apesar das lágrimas lhe encherem os olhos e seus membros tremerem de dor e de medo, reprimiu as lágrimas quentes e o grito que lhe queimava a garganta.

— A outra mão! — berrou o monitor dos estudos.

Stephen encolheu a mão direita crescida, inchada e trêmula e estendeu a esquerda. A manga da batina sibilou outra vez quando a palmatória subiu; e uma pancada alta e uma dor de enlouquecer, dor forte, ardente e ecoante, fez a sua mão contrair-se toda com a palma e os dedos numa lívida e trêmula massa. O pranto escaldante rompeu-lhe dos olhos e, ardendo de vergonha, de desespero e de pavor, retirou a mão que dançava e aterrorizado rompeu num gemido de dor. O seu corpo sacudia todo num estertor de medo e, com vergonha e raiva, sentiu que o grito escaldante lhe subia da garganta e que as lágrimas de fogo lhe caíam dos olhos pelas faces quentes.

— Ajoelhe-se — gritou o monitor dos estudos.

Stephen ajoelhou-se logo, comprimindo as mãos feridas no peito. Pensar nelas machucadas e inchadas, ardendo, o fez de súbito se sentir tão amargurado, com tanta pena delas como se não fossem suas, e sim de uma outra pessoa de quem ele tivesse muito dó. E como se ajoelhasse, acalmando os últimos soluços de sua garganta e sentindo a dor ardida e crepitante ao apoiá-las nas ilhargas, ficou pensando como as estendera viradas para cima e como o monitor dos estudos as pegara para lhes esticar os dedos trêmulos, e como aquelas duas massas inchadas e vermelhas de palmas e falanges haviam tremido no ar, sem socorro.

— E se ponham todos já a trabalhar — gritou o monitor dos estudos lá da porta. — O Pe. Dolan há de vir todos os dias ver se algum menino, algum malcomportado vadio, está querendo bolos. Todos os dias. Todos os dias.

A porta fechou-se atrás dele.

A classe silenciosa continuou a copiar os temas. O Pe. Arnall levantou-se da sua cadeira e veio por entre eles, ajudando os meninos com palavras delicadas e lhes mostrando os erros que haviam feito. A sua voz era muito branda e solícita. Depois voltou lá para o estrado, sentou-se e disse para Fleming e Stephen:

— Podem voltar para os seus lugares, vocês dois.

Fleming e Stephen ergueram-se, encaminhando-se para os seus bancos, e se sentaram. Stephen, rubro de vergonha, abriu correndo um livro com a mão fraca e se inclinou sobre ele, a face bem perto da página.

Era injusto e cruel, porque o médico lhe havia dito para não ler sem os óculos! E ele já escrevera para casa, aquela manhã mesmo, para que lhe mandassem um outro par. E o Pe. Arnall tinha dito que ele não precisava estudar até que as novas lentes chegassem. Portanto, ter sido chamado de fingido diante da classe, e ter apanhado de palmatória quando sempre tirava o cartão de primeiro ou de segundo e era o chefe dos yorkistas! Como podia o monitor dos estudos saber que era patranha? Tinha sentido os dedos do monitor tocarem-no quando apresentara a mão; até cuidara que lhe ia apertar as mãos num cumprimento, pois os dedos do monitor estavam macios e firmes; mas depois, logo depois, tinha ouvido o zunido da manga da batina e a pancada. Fora crueldade, e não fora nada bonito fazê-lo ajoelhar no meio da classe, depois; e o Pe. Arnall dissera a ambos que podiam voltar para os seus lugares, sem fazer nenhuma distinção entre eles. Escutava a voz baixa e amável do Pe. Arnall enquanto ia corrigindo os temas; talvez agora ele estivesse arrependido e desejasse tornar-se correto. Mas tinha sido cruel e injusto. E aquele rosto macilento do outro, aqueles olhos sem cor, por detrás dos óculos de aro de metal, tinham uma expressão cruel porque ele havia esticado os dedos primeiro com os seus dedos fortes e macios, mas fora para ferir melhor e mais espalhafatosamente.

— Foi uma coisa mesquinha, é o que foi — disse Fleming no corredor quando as classes estavam passando para irem em fila para o refeitório. — Dar de palmatória num aluno que não fez nada!

— De fato você quebrou os óculos por acidente, não foi? — indagou Roche Relaxadão.

Stephen sentiu seu coração encher-se com as palavras de Fleming, e não deu resposta.

— Claro que foi — disse Fleming. — Eu não aguentaria isso. Eu iria lá em cima dar queixa dele ao reitor.

— Isso mesmo — disse vivamente Cecil Thunder. — E eu vi como ele ergueu a palmatória acima do ombro! E não é permitido fazer isso.

— Os bolos machucaram muito? — perguntou Roche Relaxadão.

— Mas muito — respondeu Stephen.

— Comigo a coisa não ficava assim, com aquele careca, ou qualquer outro careca! Foi uma ação má e baixa, é o que foi. Eu iria diretamente lá em cima, contar a ele tudo, depois do jantar.

— É, sim, vá. Isso, vá! — disse Cecil Thunder.

— Vá, sim. Isso, suba até lá e faça queixa dele ao reitor, Dedalus — insistiu Roche —, pois ele disse que amanhã havia de vir outra vez lhe dar de palmatória.

— Vá mesmo. Conte ao reitor — disseram todos.

E alguns alunos do segundo de Gramática tinham escutado; e um deles disse:

— O senado e o povo romano declaram que Dedalus foi injustamente punido.

Fora injusto; fora cruel e mau; e, sentado no refeitório, sofria sem parar a recordação mesma dessa humilhação, até que começou a se perguntar se talvez, realmente, não haveria mesmo na sua cara qualquer coisa que lhe desse algum ar de trapaceiro. E bem vontade teve de arranjar um espelho, para se olhar. Mas isso não podia ser: fora, sim, injusto, cruel e falso.

Não pôde comer as postas escuras de peixe que davam nas sextas-feiras de guarda; e uma das batatas que lhe tinham posto tinha uma marca de terra. Sim, devia fazer o que os colegas lhe tinham dito que fizesse. Iria lá em cima contar ao reitor que tinha sido injustamente punido. Uma coisa deste gênero já havia sido feita na História, muito antes, por alguém, por certa grande personagem cujo busto estava nos livros de história. E o reitor declararia que ele fora punido injustamente visto como o senado e o povo romano sempre declaravam que os homens que procediam assim tinham sido punidos injustamente. Esses eram os grandes homens cujos nomes estavam nas *Perguntas* de Richmal Magnall. A História só trazia homens desses! E o que haviam feito. E era disso que estavam cheias as *Narrativas* de Peter Parley, sobre a Grécia e Roma. Havia uma estrada ao longo dum descampado com relva dos lados e pequenas moitas: e Peter Parley tinha um enorme chapéu, como o dum ministro protestante, e uma grande bengala; e ia caminhando ao longo da estrada para a Grécia e para Roma.

O que ele tinha que fazer era fácil. Tudo quanto tinha que fazer era, quando o jantar houvesse acabado e saísse no seu turno, continuar andando. Mas só que não devia sair do corredor; subiria as escadas, à direita, que levavam ao castelo. Não tinha de fazer mais nada senão isso: dobrar à direita e subir firme as escadas; e em meio minuto estaria no estreito e baixo corredor que conduzia à sala do reitor através do castelo. E todos os colegas haviam dito que não fora direito; até o aluno do segundo de Gramática, aquele que tinha dito aquilo a respeito do senado e do povo romano.

Que poderia acontecer? Ouviu os alunos da classe superior levantarem-se nos fundos do refeitório; e lhes ouviu os passos quando vinham descendo os estrados; Paddy Rath, Jimmy Magee e o espanhol e o português; o quinto era o grandão Corrigan, que iria ser surrado pelo sr. Gleeson. Fora porque o monitor dos estudos o tinha chamado de fingido e lhe tinha dado com a palmatória sem razão: e, forçando os olhos fracos, cansados com as lágrimas, ficou prestando atenção até que passassem os largos ombros do grandão Corrigan e a sua enorme cabeça escura, na fila. Mas esse fizera qualquer coisa! E, apesar disso, o sr. Gleeson não o surraria com força; recordava-se da impressão que o grandão Corrigan lhe causava no banho. Tinha a pele da mesma cor que a água parada cor de turfa no fundo raso do banheiro; e quando andava rebolava para o lado, os seus pés batiam pesadamente nos regos e a cada passo seu as suas coxas tremiam um pouco porque eram gorduchas.

O refeitório já se esvaziara pela metade e os alunos continuavam saindo em fila. Ele poderia subir as escadas porque nunca havia lá nenhum padre ou monitor do lado de fora da porta do refeitório. Não valeria a pena ir. O reitor ficaria do lado do monitor dos estudos e pensaria que se tratava duma artimanha de colegial; e depois então é que o monitor dos estudos viria mesmo todos os dias. E até podia ainda ficar pior porque se danaria medonhamente por um aluno ter ido dar parte dele ao reitor. Os colegas lhe tinham dito que fosse, mas eles mesmos lá é que não iriam. De mais a mais já tinham esquecido completamente aquilo. Não, o melhor era esquecer completamente aquilo tudo; e talvez o monitor apenas dissesse por dizer que viria. Não, o melhor seria esconder-se evitando-o, porque quando se é pequenino e menino se pode escapar dessa forma muitas vezes.

Os alunos da segunda mesa ergueram-se. Ergueu-se também e saiu para se ir pôr na fila, entre eles. Tinha que decidir. Já ia chegando perto da porta. Se continuasse com os colegas não poderia mais subir até o reitor, pois não havia de sair do recreio para isso. E se fosse e apanhasse, apesar disso, de palmatória, todos os colegas o debochariam; ter o jovem Dedalus ido falar lá em cima com o reitor contra o monitor dos estudos.

Ia andando, descendo os estrados; e viu a porta em frente. Era impossível; não poderia. Lembrou-se da cabeça calva do monitor dos estudos com aqueles olhos cruéis e sem cor que o fitavam, e ouviu aquela voz do monitor dos estudos perguntando-lhe duas vezes como era o seu nome. Por que não se lembrava do nome já que lho havia dito a primeira vez? Seria que a primeira vez não escutara, ou fora para fazer graça com o seu nome? Os grandes homens da História têm nomes assim! E ninguém os debochou por isso. Era do seu próprio nome, isso sim, que ele devia debicar, já que tinha vontade de debicar. Dolan: tal e qual o nome duma lavadeira.

Atingira a porta e, dobrando rápido para a direita, foi subindo as escadas; e, antes que pudesse cair em si e voltar, já alcançara o estreito corredor baixo que conduzia ao castelo. E quando atravessou o patamar da porta do corredor viu, sem precisar virar a cabeça para olhar, todos os alunos que olhavam na direção dele, à medida que iam passando.

Seguiu pelo comprido corredor escuro, passando pelas portas estreitas das celas da comunidade. Espiava para a frente e para a direita e a esquerda, através da obscuridade, e calculava que o que vislumbrava seriam retratos. Estava escuro e silencioso e os seus olhos eram fracos e estavam cansados com as lágrimas, de maneira que não podia ver. Mas calculava que deveriam ser os retratos dos santos e dos grandes homens da ordem que o estavam olhando silenciosamente enquanto passava: santo Inácio de Loyola segurando um livro aberto e apontando para as palavras *Ad Majorem Dei Gloriam*, escritas no livro; são Francisco Xavier mostrando o peito; Lourenço Ricci com o barrete na cabeça como qualquer um dos bedéis de turmas; os três patronos da mocidade santa: santo Estanislau Kostka, são Luís de Gonzaga e o Bem-aventurado João Berchmans, todos com rosto jovem porque haviam morrido quando ainda eram moços; e o Pe. Peter Kenny, sentado num cadeirão, embrulhado numa grande capa.

Viu-se do lado de fora, sobre o terraço, já em cima, na entrada do vestíbulo e olhou em redor. Tinha sido ali onde Hamilton Rowan tinha morrido e as marcas das coronhadas dos soldados estavam lá. E fora lá que os velhos fâmulos tinham visto o fantasma com a capa branca de marechal.

Um servente de idade estava varrendo à porta do terraço. Perguntou-lhe onde era a sala do reitor; e o criado velho apontou para a porta na ponta extrema e ficou a olhá-lo enquanto ele foi seguindo e quando bateu.

Não obteve resposta. Bateu outra vez mais alto e o seu coração começou a dar pulos quando ouviu uma voz velada dizer:

— Pode entrar!

Virou a maçaneta e abriu a porta e começou a tatear à procura do trinco do forro verde da porta interna. Achou-o, abriu a porta, empurrou-a e entrou.

Viu o reitor sentado a uma secretária escrevendo. Havia um crânio sobre a escrivaninha e um estranho e solene aroma na sala, assim algo feito cheiro de couro velho de cadeiras.

O seu coração estava batendo apressado por causa do lugar solene em que se achava e por causa do silêncio da sala; e então olhou para a caveira e para o rosto de expressão bondosa do reitor.

— Ora, muito bem, meu homenzinho — disse o reitor —, que é que há?

Stephen engoliu uma coisa que lhe estava na garganta e disse:

— Eu quebrei os meus óculos, senhor.

O reitor abriu a boca e disse:

— Oh!

Depois sorriu e disse:

— Bem, se quebramos os nossos óculos devemos escrever para casa pedindo um novo par.

— Escrevi para casa, senhor — disse Stephen —, e o Pe. Arnall disse que eu podia ficar sem estudar até que eles chegassem.

— Perfeitamente! — disse o reitor.

Stephen tornou a engolir qualquer coisa e tentou fazer com que as pernas e a voz não lhe tremessem.

— No entanto, senhor...

— Sim?

— O Pe. Dolan chegou hoje na classe e me bateu com a palmatória porque eu não estava escrevendo o meu tema.

O reitor encarou-o em silêncio e pôde sentir o sangue lhe subir às faces e as lágrimas quase a lhe virem aos olhos.

O reitor disse:

— Você se chama Dedalus, não é?

— É, sim, senhor.

— E onde foi que você quebrou os seus óculos?

— Na pista, onde tem cinza, senhor. Um aluno ia passando de bicicleta; eu caí, e eles se quebraram. Eu não sei o nome do aluno.

O reitor tornou a olhar para ele em silêncio. Em seguida sorriu e disse:

— Oh! Está bem. Foi um engano. Estou certo de que o Pe. Dolan não sabia.

— Mas eu disse a ele que os tinha quebrado e ele me deu bolos.

— Você lhe disse que tinha escrito pedindo um novo par?

— Não, senhor.

— Ora, então — disse o reitor —, o Pe. Dolan não entendeu. Você pode dizer que eu o escuso das suas lições por alguns dias.

Stephen disse imediatamente, com medo de que a tremura lho impedisse depois:

— Sim, senhor, mas o Pe. Dolan disse que voltaria amanhã para me dar bolos de novo.

— Ora, muito bem — disse o reitor —, foi um engano e eu falarei com o Pe. Dolan pessoalmente. E agora, assim, fica bem?

Stephen sentiu as lágrimas molharem-lhe os olhos, e murmurou:

— Oh! Sim, senhor, obrigado.

O reitor estendeu a mão por cima da escrivaninha, do lado em que estava a caveira; e Stephen, pondo na dele a sua, sentiu, por um instante, uma palma fria, ligeiramente úmida.

— E agora passe bem — disse o reitor, recolhendo a mão e se inclinando.

— Passe bem, senhor — disse Stephen.

Fez uma reverência e saiu da sala lentamente, fechando as portas com cuidado, bem devagar.

Mas depois que passou pelo servente idoso no terraço e se viu outra vez no estreito corredor escuro e baixo, começou a caminhar cada vez mais rápido. E sempre cada vez mais depressa enveredou pela obscuridade, excitadíssimo. Esbarrou com o cotovelo contra a porta, lá no fim, apressando-se escadas abaixo, caminhou depressa ao longo dos dois corredores até chegar fora, ao ar livre.

Já ouvia os gritos dos alunos no recreio. Desandou a correr; e correndo cada vez mais depressa, atravessou como um raio a pista e chegou ao recreio da terceira divisão, arquejando.

Os alunos o tinham visto vir a correr. Cercaram-no logo numa roda, empurrando-se uns aos outros para ouvirem.

— Conta! Conta pra gente!

— Que foi que ele disse!

— Estiveste lá dentro?

— Que foi que ele disse?

— Conta! Conta pra gente!

Contou-lhes o que tinha dito e o que o reitor dissera; e depois que acabou de contar, todos os alunos jogaram os seus bonés para o ar, fazendo-os girar, e gritaram:

— Vivôôô!

Apanharam os bonés e os enviaram de novo a girar para o céu, gritando de novo:

— Vivôôô! Vivôôô!

Fizeram uma cadeirinha com as mãos enlaçadas e o ergueram sobre ela, carregando-o por ali afora até que ele lutasse para se livrar. E quando ele escapou, romperam a correr em todos os sentidos, fazendo mais uma vez voar os bonés no ar e assobiando enquanto eles subiam revoluteando. E gritavam, outra vez:

— Vivôôô!

E deram morras ao Careca Dolan e três vivas para Conmee, afirmando que era o melhor reitor que Clongowes já tivera.

Os vivas perderam-se no ar macio e cinzento. Stephen ficou sozinho. Estava feliz e livre: mas, ainda assim, não haveria de se mostrar orgulhoso com o Pe. Dolan. Havia de ser muito sossegado e obediente; e desejou poder fazer alguma coisa por ele a fim de demonstrar que não estava com soberbia.

O ar estava macio, cinzento e leve e a noite vinha chegando. Havia o cheiro da noite no ar, o cheiro dos campos donde arrancavam os nabos que depois eram descascados e comidos, quando iam a passeio até a casa do major Barton, o cheiro que havia no pequeno bosque para lá do pavilhão onde estavam os troncos carunchosos.

Os alunos estavam praticando os lances, correndo e desviando-se uns dos outros. No silêncio macio e cinzento ele podia ouvir o estalo das bolas; e aqui e acolá, por entre o ar parado, o som do bastão de críquete: pic, pac, poc, puc: como gotas d'água numa fonte, caindo agradavelmente num balde cheio até a borda.

2

Tio Carlos fumava dum tal rolo tão preto que por fim o sobrinho o aconselhou a ir deliciar-se com o seu fumo num pequeno telheiro, no fundo do jardim.

— Está muito bem, Simão. Fique tranquilo, Simão — disse o velhote, placidamente. — Seja onde quiseres. O alpendre para mim calha perfeitamente. Há de até ser mais saudável.

— Raios me partam — disse com a maior franqueza o sr. Dedalus —, se percebo como é que vossemecê pode fumar um tabaco assim tão medonhamente ordinário. Nem pólvora de espingarda, valha-o Deus.

— Pois olhe que é bem bom, Simão — replicou o velho. — Bem frio e molinho.

Todas as manhãs, por conseguinte, lá seguia para o telheiro, mas não sem antes haver ajeitado e passado a escova, escrupulosamente, no seu chapéu preto. Enquanto fumava, a aba do seu chapelão e a extremidade do seu cachimbo eram bem visíveis do outro lado dos travessões da porta do alpendre. O seu ancoradouro, como ele chamava o fumarento alpendre que comparticipava com o gato e com a ferramenta do jardim, servia-lhe também como caixa de ressonância: e todas as manhãs cantarolava com satisfação uma de suas árias favoritas: *Oh! Verga-me uma ramada!*, ou *Olhos azuis e cabelos louros*, ou *As alamedas de Blarney*, enquanto os círculos cinzentos e azuis do fumo subiam vagarosamente do cachimbo para o ar puro.

Durante a primeira parte do verão em Blackrock, tio Carlos foi o constante companheiro de Stephen. Tio Carlos era um velho rijo; tinha a pele bem curtida; traços ásperos e bigodes brancos para os lados. Nos dias da semana levava os recados da casa que era na avenida Caysfort às lojas da principal rua do lugarejo com as quais a família negociava. Bem contente ficava Stephen de ir com ele nessas caminhadas, pois tio Carlos ajudava-o com mão liberal naquilo que, fosse o que fosse, estivesse exposto em caixas destampadas ou em barris fora dos balcões. Quisesse ele apanhar uma mão cheia de uvas com serragem, ou três ou quatro maçãs americanas, e o tio as punha generosamente na mão dele enquanto o dono da loja sorria contrafeito; e ante a relutância fingida de Stephen para aceitar, fechava ele o cenho e dizia:

— Pega lá, senhorzinho. Ouves-me, ou não me ouves? Hão de te fazer bem ao pandulho.

Quando a lista das coisas acabava sendo escriturada, lá se iam os dois para o parque onde um velho amigo do pai de Stephen, Mike Flynn, seria encontrado sentado num banco, à espera deles. Ia então começar a corrida de Stephen a toda a volta do parque. Mike Flynn postava-se no portão, próximo da estação ferroviária, de relógio na mão, enquanto Stephen corria ao redor da pista, no estilo que Mike Flynn exigia, a cabeça bem erguida, os joelhos bem levantados e as mãos bem direitas, caídas dos lados. Quando o exercício matinal acabava, o treinador fazia seus comentários às vezes até os ilustrando, esbofando-se por ali afora durante uma jarda, comicamente, num velho par de sapatos de lona. Uma pequena roda de crianças embasbacadas e amas-secas havia sempre de se juntar para espiá-la e ainda permanecer parada quando já ele mais o tio Carlos se haviam sentado de novo e se punham a conversar sobre atletismo e política. E conquanto houvesse ouvido seu pai declarar que Mike Flynn tivera sob suas mãos muitos dos melhores corredores dos tempos modernos, Stephen, não raro, dava uma olhadela à cara coberta de barba hirsuta do seu treinador, assim como mirava aqueles dedos curtidos a rolarem um cigarro, encarando com piedade aqueles olhos muito azuis sem brilho, tão suaves que se levantavam de repente da tarefa e se perdiam vagamente na distância azul; aqueles dedos compridos, inchados, que paravam, então, de enrolar... E grãos e fibras de tabaco caíam-lhe outra vez dentro da bolsa torcida.

De volta para casa havia tio Carlos, muitas vezes, de fazer uma visita à capela, e como a pia era muito no alto e Stephen não a alcançava, o velhinho havia sempre de enfiar nela a mão e depois salpicava a água abruptamente sobre as roupas de Stephen e pelo assoalho do pórtico. Para rezar ficava ajoelhado sobre o seu grande lenço vermelho; e lia, ciciando, num livro de orações já meio sujote, em cujas páginas havia, embaixo, máximas impressas. Stephen ajoelhava-se ao seu lado, respeitosamente, muito embora sem comparticipar da sua piedade. Quanta vez não perguntara para que e por quem rezaria o seu tio-avô, tão a sério? Talvez rezasse pelas almas do purgatório, ou pedisse a graça de uma morte feliz, ou talvez rezasse para que Deus lhe mandasse outra vez uma parte da grande fortuna que tinha posto fora em Cork.

Aos domingos, Stephen com o pai e o tio-avô metiam-se a saudáveis excursionistas. O velho era um grande marchador a despeito dos seus calos; e muitas vezes dez ou mesmo vinte milhas eram cobertas. O vilarejo de Goatstown era a bifurcação dos caminhos. Ou tomavam para a esquerda, rumo às montanhas de Dublin, ou se metiam pela estrada de Goatstown, e de lá até Dundrum, regressando por Sandyford. Cansando-se estrada acima, ou parando nalguma decadente casa pública à margem do caminho cujos donos falavam sem parar de assuntos dos seus corações, política irlandesa, Munster, lendas de famílias, assunto a que Stephen prestava ávida atenção. Palavras que não compreendia, repetia-as para si mesmo até as haver aprendido de cor; e era através delas que ia tendo vislumbres do mundo real à sua volta. A hora em que também ele deveria tomar parte na vida desse mundo parecia já desenhar-se próxima e em segredo começava a se preparar para a grande parte que sentia estar à sua espera, e cuja natureza só obscuramente ele apreendia.

As tardes pertenciam-lhe. Não tirava os olhos de cima duma tradução estraçalhada de *O conde de Monte Cristo*. A figura desse sombrio vingador alçava no seu espírito tudo quanto tinha ouvido ou adivinhado na infância de estranho e de terrível. À noite construía, na mesa da sala de visitas, uma imagem da maravilhosa furna da ilha com arranjos de flores de papel, encerados de cor e retalhos de capas douradas e prateadas em que vem embrulhado o chocolate. Quando desmantelava o seu cenário de ouropéis gastos vinha ao seu espírito os claros quadros de Marselha, de varandas cheias de sol e de Mercedes.

Fora de Blackrock, na estrada que leva às montanhas, erguia-se uma casa caiada de branco em cujo jardim cresciam muitas roseiras; e nessa casa, disse a si mesmo que uma outra Mercedes morava. Tanto nos seus dias em casa, como fora, media a distância por esse marco; e, na sua imaginação, vivia no meio duma porção de aventuras, tão maravilhosas como as do próprio livro, para cujo remate aparecia a sua própria imagem, mais crescido e mais melancólico, posto num jardim enluarado com Mercedes que havia, tantos anos antes, desconsiderado o seu amor! E como um gesto de recusa tristemente orgulhosa, dizendo:

— Senhora, não como jamais uvas moscatel.

Tornou-se aliado dum menino chamado Aubrey Mills e com ele fundou um bando de aventureiros na avenida. Aubrey carregava consigo um apito balouçando da casa dum botão e uma lâmpada de bicicleta ligada ao seu cinturão, ao passo que os outros tinham pequenos bastões lascados ao jeito de adagas nos seus. Stephen, que havia lido a maneira simples de Napoleão vestir-se, resolveu permanecer sem adornos e, em consequência ainda dessa leitura, reservava-se o prazer de tomar conselho com seus lugares-tenentes antes de dar ordens. O bando fazia incursões aos jardins de solteironas, descia ao castelo e batia-se em batalhas sobre os penhascos eriçados de urzes, regressando a casa, depois disso, como inúteis transviados, com odores de marisco nas ventas e fétidos óleos de algas e sargaços nas mãos e nos cabelos.

O leiteiro da casa de Aubrey e da de Stephen era o mesmo; e muitas vezes seguiam no carro do leite até Carrickmines, onde as vacas pastavam. Enquanto os homens estavam tirando leite, os garotos punham-se a dar umas voltas pelo campo, montados nas éguas tiradas do carro. Mas veio o outono e as vacas foram retiradas do pasto; e, logo à primeira vista, o imundo estábulo em Stradbrook, com suas sujas poças verdes, coágulos de estrume liquefeito e regos a tresandarem, deu náuseas ao estômago de Stephen. O gado, que parecia tão bonito no campo nos dias de sol, o revoltou e nem sequer podia olhar para o leite que ele produzia.

A volta de setembro não o alvoroçou esse ano, pois não deveria ser mandado para Clongowes. Os exercícios no parque tiveram seu remate com a ida de Mike Flynn para o hospital. Aubrey frequentava uma escola e tinha apenas uma hora ou duas livres, de noite. O bando desmembrou-se e não houve mais incursões noturnas nem batalhas sobre os penhascos. Stephen, lá uma vez ou outra, dava uma volta com a carrocinha que entregava o leite de noite e essas frígidas passeatas desfaziam da sua memória a imundície do estábulo e já não sentia repugnância ao ver pelo das vacas e sementes de feno no casaco do leiteiro. E quando a carrocinha estacava adiante duma casa, ajeitava-se para lobrigar um vislumbre de cozinha bem asseada, ou uma nesga de saleta de entrada bem iluminada, reparando como a criada carregava o jarro e de que modo iria fechar a porta. Pensou que deveria ser uma vida bastante agradável andar de carrocinha todas as noites a entregar leite, na hipótese de o fazer com luvas bem quentes e com uma boa penca de sementes de gengibre no bolso, para ir tirando e comendo. Mas o mesmo pressentimento que tinha dado náuseas ao seu estômago e feito suas pernas dobrarem de repente enquanto disparava pelo parque, a mesma intuição que o tinha feito olhar de esguelha com desconfiança para a cara doentia e hirsuta do seu treinador ao vê-lo inclinar-se pesadamente sobre seus compridos dedos curtidos, lhe dissiparam qualquer visão do futuro. De maneira vaga compreendeu que seu pai estava passando dificuldades e que essa era a razão de não ter sido reenviado a Clongowes. Desde algum tempo já vinha notando lúgubres mudanças em casa: e tais mudanças naquilo que sempre cuidara imutável foram outros tantos duros choques na sua compreensão infantil do mundo. A ambição que sentira, às vezes, desabrochar na treva da sua alma, não lograria achar solução. Um nevoeiro, como o do mundo exterior, obscurecia o seu espírito quando escutava os cascos ressoantes das éguas levando a carroça para Rock Road e a grande lata a sacolejar e fazer barulho atrás.

Voltou-se para Mercedes e, como se pusesse a examiná-la, uma estranha intranquilidade fluía em seu sangue. Às vezes acometia-o uma febre que o levava a errar sozinho, à noite, ao longo da avenida silenciosa. A paz dos jardins e as benevolentes luzes nas janelas derramavam terna influência dentro do seu coração sem sossego. A algazarra das crianças nos folguedos irritavam-no e suas vozes bobas faziam-no sentir ainda mais agudamente do que sentira em Clongowes quanto era diferente dos outros. Não queria brincar. O que queria era encontrar no mundo real a imagem sem substância que a sua alma tão constantemente baralhava. Não sabia onde a descobriria, nem como; mas um pressentimento o advertia sempre que essa imagem, sem nenhum ato aparente seu, lhe viria ao encontro. Haviam de se encontrar sem alvoroço, como se já se conhecessem um ao outro e tivessem marcado uma entrevista talvez num daqueles portões ou noutro lugar mais secreto. Estariam sós, cercados pela treva e pelo silêncio; e nesse momento de suprema ternura ele seria transfigurado. Dissolver-se-ia dentro de qualquer coisa impalpável, sob os olhos dela. E depois então, num momento, se transfiguraria. Prostração, timidez e inexperiência abandoná-lo-iam nesse mágico momento.

Certa manhã duas carroças amarelas pararam diante da porta e uns homens entraram com grandes ruídos casa adentro, para desmontar os móveis que foram sendo acumulados no jardinzinho da frente, que ficou cheio de feixes de palha e pedaços de corda, sendo, depois, transportados para dentro dos imensos carroções parados ao portão. Depois que tudo foi arrumado, as andorinhas se puseram em marcha, fazendo um barulhão, pela avenida abaixo; e da janela do vagão da estrada de ferro, na qual estava sentado com sua mãe que tinha os olhos vermelhos, Stephen as tinha visto galgar com dificuldade a estrada para Merrion.

O fogo da sala não queria puxar essa noite e o sr. Dedalus descansou o atiçador contra as barras da lareira para atrair a chama. Tio Carlos cochilava a um canto da sala sem tapete e quase sem móveis; perto, apoiados de encontro ao rodapé das paredes, estavam os quadros da família. A lâmpada de sobre a mesa derramava uma luz frouxa sobre as tábuas do assoalho que os pés dos carregadores tinham emporcalhado. Stephen estava sentado num mocho ao lado do pai, escutando um comprido e incoerente monólogo. Entendeu pouco ou nada dele, no começo; mas acabou ficando certo de que seu pai tinha inimigos e que qualquer luta iria se dar. Sentiu, também, que estava conclamado para essa luta e que determinada obrigação caía sobre os seus ombros. A súbita fuga do conforto e do devaneio de Blackrock, a passagem através da cidade nevoenta, a lembrança da casa desnuda e monótona em que tinham agora que viver tornaram pesado o seu coração; e de novo uma intuição, um pressentimento do futuro lhe veio. Compreendeu também por que a criadagem havia tanta vez cochichado junto, no vestíbulo; e por que ficava seu pai tantas vezes rente à lareira, de costas para o fogo, conversando ruidosamente com tio Carlos que insistia com ele para se sentar e comer seu jantar.

— Ainda ficou um estalo da chicotada em mim, Stephen, meu maganão — dizia o sr. Dedalus, atiçando o fogo amortecido, com brutal energia. — Mas ainda não há de ser desta vez que morreremos, filhote! Não, pelo Senhor Jesus (Deus me perdoe), não morremos nem pela metade.

Dublin era uma sensação nova e complexa. Tio Carlos estava agora tão caduco que já não podia mais ser mandado a compras; e a desordem ao se instalar a nova residência deixava Stephen mais livre do que o fora em Blackrock. No começo contentava-se ele em dar umas voltas, timidamente, pela praça vizinha ou, no máximo, em descer a metade duma das ruas transversais; mas, depois que fez um esqueleto de mapa da cidade na sua cabeça, metia-se desassombradamente por uma das linhas centrais desse mapa, até chegar à alfândega. Passava sem se embaraçar por entre as docas e ao longo do cais pasmando com a multidão de boias que balouçavam na superfície da água numa espuma amarelenta e grossa, com o número de carregadores do porto, com os carros barulhentos e com os policiais malvestidos e barbados. A vastidão e a estranheza da vida sugeridas pelos fardos de mercadorias depositadas ao longo das amuradas ou esparramadas junto aos guindastes dos navios acordaram de novo nele aquela antiga intranquilidade que o fazia errar, à noite, de jardim em jardim, em busca de Mercedes. E no meio dessa nova vida agitada podia imaginar-se numa outra Marselha; mas lhe faltava o saudoso céu claro e as varandas cheias de sol das casas de vinho. Um vago descontentamento crescia dentro dele quando estendia o olhar sobre o cais e pelo céu que parecia baixar. E ainda assim continuava a errar para cima e para baixo, dia após dia, como se deveras procurasse alguém que o evitasse.

Saiu uma ou duas vezes com a mãe a visitar parentes; e apesar de passarem por fileiras alegres de lojas iluminadas e enfeitadas para o Natal, suas maneiras de amargurado silêncio não o deixavam. As causas de tal amargura eram muitas, remotas e próximas. Zangava-se consigo mesmo por tão jovem ser vítima de impulsos insensatos de desassossego; aborrecia-se também com a mudança da sorte que estava transformando o mundo ao seu redor numa visão de sujeira e de insinceridade. No entanto a sua birra não concedia nada à visão. Registrava com paciência o que via, desprendendo-se de tudo e de tudo provando o gosto mortificante, em segredo.

Ficava sentado numa cadeira sem encosto na cozinha de sua tia. Uma lâmpada com um refletor pendia sobre a parede envernizada da chaminé; e ajudada por tal luz, a tia ficava a ler o jornal da noite que estava aberto sobre os seus joelhos. Encarou ela muito tempo um retrato que sorria estampado nele; e disse, admirando-o:

— A linda Mabel Hunter!

Uma menina toda encacheada esticou-se nos bicos dos pés para ver o retrato e disse docemente:

— De que é que ela estava vestida, mãe?

— Para uma pantomima, coração.

A menina encostou a cabeça anelada contra a manga da mãe, pasmando para o retrato, como que fascinada:

— A linda Mabel Hunter!

E, como se fascinados, os seus olhos demoraram sobre aqueles olhos tão zombeteiros; e murmurou com simpatia:

— Mas que criatura esquisita, não é mesmo?

E o garoto que entrava da rua, pisando todo curvo sob seu saco de carvão, ouviu as palavras dela. Atirou ao chão, prontamente, a sua carga e correu para o lado dela para ver. Dobrou as pontas do jornal com as mãos avermelhadas e empretecidas, empurrando-as para o lado e se queixando de que não podia ver.

Ele estava sentado na estreita sala de almoço, no sobrado de velhas janelas negras: o clarão do fogo tremia na parede e, para além da janela, um crepúsculo espectral se ajuntava sobre o rio. Diante do fogo uma velhota estava ocupada em fazer o chá e, enquanto se movia na tarefa, disse com voz baixa o que o padre e o doutor haviam dito. Falou também sobre certas mudanças que haviam notado nela ultimamente e de suas maneiras e ditos excêntricos. Ele ficou a escutar as palavras e a seguir os caminhos de aventuras que se entreabriam nos carvões; arcadas, abóbadas, galerias sibilantes, cavernas anfractuosas...

De repente chamou-lhe a atenção qualquer coisa à entrada. Um crânio surgiu suspenso na obscuridade do portal. Uma criatura frouxa como um macaco estava lá, atraída para ali pelo som das vozes e pelo fogo. Uma voz cortante veio da porta, e dizia:

— É a Josefina?

A velha atarefada respondeu alegremente do fogão:

— Não, Ellen, é o Stephen.

— Oh!!! Oh! Boa noite, Stephen.

Ele respondeu à saudação e viu um sorriso tolo abrir-se naquele rosto lá no portal.

— Você quer alguma coisa, Ellen? — perguntou a velha do fogão. Ela, porém, não respondeu à pergunta, pois o que disse foi:

— Eu pensei que fosse a Josefina. Pensei que você era a Josefina, Stephen.

E repetindo isso várias vezes, danou-se a rir com esforço.

Ele estava sentado no meio duma festa de crianças na encruzilhada de Harold. Seu feitio esquivo viera-lhe de novo, e pouco brincou nos jogos. As crianças, usando os sobejos de seus biscoitos, dançavam e corriam fazendo barulho; embora tentasse partilhar da alegria delas, viu que não passava duma soturna figura entre os chapéus pontudos e os bonés de grandes abas.

Mas depois que cantarolou a sua canção e se escondeu num apertado canto da sala, começou a provar a alegria da sua solidão. Tal alegria, que no começo da noite lhe parecera falsa e trivial, era como um ar acariciador, passando alegremente pelos seus sentidos, escondendo dos outros olhares a agitação febril do seu sangue, enquanto por entre os dançarinos que circulavam e por entre a música e as risadas, o olhar dela vinha direto ao seu canto, adulando-o, zombando, procurando, excitando o seu coração.

No vestíbulo, as crianças que se tinham retardado mais estavam compondo suas coisas; a festa tinha acabado. Ela atirara um xale sobre si e, como saíssem juntos para o bonde, haustos da sua respiração quente voavam e subiam alegremente acima da sua cabeça encapuzada; e os seus sapatos batiam jovialmente no caminho vidrado.

Aquele era o último bonde. Os cavalos magricelas e pardos sabiam disso e agitavam suas campainhas para a noite clara, como aviso. O condutor conversava com o cobrador, ambos concordando com a cabeça a todo instante à luz verde da lanterna. Sobre os bancos vazios do bonde estavam espalhados alguns talões descorados. Não subia nem descia som algum de passos pela estrada. Nenhum barulho quebrava a paz da noite a não ser quando os cavalos pardos e magricelas sacudiam suas campainhas, friccionando as ventas um do outro.

Pareciam ouvi-las ambos, ele lá do degrau superior, ela do inferior. Ela subiu diversas vezes até o degrau dele; e depois descia para o seu outras tantas, por entre frases de ambos; e uma ou duas vezes ficou bem próxima dele, parada durante alguns momentos no degrau de cima, esquecendo de descer; até que por fim desceu. O coração dela dançava com os movimentos que ela fazia, como uma boia obedecendo à maré. Ele ouvia o que os olhos dela lhe diziam lá do fundo do seu capuz; e sabia que em certo obscuro passado, fosse em vida ou em sonho, tinha escutado seus contos antes. Via-a mostrar-se vaidosa, expondo seu vestido, sua faixa, suas meias pretas compridas; e sabia que tinha reparado em tudo isso milhares de vezes. Todavia uma voz, dentro dele, falava por cima do som do seu coração inquieto, dizendo-lhe que segurasse a sua dádiva para o que lhe bastaria apenas estender a mão. E se recordava do dia em que ele e Eileen tinham estado parados a olhar para dentro dos pavimentos do hotel, observando os serventes fazer subir mastro acima uma bandeira e vendo o cão fox terrier correr em todos os sentidos pela relva batida de sol. Inesperadamente, ela saíra a correr, com uma estrepitosa gargalhada, pelo declive do caminho. Agora, como daquela vez, ficava muito imóvel em seu lugar, numa atitude que não era senão de tranquila observação da cena que se passava na sua frente.

— Ela bem que quer que eu a agarre — pensava ele. — É por isso que veio comigo no bonde. Eu bem podia tê-la segurado quando ela subiu aqui para o meu degrau; ninguém está olhando. Poderia segurá-la e dar-lhe um beijo.

Mas não o fez; e quando ficou sentado, sozinho no bonde agora deserto, picou o seu bilhete em pedaços e se pôs a contemplar soturnamente o estribo estriado.

No dia seguinte, ficou sentado à mesa, no seu quarto lá em cima, durante muitas horas. Diante dele estava uma pena nova, um novo boião de tinta e um novo caderno cor de esmeralda para exercícios. Por força de hábito havia escrito no alto da primeira página as letras iniciais da divisa dos jesuítas: A.M.D.G. Na primeira linha da página aparecia o título dos versos que estava tentando escrever: Para E... C... Sabia que estava certo começar dessa forma pois já havia visto títulos similares na coleção de poemas de Lord Byron. Quando escrevera aquele título e riscara uma linha ornamental por debaixo dele, caíra num sonho acordado. E começou a desenhar diagramas sobre a capa do livro. Viu-se sentado à sua mesa em Bray, na manhã seguinte à discussão à mesa do jantar de Natal, experimentando escrever um poema sobre Parnell nas costas dum dos cadernos inacabados de notas do pai. Mas naquela ocasião o seu cérebro se recusara a agarrar-se ao tema e, desistindo, tinha coberto a página com os nomes e os endereços dalguns dos seus colegas de classe:

Roderick Kickham.
John Lawton.
Anthony MacSwiney.
Simão Moonan.

Agora parecia que ia fracassar de novo; mas à força de prestar atenção no acidente, pôs-se a pensar com mais confiança. Durante essa elaboração todos aqueles elementos que julgou comuns e insignificantes caíram da cena. Não ficou traço algum do bonde, nem dos condutores e tampouco dos cavalos: e nem mesmo ele nem ela ficaram aparecendo como vivos. Os versos falavam apenas da noite, da brisa aromática e do virginal brilho da lua. Certa indefinida aflição estava escondida no coração dos protagonistas; e quando o momento da despedida chegou, o beijo que tinha sido recusado por um foi dado por ambos. Depois do que as letras L.D.S. foram escritas embaixo da página e, havendo escondido o livro, foi para o quarto de dormir de sua mãe, onde ficou a contemplar o rosto durante muito tempo no espelho da cômoda.

Mas o seu longo sopro de liberdade e de lazer estava prestes a acabar. Uma noite o pai entrou em casa cheio de novidades que não deixaram a sua língua parar durante a refeição. Stephen estivera à espera da volta do pai porque havia *fricassé* de carneiro aquele dia e sabia que o pai ia deixá-lo molhar o pão no molho. Mas não saboreou o *fricassé* porque a menção de Clongowes atrapalhou o seu céu da boca com bolhas de aborrecimento.

— Caminhei disposto até ele — disse o sr. Dedalus pela quarta vez. — Ficamos parados no canto do pátio.

— É de supor, então — disse a sra. Dedalus —, que ele esteja em condições de arranjar isso. Refiro-me a Belvedere.

— Naturalmente que o fará — disse o sr. Dedalus. — Não te disse que ele é agora o novo provincial da ordem?

— Nunca me agradou a ideia de mandá-lo para os irmãos cristãos — disse a sra. Dedalus.

— Os irmãos cristãos que se lixem! — disse o sr. Dedalus. — Era direito pô-lo com Paddy Sitink e Mickey Mud? Não, deixemo-lo ficar com os jesuítas, pelo amor de Deus, já que ele começou com eles. Hão de prestar-lhe serviço, daqui a anos. Essa gente é que está em condições de arranjar uma posição para uma pessoa.

— E são uma ordem muito rica, não são, Simão?

— Nem tanto. Vivem bem, é o que te posso dizer. Viste a mesa deles em Clongowes. Alimentam-se como galos de briga.

O sr. Dedalus empurrou o seu prato para Stephen, e intimou-o a comer o que ainda restava nele.

— Agora, pois, Stephen, tens que pôr o ombro na roda, meu maganão. Tiveste umas férias e tanto.

— Oh! Estou certa de que ele trabalhará com afinco — disse a sra. Dedalus —, especialmente agora que tem Maurice consigo.

— Oh! Meu são Paulo, esqueci-me de Maurice — disse o sr. Dedalus. — Venha cá, Maurice. Aqui, seu cabeçudo mexeriqueiro! Sabes, vou te mandar para um colégio onde te ensinarão a soletrar g-a-t-o, gato. E hei de comprar um bonito lencinho de um tostão para teres sempre o nariz enxuto. Não vai isso ser engraçado?

Maurice arreganhou os dentes para o pai e depois para o irmão. O sr. Dedalus fincou os óculos na vista e ficou olhando firme para os dois filhos. Stephen mastigava o pão com a boca fechada, sem responder à observação do pai.

— Por falar nisso — disse o sr. Dedalus por fim —, o reitor, ou melhor, o provincial, esteve a me contar a história entre o Pe. Dolan e tu. És um ladrão dum vadio, foi o que ele disse.

— Ele não disse isso, Simão!

— De fato não disse — emendou o sr. Dedalus. — Mas me deu uma exposição minuciosa sobre esse negócio todo. Nós estávamos conversando, e como sabes, uma palavra puxa outra. E quem achas tu, mulher, que foi dar parte desse negócio na corporação? Depois é que te contarei isso. Bem, conforme eu estava dizendo, estávamos a conversar, amigavelmente de todo, e ele me perguntou: "com que então o nosso amigo aqui ainda usa óculos"? — e então me contou a história toda.

— E ele estava aborrecido, Simão?

— Aborrecido? Quem? Ele? *Um maganãozinho de homem a valer!* foi o que ele disse.

O sr. Dedalus imitou o afetado tom nasal do provincial.

— O Pe. Dolan e eu, quando contei isso a todos, ao jantar, o Pe. Dolan e eu demos uma grande gargalhada. O melhor para você, Pe. Dolan, é se precaver — disse-lhe eu —, ou o jovem Dedalus lhe mandará virar as mãos para cima para dar nove bolos em cada uma! Hah!Hah!Hah!

O sr. Dedalus virou-se para a esposa e comentou já com a sua voz natural:

— Isso te mostra o espírito em que eles tomam as crianças. Oh! Não há como um jesuíta na vossa vida, para a diplomacia!

Tornou a fazer a voz do provincial e repetiu:

— *Contei o caso a todos, no jantar! E o Pe. Dolan, e eu, e todos nós, demos juntos uma formidável gargalhada a propósito. Hah! Hah! Hah!*

A noite da festa de Pentecostes tinha chegado. E Stephen, da janela do quarto de vestir, olhava fora para as pequenas tinas de folhagem por entre as quais linhas de lanternas chinesas estavam esticadas. Observava os visitantes descer os degraus da casa e passar para dentro do teatro. Atendentes em roupas de etiqueta, antigos belvederianos, vagavam em grupos pelas imediações da entrada do teatro e introduziam os visitantes, com a cerimônia. Debaixo da súbita claridade duma lanterna pôde reconhecer a cara risonha dum padre.

O Santíssimo Sacramento tinha sido removido do tabernáculo e os primeiros bancos tinham sido recuados de maneira a deixar a nave e o espaço diante do altar livres. De encontro às paredes estavam jogos de halteres e tacos indianos; os sinos calados estavam enfileirados num canto; e no meio de incontáveis pilhas de sapatos, blusões e calções do ginásio em parcelas desalinhadas estava o descomunal cavalo oco, de selim de couro, à espera da vez de ser levado para o palco e colocado no centro do grupo vitorioso no final, quando do desfile ginástico.

Stephen, embora, em deferência à sua reputação em escrever peças, tivesse sido eleito secretário do ginásio, não tinha aparecido na primeira parte do programa; mas na peça que formava a segunda parte tinha um papel principal, dum pedagogo engraçado. Havia sido escolhido para isso devido à sua estatura e graves maneiras, pois estava agora no fim do seu segundo ano no Belvedere e era o número dois.

Um número constituído pelos alunos mais novos, em calções e malhas, desceu do palco tamborilando, vindo através da sacristia e entrando na capela. A sacristia e a capela estavam repletas de mestres e meninos pressurosos. O rechonchudo e calvo sargento-mor estava experimentando com o pé o estribo do cavalo oco. O magro rapaz da longa sobrecasaca, que tinha que representar um número especial de complicado jogo de clavas em rotação, permanecia bem perto observando, com interesse, as clavas forradas de prata a lhe saírem dos enormes bolsos dos lados. O ruído côncavo das matracas e dos sinos de madeira era ouvido enquanto um outro bando se preparava para subir ao proscênio; e quase que logo o excitado monitor estava atropelando os garotos através da sacristia como um rebanho de gansos, batendo as dobras da sotaina nervosamente e gritando aos retardatários que andassem com isso. Um pequeno bando de camponeses napolitanos estava praticando seus passos nos fundos da capela, uns pondo os braços em círculo sobre a cabeça, outros agitando suas cestas de papel violeta e fazendo curvaturas. A um canto obscuro da capela, do lado do evangelho, à esquerda do altar, uma corpulenta senhora estava ajoelhada no meio de sua copiosa roda de roupas. Quando ela se levantou, uma figura vestida de cor-de-rosa, usando uma cabeleira postiça crespa, de ouro, e um antiquado chapéu de grandes abas, empurpuradas e empoadas, ficou à vista. Um sussurro de curiosidade correu por toda a capela à descoberta de tão feminil figura. Um dos monitor, sorrindo e agitando a cabeça, aproximou-se do recanto obscuro e, tendo se abaixado para a senhora idosa corpulenta, disse num gracejo:

— Mas é uma linda moça ou uma boneca o que a senhora tem aí, sra. Tallon?

Então, virando-se depois para espiar aquele rosto pintado que sorria sob a aba do boné, exclamou:

— Que boneca o quê! Por minha palavra, creio que, afinal de contas, é o menino Bertie Tallon!

Stephen, lá do seu posto, pela janela, ouviu a senhora idosa e o padre rirem juntos e ouviu os murmúrios de admiração dos garotos, por detrás, passando adiante para verem o menino que tinha que dançar sozinho a dança do chapéu primaveril. Escapou de Stephen um movimento de impaciência. Deixou cair a folha da janela e, descendo do banco em que estivera de pé, saiu da capela.

Atravessou o edifício da escola e foi parar debaixo do pórtico que flanqueava o jardim. Do lado oposto, vinha do teatro o barulho abafado do auditório e, de repente, o metálico som da banda dos soldados. A luz derramava-se para cima, na claraboia, transformando o teatro numa arca festiva, ancorada entre os cascos das casas com os seus frágeis cabos e lanternas servindo de amarras. Do lado do teatro se abriu, inesperadamente, uma porta, e um jato de luz voou sobre as tinas de folhagens. Repentina explosão de música saiu da arcada, o prelúdio duma valsa; e quando a porta lateral tornou a se fechar, o ouvinte podia ouvir o ritmo da música agora mais baixo. O sentimento dos compassos que se abriam, o seu langor e dócil movimento evocavam-lhe a incomunicável emoção que tinha sido a causa do desassossego de todo esse dia e de todo o impaciente movimento de um momento antes. Seu desassossego saía como uma onda de som; e na maré da música embaladora a arca estava jornadeando, arrastando os cabos de lanternas em sua esteira. Depois um ruído, como de artilharia menor, rompeu o movimento. Era a salva que saudava a entrada do bando das matracas na cena.

Na extremidade longínqua do pórtico, já perto da rua, uma nódoa de luz rósea mostrava-se nas trevas; e como caminhasse para ela, ele se certificou dum discreto cheiro. Dois garotos estavam na guarita do portal, fumando; e antes que chegasse perto deles, já tinha reconhecido Heron pela voz.

— Lá vem o nobre Dedalus! — exclamou alto uma voz gutural.

— Bem-vindo seja o nosso sincero amigo!

Esta saudação terminou numa estrondosa gargalhada, enquanto Heron fazia uma curvatura e começava depois a furar o chão com sua bengala.

— Cá estou eu — disse Stephen, parando e olhando, depois de Heron, o outro, o amigo dele.

Este último era um desconhecido, mas no escuro, com a ajuda da brasa do cigarro, pôde descobrir uma face pálida de janota, na qual corria um sorriso demorado; e viu que era uma figura robusta metida num sobretudo e num chapéu-coco. Heron não se perturbou para uma apresentação, dizendo em lugar disso:

— Eu estava justamente dizendo ao meu amigo Wallis que pândega seria esta noite se tu imitasse o reitor ao representares o teu papel de mestre-escola. Isso é que seria uma brincadeira formidável.

Heron ensaiou uma pobre imitação para o seu amigo Wallis do pedante tom de baixo profundo do reitor; e depois, rindo de ter se saído mal, pediu a Stephen para fazê-lo.

— Vamos lá, Stephen. Só tu pode fazer isso às maravilhas — atiçava-o. *Aquele que não ouve a Igreja, deixa-o ir-se para os idólatras e os publicanos.*

A imitação fora guiada por uma expressão indulgente de enfado de Wallis em cuja piteira o pedaço de cigarro se tinha apertado demais.

— Raios partam esta piteira de âmbar — disse ele, tirando-a da boca e sorrindo e carregando a cara para ela com tolerância. — Está sempre entupindo assim. Você usa piteira?

— Eu não fumo — respondeu Stephen.

— Dedalus não fuma. É um jovem modelo. Não fuma nem vai aos bazares; também não namora; está se lixando de tudo e de todos e não liga para coisa alguma.

Stephen abanou a cabeça e sorriu na direção da cara móvel e afogueada do seu rival, bicuda como a dum pássaro. Tinha muitas vezes pensado que estranho era que Vincent Heron tivesse cara e nome de pássaro. Um penacho de cabelo descorado jazia sobre a sua testa como uma crista eriçada; a testa era estreita e ossuda, e um nariz adunco e fino apontava por entre os olhos muito próximos um do outro e como que saltados, olhos que eram luminosos mas inexpressivos. Os rivais eram amigos na escola. Ficavam sentados juntos na classe, juntos se ajoelhavam na capela, conversavam juntos depois do terço comendo suas merendas. Como os alunos número um eram uns broncos sem vivacidade, Stephen e Heron tinham sido, durante o ano, os cabeças virtuais da escola. Eram eles que juntos subiam até o reitor para solicitar um dia sem aula ou para arranjar perdão para um colega.

— Ah! É verdade! Eu vi o teu velho entrar.

O sorriso dissipou-se do rosto de Stephen. Qualquer alusão feita a seu pai por um aluno ou um professor tirava-lhe imediatamente a calma. Esperou com timorata paciência o que Heron iria dizer em seguida. Heron, todavia, empurrou-o expressivamente com o cotovelo e disse:

— Tu és um cão astuto!

— Mas por quê?

— Pensavas que manteiga não entraria na tua boca — disse Heron. — Mas tenho minhas desconfianças de que não passas de um cão manhoso.

— Dás licença que te pergunte o que queres dizer com isso? — perguntou Stephen com um modo contrafeito.

— Dou-te licença, sim, olá se dou — respondeu Heron. — Nós a vimos, não vimos mesmo, Wallis? E que demônio de linda que ela estava, também! E só a fazer interrogações. *Papel de que vai Stephen fazer, sr. Dedalus? Mas Stephen então não vai cantar, sr. Dedalus?* O teu progenitor estava a olhar para ela através daqueles seus óculos que é o que ele tem de mais precioso. E de tal maneira, que me pareceu que o velho também está apaixonado por ti. Nunca pensei! Por Júpiter! Ela é maravilhosa, não achas, Wallis?

— Não é nada má — respondeu Wallis calmamente, repondo a piteira mais uma vez num canto da boca.

Uma seta de momentânea raiva voou pelo espírito de Stephen ante essas indelicadas alusões aos ouvidos dum estranho. Para ele não havia nenhum gracejo no interesse e na estima de uma jovem. Durante todo o dia não fizeram outra coisa senão pensar na hora em que se tinham despedido nos degraus do bonde em Harold's Cross, na torrente de nervosas emoções que isso fizera correr dentro dele e no poema que havia escrito a respeito. Durante todo o dia tinha imaginado um novo encontro com ela, pois sabia que deveria vir à peça. A mesma aflição desassossegada de antes tinha de novo enchido o seu peito como já o fizera na noite da festa sem todavia haver encontrado solução em verso. O crescimento e o conhecimento de dois anos de infância erguiam-se entre aquela época e agora, proibindo tal solução; e todo o dia a corrente de obscura ternura dentro dele tinha parado e volvera sobre si mesma em negras curvas e redemoinhos, consumindo-o por fim até que o gracejo do monitor e o rapazinho maquilado lhe haviam provocado um movimento de impaciência.

— Podes pois estar certo — prosseguiu Heron — que desta vez te apanhamos. Já não podes mais te fazer de santo, tão certo como dois e dois são quatro.

Um frouxo estouro de risada escapou dos seus lábios e, inclinando--se para a frente como antes, bateu na barriga da perna de Stephen, ligeiramente, com a bengala, como numa reprovação, gracejando.

O movimento de raiva de Stephen tinha já passado. Não estava lisonjeado nem tampouco confuso, e sim, simplesmente, desejava que a ironia acabasse. Quase não o molestou, o que lhe parecera uma indelicadeza tola, pois sabia que em seu espírito a aventura não ficava em perigo por causa de tais palavras; e a sua face refletia o falso sorriso do seu rival.

— Confessa! — repetiu Heron, golpeando-o de novo com a bengala por sobre a barriga da perna.

O golpe fora por brincadeira, mas não tão levemente dado como o primeiro o tinha sido. Stephen sentiu a pele arder e formigar superficialmente, quase sem dor; inclinando-se com submissão, como se para ir de encontro à maneira jocosa do seu companheiro, começou a recitar o *Confiteor*. O episódio terminou bem, pois tanto Heron como Wallis riram indulgentemente ante a irreverência.

Mal a confissão saía dos lábios de Stephen, enquanto as palavras eram ditas, súbita recordação o fez rever uma outra cena vinda como que por mágica no momento em que notara fingido e cruel esgar nos cantos dos lábios sorridentes de Heron e em que sentira o amigável golpear da bengala contra a perna, no instante mesmo em que ouvira a familiar intimação:

— Confessa.

Dera-se isso ao findar do seu primeiro tempo no colégio, quando era o número seis. A sua natureza sensível estava ainda doendo sob os látegos dum modo de vida insípida e ainda não adivinhada. A sua alma estava ainda inquieta e atônita com os fenômenos brutais de Dublin. Emergira ele do encanto de dois anos de devaneio para acabar se encontrando no meio dum cenário novo cujos acontecimentos e figuras o afetavam intimamente, ora desalentando-o e seduzindo, ora seduzindo-o e desalentando, até enchê-lo de desassossego e de amargos pensamentos. Toda a liberdade que a vida escolar lhe proporcionara era passada na companhia de escritores subversivos cujos escárnios e violência de linguagem tinham posto um fermento em seu cérebro antes que passassem para os seus escritos toscos.

O ensaio era para ele o labor máximo da semana. E cada terça-feira, ao caminhar de casa para a escola, lia o seu fado nos incidentes do caminho, inserindo-se rente a qualquer figura surgida diante dele e fustigando os passos para ultrapassá-la antes que um certo termo fosse atingido, ou colocando seus pés escrupulosamente nos espaços remendados da calçada, na dúvida íntima de vir a ser, ou não, o primeiro no ensaio semanal.

Numa dada terça-feira o curso dos seus triunfos foi rudemente quebrado. O sr. Tate, professor de inglês, apontou o dedo para ele e disse vivamente:

— Aquele aluno lá perpetrou uma heresia no seu ensaio.

Um silêncio caiu sobre a classe. O sr. Tate não o quebrou, e colocou a mão entre as coxas, enquanto a sua camisa pesadamente lhe estalava em volta do pescoço e dos punhos, esticando-se.

Stephen não ergueu o olhar. Era uma agreste manhã de primavera e os seus olhos ainda estavam ardidos e fracos. Tinha consciência do fracasso e da justeza da advertência, tanto quanto tinha da sujeira do seu próprio espírito e do seu próprio lar; e sentia contra o pescoço a ponta hirta e esgarçada do seu colarinho virado.

Uma risadinha baixa do sr. Tate pôs a classe mais à vontade.

— Talvez você não saiba disso — disse ele.

— Em que ponto?

O sr. Tate soltou a mão e escancarou o ensaio.

— Aqui. No ponto que trata do Criador e da alma, hum... hum... hum... Ah! *Sem uma possibilidade de nunca se aproximar mais perto.* Isto é heresia.

Stephen murmurou:

— Eu queria dizer sem uma possibilidade de jamais atingir.

— Ah! Ah! *Jamais atingir.* Isso agora é outra história.

Mas a classe custou para se acalmar. Embora, depois da aula, ninguém lhe falasse do caso, percebia perfeitamente contra ele uma vaga e geral alegria algo maligna.

Algumas noites depois dessa recriminação pública, estava ele passeando com uma carta pela estrada de Drumcondra quando ouviu uma voz gritar:

— Para!

Virando-se, viu três garotos da sua classe vindo para ele na névoa. Fora Heron quem chamara; e caminhando adiante, seguido dos seus dois subalternos, feria o ar diante de si com uma bengala delgada, ritmando os golpes com a marcha. Boland, seu amigo, caminhava ao lado, com um largo arreganho na cara, enquanto Nash vinha alguns passos atrás, gingando e balançando a grande cabeça ruiva.

Mal viraram juntos para a estrada de Clonliffe, puseram-se os garotos a conversar sobre livros e escritores, dizendo que livros haviam lido e quantos livros havia nas estantes em casa de seus pais. Stephen ouvia-os com certo espanto, visto como Boland era o mais ignorante e Nash o mais vadio da classe. De fato, logo após algumas frases a propósito de quais os seus escritores favoritos, Nash optara pelo cap. Marryat, que, no seu dizer, era o maior escritor.

— Essa é muito boa! Cruzes! — disse Heron. — Pergunta só a Dedalus. Quem é o maior escritor, Dedalus?

Stephen notou debique na pergunta e disse:

—Vocês referem-se à prosa?

— Sim.

— Newman, acho eu.

— Referes-te ao cardeal Newman? — perguntou Boland.

— Sim — respondeu Stephen.

O arreganho aumentou a cara sardenta de Nash, que, voltando-se para Stephen, disse:

— Mas gostas mesmo do cardeal Newman, Dedalus?

— Oh! Muitos dizem que Newman possui o melhor estilo de prosa — disse Heron aos outros dois à guisa de explicação — e, consequentemente, não é um poeta.

— E quem é o melhor poeta, Heron? — perguntou Boland.

— Lord Tennyson, é lógico — respondeu Heron.

— Oh! Sim! Lord Tennyson — concordou Nash. —Temos o livro das poesias completas dele lá em casa.

Ante o que Stephen esqueceu os votos que vinha fazendo de ficar calado e não se conteve:

—Tennyson? Um poeta? Ora! Não passa dum rimador.

— Sai daí! — vociferou Heron. — Todo o mundo sabe que Tennyson é o maior poeta.

— Quem, então, achas tu que seja o maior poeta? — perguntou Boland a Stephen, tocando com o cotovelo no vizinho.

— Claro que Byron — respondeu Stephen.

Heron deu o sinal e todos os três ligaram uma gargalhada de mofa.

— De que é que vocês estão se rindo? — perguntou Stephen.

— De ti — fez Heron. — Byron, o maior poeta! É poeta apenas para gente sem educação.

— Belo poeta há de ser ele — casquilhou Boland.

— Cale essa boca, isso sim — ordenou-lhe Stephen, virando-se com veemência. — O máximo que você sabe de poesia é a que você escreve nas lousas da área e cujo destino é, quando elas são trocadas, irem para o sótão.

Boland, com efeito, diziam, havia escrito numa das ardósias das privadas uma quadrinha debicando um colega de classe que habitualmente ia do colégio para casa montado num pônei:

Quando Tyson, num ginete,
Entrava em Jerusalém,
Tbum! Caiu, descadeirando
O Alec Cafusalém.

Esta piada repôs os dois lugares-tenentes em silêncio; mas Heron continuou:

— Em todo o caso, Byron foi um herético e, além disso, um imoral.

— Pode ter sido lá o que quisesse! — exclamou Stephen desassombradamente.

— Quer isso dizer que tanto se te dá, como não, ter ele sido herege? — ponderou Nash.

— Que é que você sabe do que está aí a dizer — gritou Stephen. — Você nunca leu uma linha de coisa nenhuma, na sua vida, a não ser traduções. E Boland muito menos!

— Mas sei que Byron foi um homem à toa — reajeitou-se Boland.

— Agora, agarrem esse herege! — ordenou, num berro, Heron.

Num segundo, estava Stephen preso nos braços deles.

— Já no outro dia Tate te reduziu — continuou Heron — a propósito daquela heresia no teu ensaio.

— E amanhã vou contar a ele esta outra.

— Ah! Vais, não é? — disse Stephen — Não terás coragem nem de abrir os lábios.

— Não terei coragem, eu?

— Tu, sim. És um medroso, toda a vida.

— Fique muito quieto aí! — berrou Heron, golpeando as pernas de Stephen com a bengala.

Era o sinal para o ataque. Nash prendeu-lhe os braços nas costas enquanto Boland apanhava uma tira de palha que estava na sarjeta. Debatendo-se, dando pontapés sob as bengaladas e chicotadas da tira, Stephen foi arremessado contra uma cerca de arame farpado.

— Confessa já que Byron não prestava.

— Não confesso.

— Confessa!

— Não confesso.

— Confessa!

— Não confesso, não confesso.

Por fim, depois de se debater furiosamente, conseguiu se desvencilhar. Seus algozes foram-se pela estrada do Jones, rindo e escarnecendo-o, enquanto ele, meio cego pelas lágrimas, tropeçava, segurando os punhos atordoado pela dor e soluçando.

Enquanto, agora, estava a repetir o *Confiteor* no meio da indulgente risada dos seus ouvintes, e as cenas desse malvado episódio passavam ainda agudamente e às pressas diante do seu espírito, perguntava a si mesmo por que não continuava com ódio, agora, desses que o haviam atormentado. Não havia esquecido porção mínima sequer da covardia e crueldade deles; mas recordar isso não lhe causava mais nenhuma raiva. Todas as descrições de amor feroz e de ódio que tinha encontrado nos livros pareciam-lhe doravante inventadas. Mesmo aquela noite em que voltara para casa cambaleando pela estrada do Jones tinha sentido que certa força o houvera despojado dessa súbita onda de raiva tão facilmente como um fruto é despojado de sua mole casca madura.

Continuou parado com os dois companheiros na extremidade do pórtico, escutando ociosamente a conversa deles e as explosões de aplausos no teatro. Ela estaria sentada lá, entre os outros, esperando decerto que ele aparecesse. Tentou lembrar-se da sua fisionomia, mas não pôde. O máximo que podia lembrar era que ela usava um xale em volta da cabeça como um capuz e que os seus olhos negros o convidavam e o enervavam. Perguntava a si mesmo se estaria nos pensamentos dela como ela estava nos seus. Em seguida, no escuro, sem que os outros dois se pudessem dar conta disso, roçou as pontas dos dedos duma das mãos na palma da outra, mal a tocando, de leve. Mas a pressão dos dedos dela fora mais leve e mais firme: e, de súbito, a recordação desse contato lhe atravessou o cérebro e o corpo como uma onda invisível.

Um menino veio a correr para ele, ao longo do pórtico. Estava excitado e respirava cansado.

— Ó Dedalus — exclamou —, Doyle está como doido à tua procura! Tens que entrar daqui a pouco, e precisas te vestir para a peça. Apressa-te o mais que puderes.

— Ele já vai — disse Heron ao mensageiro com um altivo berro. — Ele vai quando bem quiser.

O menino voltou-se então para Heron e repetiu:

— Mas Doyle está possesso.

— Faça-me o favor de dizer a Doyle, com os meus melhores cumprimentos, que lhe furo os olhos! — respondeu Heron.

— Bem, agora tenho que ir — disse Stephen, que ligava pouco para tais pontos de honra.

— Pois eu não iria — disse Heron. — Raios me partam se eu ia. Mandar te procurar por um garoto dos menores, só mesmo estando possesso! Acho que já é demais até que te sujeites a tomar parte na sua peça fora de moda.

Esse espírito de implicância na camaradagem que ultimamente vinha notando em seu rival não induziu Stephen a deixar os seus hábitos de tácita obediência. Não confiava na turbulência e duvidava da sinceridade de tal desenvoltura, que lhe parecia mais ser uma triste antecipação de virilidade. A questão de honra ali levantada era para ele, como todas as demais, sem importância. Enquanto o seu espírito tinha estado a perseguir inatingíveis fantasmas disso só lhe advindo irresolução, ouvia à sua volta as vozes constantes de seu pai e de seus mestres, concitando-o a ser um cavalheiro acima de todas as coisas, concitando-o a ser, acima de tudo, um católico. Verdade era que essas vozes soavam falso, agora, em seus ouvidos. Quando o ginásio fora aberto ouvira uma outra voz concitá-lo a ser forte, varonil e sadio, e quando o movimento de renascimento nacional começara a se sentir no colégio, ainda outra voz o tinha conclamado a ser sincero para o seu país e a ajudar a levantar sua língua e sua tradição. No mundo profano, como previra, uma voz mundana conclamá-lo-ia a soerguer a condição decaída do pai mercê de seus labores; e, nesse ínterim, a voz dos seus condiscípulos concitava-o a ser um aluno distinto, a proteger os outros contra o erro, ou a livrá-los dele, e a fazer o máximo para conceder dias livres para a escola. E era o clamor de todas essas vozes soando falso que o fizera parar irresolutamente na perseguição de fantasmas. Dera ouvidos a tais vozes apenas por pouco tempo e, no entanto, só era feliz quando estava longe delas, muito distante de seu apelo, sozinho ou na companhia de camaradas fantasmais.

Na sacristia, um roliço jesuíta de cara nédia e um homem de meia-idade com um terno azul-marinho já puído estavam fuçando numa caixa de tintas e de giz. Os garotos que tinham sido maquilados iam e vinham por ali ou estavam parados meio envergonhadiços, passando a mão na cara com escrúpulos, com as pontas dos dedos, a medo. No meio da sacristia um jovem jesuíta, por essa ocasião em visita ao colégio, estava a balançar-se ritmicamente das pontas dos pés aos calcanhares e vice-versa, as mãos profundamente metidas nos bolsos laterais. A sua cabeça diminuta sobressaía com brilhantes cabelos crespos e a sua cara, escanhoada de novo, dizia bem com a decência asseada da batina e dos sapatos limpos.

Enquanto observava essa figura balouçante e tentava ler sozinho a legenda do sorriso irônico do padre, sentiu Stephen lhe vir à lembrança um dito que ouvira de seu pai antes de ter partido para Clongowes: que a gente podia sempre certificar-se dum jesuíta pelo estilo de suas vestes. Ao mesmo tempo pensou ver uma identidade entre o espírito de seu pai e o do sorridente padre bem-vestido; e se deu conta de certa profanação do mister de padre ou da própria sacristia cujo silêncio era agora desrespeitado pela conversa em tom ruidoso e pelos gracejos, com a sua atmosfera tornada áspera pelos bicos de gás e pela graxa.

Enquanto lhe punham rugas na testa e lhe pintavam o queixo de preto e de azul, obra essa do homem de meia-idade, ele escutava distraidamente a voz do rechonchudo jesuíta, que lhe recomendava levantar a voz e fazer a pontuação bem nítida. Ouvia, e bem, a banda a tocar "O lírio de Killarney", e estava ciente de que o pano em poucos momentos ia subir. Não sentia o menor medo do palco, mas pensava que o papel que ia representar o rebaixaria. Só recordar certos trechos lhe pôs um súbito fluxo nas bochechas pintadas. Viu os olhos dela, em atitude séria, observarem-no lá do meio da assistência e a sua imagem imediatamente desfez os seus escrúpulos, deixando-lhe uma vontade compacta. Era como se uma outra natureza lhe tivesse sido emprestada; o contágio da excitação e da mocidade à sua volta penetrou-o e transformou o seu feitio desconfiado. Por um momento raro sentiu-se como que revestido pelo traje real da infância; e como estivesse nos bastidores entre os demais atores, comparticipou da alegria comum no meio da qual o pano de boca da cena foi erguido todo enviesado por dois reforçados padres com violentos puxões.

Alguns momentos depois viu-se ele em plena cena diante dos bicos de gás e entre o ofuscado cenário, representando diante de inumeráveis rostos no vácuo. Surpreendeu-o ver que a peça, que considerara, nos ensaios, coisa inverossímil e mal ligada, tinha assumido, de repente, uma vida própria. Parecia que ela se representava sozinha, ele e os seus colegas atores apenas ajudando-a com seus papéis. Quando o pano baixou na última cena, ouviu o palco encher-se de aplausos e através dum orifício dum bastidor viu o singelo corpo diante do qual representara magicamente deformado, o vácuo de faces desmanchando-se em todos os pontos e fragmentando-se em grupos agitados.

Deixou apressadamente o palco, livrando-se da sua máscara; e, atravessando a capela, embarafustou para o jardim do colégio. Agora que a peça acabara, os seus nervos pediam qualquer outra aventura a mais. Apressou-se por ali afora, como para ultrapassá-la. As portas do teatro estavam escancaradas e a assistência esvaziava-as. Sobre as linhas onde antes imaginara ver uma arca com suas amarras, algumas lanternas balouçavam na brisa noturna, bruxuleando monotonamente. Subiu os degraus do jardim com pressa, avidamente, não fosse dada presa fugir-lhe; forçou o caminho através da multidão no vestíbulo e passou pelos dois jesuítas que estavam vigiando a saída, inclinando-se e apertando as mãos das visitas. Nervosamente prosseguiu fingindo uma pressa ainda maior, percebendo, por alto, os sorrisos, olhares e gestos que a sua cabeça ainda empoada deixava em sua passagem. Quando se viu no patamar, deu com a família que o esperava rente à primeira lâmpada. Num relance se deu conta que uma a uma essas figuras lhe eram conhecidas e acabou de descer a soleira aborrecido.

— Tenho de dar um recado lá embaixo em George's Street — disse apressadamente ao pai. — Chegarei à casa depois de todos.

E sem esperar por qualquer pergunta do pai, correu rua afora e começou, depois, a andar velozmente rumo à colina. Mal sabia para onde se atirava. Orgulho, esperança e desejo, como ervas comprimidas em seu coração, faziam subir vapores de violentos incensos diante dos olhos do seu espírito. Dirigiu-se colina abaixo por entre o tumulto de súbitos vapores erguidos dum orgulho ferido, duma esperança caída e dum desejo frustrado. Eles revoluteavam, subindo diante dos seus olhos agoniados, em densos e violentos vapores que se esgarçavam, até que por fim o ar ficou claro e frio outra vez.

Um véu ainda embaciava os seus olhos, que, entretanto, já não ardiam mais. Uma força, semelhante à que muitas vezes fizera a raiva ou o ressentimento cair dele, acabou dando sossego aos seus passos. Ficou quieto e contemplou o sombrio pórtico do necrotério e, depois, o escuro atalho cheio de altos e baixos ao seu lado. Viu a palavra *Lotts* no muro do atalho e respirou vagarosamente o ar pesado.

— Isto é cheiro de cavalo e de palha seca — pensou. — Faz bem respirar isto. Acabará acalmando o meu coração. O meu coração, agora, está completamente calmo. Vou voltar.

Estava outra vez Stephen sentado a um canto dum vagão da estrada de ferro, ao lado do pai, em Kingsbridge. Viajava com ele, no trem noturno, para Cork. Mal o trem largou da estação, pôs-se a recordar o seu espanto pueril de anos antes e todos os acontecimentos do seu primeiro dia em Clongowes. Agora, porém, não se admirava de coisa alguma. Via as terras ensombradas fugir à sua volta; os mudos postes telegráficos passando pela sua janela num relance cada quatro segundos; as pequeninas estações bruxuleantes guarnecidas por silenciosos guardas voar para trás, pelos flancos do trem, e cintilar momentaneamente na escuridão com vivazes grãos atirados para trás por um corredor.

Escutava sem simpatia a evocação que o pai ia fazendo de Cork, bem como das cenas da sua mocidade, narrativas essas interrompidas por suspiros ou por goles de frasco de bolso, pela razão da imagem dalgum amigo morto aparecer, ou porque lhe viesse, inesperadamente, o motivo da sua atual visita. Stephen escutava mas não sentia piedade. As imagens dos mortos eram-lhe estranhas, exceto a do tio Carlos, esta mesma, ultimamente, já estando a se lhe apagar da memória. Sabia, entretanto, que as propriedades do pai iam ser vendidas em leilão e, no fato dessa privação de posse, sentia o mundo desenganar-lhe rudemente a fantasia.

Em Maryborough adormeceu. Quando acordou, o trem tinha já passado por Mallow, e o pai estava estirado num banco, dormindo. A luz fria da manhã estendia-se sobre a região, campos despovoados e cabanas fechadas. O terror do sono excitava o seu espírito à medida que observava a região silenciosa ou ouvia, de quando em quando, a respiração profunda ou algum súbito movimento do pai durante o sono. A vizinhança de pessoas invisíveis adormecidas enchia-o de estranho pavor, como se o pudessem prejudicar, e rogava que o dia chegasse logo. Tais rogos, dirigidos não a Deus nem a nenhum santo, começaram com sobressaltos de arrepio, visto a gelada brisa matinal entrar pelas frestas da porta do vagão para os seus pés, e acabaram numa enfiada de palavras sem nexo que proferia ajustando-as ao ritmo insistente do trem. Silenciosamente, com intervalos de quatro segundos, os postes telegráficos riscavam o galope das notas de música, intercalando-se nos compassos pontuais. Essa música furiosa acalmou o seu temor e, apoiando-se contra a borda da janela, deixou que os seus olhos se fechassem outra vez.

Atravessaram o centro de Cork numa tipoia, enquanto era ainda manhã, e Stephen acabou o seu sono num quarto do Hotel Vitória. A quente claridade da luz solar jorrava através da janela e Stephen ouvia o barulho do tráfego. Seu pai estava de pé, em frente do guarda-roupa, examinando o cabelo, a cara e os bigodes, até que baixou o pescoço sobre a bacia, puxando-a para se lavar melhor. E enquanto fazia isso cantarolava ternamente, com acento original, modulando:

Só mocidade, ou loucura,
Faz um rapaz se casar.
À vista disso, querida,
Aqui não quero ficar.

Quem não tem jeito na vida
Que vá pro diabo, ou se enforque.
À vista disso, querida,
Vou, mas é pra Nova York.

Quando nos vimos no atalho,
Como uísque te quis beber!
Eras mais linda que o orvalho
Posto ao sol a derreter.

Mas o uísque quando azedo
E a mulher quando faz medo
Não há ninguém que os emborque!
À vista disso, querida
Vou, mas é pra Nova York.

A percepção da cidade lá fora, e decerto quente, toda batida de sol, assim como os ternos modulados com que a voz do pai engalanava a estranha ária triste e feliz, afastaram do cérebro de Stephen toda a névoa do mau humor da noite. Ergueu-se imediatamente, vestindo-se logo. E quando a canção acabou disse:

— Essa é muito mais bonita do que qualquer outra "*Junta, pessoal!*"

— Achas? — perguntou o sr. Dedalus.

— Gosto dessa — disse Stephen.

— É uma linda ária antiga — disse o sr. Dedalus torcendo as pontas dos bigodes. — Ah! Devias era ter ouvido Mick Lacy cantá-la! Coitado do Mick Lacy! Que jeito que tinha! Como sabia pôr uns tons graciosos, que eu cá não posso. Aquilo, sim, é que era um rapaz para cantar um "*Junta pra cá, pessoal!*". Aquele sim!

O sr. Dedalus tinha encomendado uma panelada para o almoço e durante a refeição olhava de soslaio o garçom à cata de novidades da terra. A maior parte da conversa foi assunto enfadonho, até que certo nome foi citado, o garçom querendo referir-se ao atual dono, mas o sr. Dedalus ao pai ou até, talvez, ao avô desse.

— Bem, espero que não tenham mudado de lugar o Colégio da Rainha — disse o sr. Dedalus —, pois pretendo mostrá-lo aqui ao meu filho mais velho.

Ao longo do Mardyke, as árvores estavam em flor. Entraram nos terrenos do colégio e foram conduzidos pelo gárrulo porteiro através do retângulo.

Mas a marcha através do pedregulho era interrompida cada doze passos, se tanto, por alguma resposta do porteiro, ao que o velho comentava:

— Não me diga! Com que então o pobre Pottlebely morreu?

— Sim, senhor. Morreu, sim, senhor.

Durante tais paradas, Stephen permanecia atrás dos dois homens, alheio ao assunto e esperando que a pequena caminhada recomeçasse. Quando atravessaram o quadrângulo essa inquietação chegara ao ponto de ser febre. Admirava-se de que o pai, a quem tinha na conta dum homem perspicaz e desconfiado, pudesse ser enganado assim pelas maneiras servis do porteiro; e aquela pronúncia animadamente sulista, que o entretivera toda a manhã, agora irritava os seus ouvidos.

Passaram para o anfiteatro de anatomia, onde o sr. Dedalus, com a ajuda do porteiro, procurava a sua carteira pelas suas iniciais. Stephen deixou-se ficar aos fundos, deprimido mais do que nunca pela escuridão e pelo silêncio do anfiteatro e pelo ar que aquilo ressumava de estudo objetivo e cru. Sobre a carteira leu a palavra *Foetus* feita a canivete várias vezes na madeira escura e manchada. A inesperada legenda alvoroçou-lhe o sangue; pareceu-lhe sentir à sua volta os estudantes ausentes e tal companhia deixou-o arrepiado. Uma visão da vida dos estudantes, que as palavras do pai não tinham tido força para evocar, derramou-se diante dele, vinda da palavra entalhada na carteira. Um estudante de largos ombros, muito bigodudo, estava cortando as letras com um canivete de mola, muito sério. Um outro estudante, sentado ou em pé perto desse, ria do trabalho da sua mão. Um outro dava-lhe uma cotovelada. O estudante grandalhão voltava-se logo, franzindo a cara. Vestia roupa cinzenta ampla e tinha botas de couro curtido.

O nome de Stephen foi eliminado. Precipitou-se pelos degraus abaixo do anfiteatro, o mais longe possível da visão, e agora, espiando bem de perto as iniciais do pai, escondeu o rosto afogueado.

Mas tanto a palavra como a visão cabriolavam diante dos seus olhos enquanto voltava atravessando o quadrângulo rumo aos portões do colégio. Chocava-o encontrar no mundo exterior um traço do que tinha julgado até então ser uma doença individual e brutal do seu próprio espírito. Seus monstruosos pesadelos voltaram, amontoando-se em sua memória. Eles também haviam surgido, súbita e furiosamente, de simples palavras. Dera-lhes incontinente entrada e lhes permitira vasculharem e aviltarem o seu intelecto, sem que soubesse donde tinham vindo, de qual antro de monstruosas imagens, e sempre frágil e humilde para com os outros, inquieto e enojado de si mesmo depois que eles haviam se apoderado dele.

— Eh! Puxa vida! Mas quantas mercearias! Hem? — disse o sr. Dedalus. — Já muitas vezes me tinhas tu ouvido falar nas mercearias daqui, hem, Stephen? Muitas ainda são do tempo em que entrávamos nelas quando nossos nomes andavam em voga; e que porção que éramos! Harry Peard; o pequeno Jack Mountain; Bob Dyas; Maurice Moriarty, o francês; Tom O'Grady, Mick Lacy, de quem te falei esta manhã; Joey Corbet; e o pobrezinho do bom Johnny Keevers de Tantiles!

As folhas das árvores ao longo do Mardyke estavam eretas e sussurravam à luz do sol. Um time de críquete passou, rapaziada ágil em flanelas e casacos esportivos, um deles carregando a grande sacola verde com os tacos.

Numa travessa uma banda alemã de cinco tocadores, com uniformes estragados e com instrumentos de percussão e de metal, estava tocando para uma assistência de rua feita de árabes errantes e de meninos mensageiros desocupados. Uma moça com um gorro branco e de avental regava uma floreira num peitoril de janela que brilhava como uma chapa de ardósia no revérbero aceso. De outra janela, aberta para fora, vinha o som dum piano, escala após escala se levantando dos graves.

Ia Stephen caminhando ao lado do pai, ouvindo histórias que já havia escutado antes, ouvindo mais uma vez nomes de defuntos e de desaparecidos, antigos amigos que tinham sido companheiros de mocidade do pai. Em crescente mal-estar, suspirava em seu coração. Lembrava-se da sua posição equívoca em Belvedere mesmo, um garoto livre, um chefe que tinha medo da sua própria autoridade, orgulhoso, sensível, desconfiado, debatendo-se contra a mesquinhez da sua vida e contra a revolta do seu espírito. As letras cortadas na madeira suja da carteira fixavam-se diante dele, zombando da sua fraqueza corporal e dos seus entusiasmos fúteis e fazendo-o aborrecer-se de suas loucas e impuras orgias. A saliva, em sua garganta, foi ficando cada vez mais amarga e difícil de engolir, e o mal-estar trepava por seu cérebro a ponto de, por um momento, haver fechado os olhos e caminhado nas trevas.

Podia, ainda assim, ouvir a voz do pai:

— Quando começares a te mexer sozinho, Stephen — como bem presumo que o farás qualquer dia destes —, lembra-te duma coisa! Faças tu o que fizeres, anda só com cavalheiros. Quando eu era rapaz, digo-te eu, bem que eu me divertia. Meti-me com rapaziada decente e fina. Cada um de nós sabia fazer alguma coisa. Um rapaz tinha uma boa voz; um outro companheiro sabia representar; um outro podia cantar uma boa canção cômica; já outro era um bom remador ou um bom jogador de raquete; um outro sabia contar anedota; e assim por diante. Conservávamos o bloco sempre em movimento; distraíamo-nos! Eu te posso dizer que vi um bom pedaço da vida! E olha lá que não éramos dos piores. Mas éramos cavalheiros, Stephen — pelo menos espero que o tenhamos sido —, e, além disso, honestos irlandeses do bom sangue. Essa é a espécie de gente com que desejo que tu te associes. Gente de antes quebrar que torcer. Estou conversando contigo como amigo, Stephen, e não acredito que um filho precise ter medo do pai. Não. Eu cá te trato como o teu avô me tratava quando eu era rapazola. Parecíamos mais irmãos do que pai e filho. Nunca me hei de esquecer o primeiro dia que ele me apanhou fumando. Estava eu na ponta do Terraço Sul, um dia, com alguns frangotes como eu; e é claro que nos julgávamos grandes individualidades porque tínhamos cachimbos no canto de nossas bocas. Eis senão quando passa o meu velho. Não disse uma palavra e nem sequer parou. Mas no dia seguinte, por sinal que um domingo, tínhamos saído os dois para um passeio juntos; e quando voltávamos para casa, ele tirou o seu estojo de charutos e disse: "Ah! É mesmo, eu não sabia, Simão, que tu fumavas" ou qualquer coisa assim. Naturalmente que tratei de me ajeitar com aquilo o melhor que pude. "Se desejas tirar uma boa fumaça, experimenta um destes charutos. Um capitão americano mos deu de presente a noite passada em Queenstown."

Stephen ouviu a voz paterna quebrar-se numa risada que era quase um soluço.

— Era o homem mais bonitão de Cork, naquele tempo, por Deus que era! As mulheres até paravam para olhá-lo na rua.

Ouvindo o soluço descer rumoroso garganta abaixo do pai, abriu os olhos com um impulso nervoso. A luz do sol, rompendo inesperadamente à sua vista, transformou o céu e as nuvens num mundo fantástico de sombrias massas com espaços, como lagos, de luz escura e rósea. Bem doente estava o seu cérebro, e inerte. Mal podia interpretar as letras das insígnias das lojas. Com a sua monstruosa maneira de vida parecia-lhe haver-se posto para além dos limites da realidade. Nada o movia ou lhe falava do mundo real a não ser quando um eco de gritos enfurecidos clamava dentro dele. Não podia responder a nenhum apelo do mundo ou dos homens, mudo e insensível à voz do verão, da alegria, da camaradagem, gasto e farto da voz paterna. Mal podia reconhecer como seus os seus próprios pensamentos; e repetia baixinho para si mesmo:

— Eu sou Stephen Dedalus. Estou caminhando ao lado do meu pai cujo nome é Simão Dedalus. Estamos em Cork, na Irlanda. Cork é uma cidade. O nosso quarto é no Hotel Vitória. Vitória, Stephen e Simão. Simão, Stephen e Vitória. Nomes.

A lembrança da sua infância subitamente se nublou. Tentou evocar alguns dos seus momentos vividos, mas não pôde. Apenas recordava nomes. Dante, Parnell, Clane, Clongowes. Um garotinho tinha aprendido geografia ensinada por uma senhora de idade que conservava duas escovas no seu guarda-vestidos. Depois fora mandado de casa para o colégio, tinha feito a sua primeira comunhão, tinha comido fatias de ameixadas que guardava no gorro do críquete, observara a luz do fogo saltar e dançar na parede dum quartinho na enfermaria e sonhara ter morrido, haver o reitor rezado missa em sua intenção com uma casula negra e dourada, ter sido enterrado no cemiteriozinho da comunidade, lá na grande alameda de limoeiros. Mas não morrera naquela ocasião, não. Parnell, esse sim, tinha morrido. Não tinha havido missa na capela pelo morto nem procissão. Ele não tinha morrido, se esvaíra como uma névoa ao sol. Tinha-se perdido, ou errava fora da existência, pois já não existia mais. Que estranho que era pensar nele saindo da existência desse modo, não pela morte, mas se desvanecendo ao sol, ou se perdendo e ficando esquecido nalgum lugar do universo! Seria estranho ver o seu pequeno corpo reaparecer por um momento que fosse: um garotinho com um terno pardo com um cinturão; estaria com as mãos nos bolsos dos lados e as suas calças estariam apertadas, à altura dos joelhos, por elásticos.

Na noite do dia em que a propriedade foi vendida, Stephen seguiu o pai humildemente de botequim em botequim. Aos vendedores no mercado, aos garçons e às moças de balcão, aos pedintes que o importunavam contentando-se com qualquer coisinha, o sr. Dedalus contava a mesma história — que ele era um velho cidadão de Cork, que durante trinta anos tinha tentado desembaraçar-se do acento de Cork em Dublin e que Peter Pickackafax ali ao seu lado era o seu filho mais velho, mas era um autêntico de Dublin.

Tinham saído cedo, naquela manhã, do café de Newcombe, onde a xícara do sr. Dedalus tinha batido com fragor de encontro ao pires, e Stephen tentara encobrir essa prova vergonhosa do estado de bebedeira paterna na noite anterior mudando a cadeira e tossindo. Uma humilhação seguira-se a outra — o sorriso falso dos vendedores no mercado; as mesuras e os olhares de soslaio das moças que serviam e com as quais seu pai se excedia; os cumprimentos e as palavras encorajadoras dos amigos de seu pai. Tinham-lhe dito que tinha muito o ar de seu avô, e o sr. Dedalus concordara que realmente era uma estuporada semelhança. Tinham traços locais de Cork, do acento de Cork na maneira de falarem, e o fizeram concordar que o Lee era um rio muito mais bonito do que o Liffey. Um deles, querendo pôr à prova o seu latim, fizera-o traduzir pequenas passagens de Dilectus e lhe perguntara qual era o correto dizer: *Tempora mutantur nos et mutamur in illis* ou *Tempora mutantur et nos mutamur in illis*. Um outro, um velhote muito vivo, a quem o sr. Dedalus chamava por Johnny Cashman, atrapalhara-o todo ao falar-lhe pedindo-lhe que dissesse quais eram as moças mais bonitas, se as de Dublin ou se de Cork.

— Ele não liga para essas bobagens — disse o sr. Dedalus. — Deixa-o sozinho. Ele é um garoto de cabeça equilibrada que não perde seu tempo com essas bobagens.

— Então ele não é filho do pai — disse o velhinho.

— Sei lá! É, sim — disse o sr. Dedalus, sorrindo complacentemente.

— O seu pai — disse o velhinho para Stephen — era o maior namorador de Cork, no seu tempo. Sabia disso?

Stephen baixou os olhos e ficou a observar o assoalho riscado do botequim onde haviam aportado.

— Não lhe estejas aí a pôr coisas na cabeça — disse o sr. Dedalus. — Deixa-o em paz com o seu Criador.

— *Yerra!* É claro que não estou a lhe meter ideias na cabeça. Tenho idade bastante para ser avô dele. E olhe lá que já sou avô — disse o velhinho a Stephen. — Sabia disso?

— Ah! É? Ahn!

— Puxa vida, se sou — disse o velhinho. — Tenho dois formidáveis netos lá em Sunday's Well. Ora essa! Com que idade pensa você que eu estou? Até me lembra de ver seu avô com uma jaqueta vermelha a caçar com cães. Isso nem você era ainda nascido.

— Ora, pudera! — disse o sr. Dedalus.

— Lembro, sim — repetiu o velhinho. — E muitas outras coisas mais do que isso. Posso me recordar ainda até mesmo do seu bisavô, o velho John Stephen Dedalus, e que comedor de fogo que ele era! Ora essa! Memória aqui tenho pra dar!

— Mas isso são três gerações, quatro mesmo! — disse um outro do grupo. — Olhe cá, Johnny Cashman, tu deves estar beirando cem anos.

— Bem, vou te dizer com franqueza — disse o velhinho —, estou justamente com setenta e sete anos de idade.

— Nós temos a idade que sentimos, Johnny — disse o sr. Dedalus. — E acaba com o que tens aí para eu te pedir mais outro gole. Tu lá, ó Tim, ou Tom, ou lá que nome tenhas tu, repete este negócio aqui! Por Deus, eu cá não me sinto com mais de dezessete! Pois este meu filho não tem a metade da minha idade e me sinto mais homem do que ele, seja lá em que dia for da semana.

— Não te entusiasmes tanto agora, Dedalus. Parece-me que já é tempo de te sentares um pouco — disse o cavalheiro que tinha falado antes.

— Não, por Deus! — afirmou o sr. Dedalus. — Vou cantar uma ária de tenor, o que ele não fará; ou sou capaz de pular um portão com cinco barras, o que ele não fará; ou aposto com ele uma carreira a perseguir cães campo afora como fiz há trinta anos passados com o Kerry Boy ou qualquer outro melhor.

— Mas com isto aqui, ele te vence — disse o velhinho batendo na testa e erguendo os óculos para limpá-los.

— Bem, lá isso espero que seja um homem de bem como o pai. É tudo quanto posso dizer — asseverou o sr. Dedalus.

— Se é, sê-lo-á — garantiu o velhinho.

— E graças sejam dadas a Deus, Johnny — disse o sr. Dedalus —, por termos vivido tanto e causado tão poucos danos.

— E feito muitos benefícios, Simão — disse o velhinho, com gravidade. — Graças sejam dadas a Deus por termos vivido tanto e feito tanto bem.

Stephen observava os três copos serem erguidos do balcão à medida que seu pai e seus dois camaradões bebiam à memória do passado. Um abismo de felicidade ou de temperamento separava-o deles. O seu espírito parecia muito mais velho do que o deles; brilhava glacialmente sobre as disputas, venturas e saudades deles como uma lua sobre uma terra mais jovem. Vida alguma, e nem mesmo mocidade, tumultuava dentro dele como tumultuara dentro deles. Nem havia conhecido o prazer da camaradagem com outros nem o vigor duma saúde masculina rude; nem mesmo amor filial. Nada tumultuava dentro da sua alma a não ser uma cobiça fria, cruel e sem amor. A sua infância estava morta, ou perdida; e com ela, a sua alma já agora incapaz de alegrias simples. Ele estava sendo impelido rumo à vida como o disco estéril da lua.

A tua palidez, Lua, será cansaço
De vogar tanto e tanto, a contemplar a Terra,
Sabendo que um de nós pode ser teu regaço?

Repetia para si mesmo as estrofes do fragmento de Shelley. A coaptação da sua triste ineficiência humana aos vastos ciclos de atividade sideral esfriava-o. Tinha de esquecer a sua própria situação que, sendo humana, era, no entanto, ineficaz.

A mãe de Stephen, um irmão e um dos primos esperavam na esquina da sossegada praça Forster, enquanto ele e o pai subiam os degraus e se metiam por entre as colunatas onde a sentinela de Highland montava guarda. Depois que entraram no grande vestíbulo e se apoiaram no balcão, entregou Stephen sua papelada protocolada ao administrador do Banco da Irlanda e referente a uma ordem de trinta e três libras; tal soma era um prêmio às suas últimas provas e ao seu ensaio e lhe foi rapidamente paga pelo caixa em notas e em moedas, respectivamente. Meteu tudo nos bolsos, com falsa compostura, e teve que aguentar que o caixa, a quem o pai contara tudo, amigavelmente lhe estendesse a mão por cima do balcão augurando-lhe uma brilhante carreira pela vida afora. Já não lhe suportava as vozes nem podia estar com os pés quietos. Mas o caixa ainda se atrasou em servir outros para perorar que se estava vivendo em tempos muito mudados e que nada havia que se comparasse a dar a um rapaz a melhor educação de que era susceptível o dinheiro. O sr. Dedalus demorou-se pelo vestíbulo a contemplar tudo em torno, a olhar para o teto e a dizer a Stephen, que o chamava para saírem, que estavam os dois nem mais nem menos do que no edifício da Câmara dos Comuns do antigo parlamento da Irlanda.

— Deus nos ajude! — disse ele. — Pensar, Stephen, nos homens daqueles tempos, Hely Hutchinson, Flodd e Henry Grattanem, Charles Kendal Bushe e nos fidalgos que ainda temos agora, guias do povo irlandês tanto aqui como no estrangeiro!... Ora, Deus é grande, eles não hão de ser vistos mortos num campo de dez alqueires, como os outros o foram! Stephen, lastimo dizer-te, meu rapaz, que eles estão como eu, que flanava no alegre mês de junho cuidando que era uma doce manhã de maio!

Um vento cortante de outubro soprava em volta do Banco. As três figuras em pé na beira da rua enlameada tinham rostos contraídos e olhos molhados. Stephen olhou para sua mãe vestida com roupas ralas e se lembrou que uns dias antes vira um capote pelo preço de vinte guinéus, nas vitrinas de Bernard's.

— Ora bem, tudo pronto — disse o sr. Dedalus.

— O melhor é irmos jantar, agora — disse Stephen. — Mas onde?

— Jantar? — disse o sr. Dedalus. — Bravos! Que haveríamos de fazer senão isso?

— Vamos a algum lugar que não seja caro — disse a sra. Dedalus.

— No Underdone's?

— Sim. Num lugar sossegado.

— Vamos logo — disse Stephen, com pressa. — Isso de não ser caro não importa.

Caminhava diante deles, com passinhos nervosos, sorrindo. Tentaram alcançá-lo, sorrindo também da sua impetuosidade.

— Faze isso com prudência, como um bom alunozinho — disse o pai. — Não vamos correr meia milha, ora não?

Durante uma rápida temporada de festividades, o dinheiro dos prêmios de Stephen lhe escorreu por entre os dedos. Número sem conta de víveres, de guloseimas e frutas secas chegavam da cidade. Todos os dias trazia uma tira de bilhetes de passagens para a família e todas as noites levava um grupo de três ou de quatro ao teatro, para verem *Ingomar* ou *A Dama dos Leões*. Andava com os bolsos do casaco cheios de barras de chocolate de Viena para as visitas, enquanto os bolsos das calças chocalhavam com montes de moedas de prata e de cobre. Trazia presentes para todo mundo. Reformou seu quarto. Escreveu resoluções. Enfileirou os livros de cima a baixo nas estantes. Esquadrinhou toda espécie de listas de preços. Estabeleceu uma forma de expediente doméstico, mediante o qual cada membro da família tinha uma obrigação. Abriu um banco de empréstimos para a família e adiantou empréstimos sobre clientes voluntários, de maneira a poder ter o prazer de fazer recibos e contar os juros sobre as quantias emprestadas. Quando já não pôde mais prosseguir, deu em percorrer a cidade para cima e para baixo, de bonde. Até que a temporada de prazer teve seu fim. A panela de esmalte róseo rachou e as divisões do seu quarto de dormir ficaram com a pintura sem acabar e apenas com o mal alisado reboco.

A casa voltou ao antigo modo de vida. Sua mãe não teve mais ocasião de lhe censurar o gasto de dinheiro. Ele, por sua vez, voltou à sua antiga vida de escola e todos os seus novos empreendimentos caíram em pedaços. O expediente doméstico deu por terra, o banco de empréstimo fechou os cofres e os seus livros com um sensível prejuízo; as regras de vida que tinha estabelecido para si próprio não foram esquecidas.

Que louco que fora o seu intento! Tentara construir uma comporta de ordem e de conforto contra a sórdida maré da vida que o rodeava e tentara represar, por meio de regras de conduta, ativos interesses e novas relações filiais, a poderosa recorrência da maré dentro dele. Tudo em vão. Por fora e por dentro a água irrompera sobre as suas barreiras; aquela enchente começou, outra vez mais, a empurrar indomavelmente para cima a mole fendida.

Viu claramente, além do mais, o seu próprio fútil isolamento. Não se aproximara um passo sequer mais para perto das vidas que tinha determinado aproximar e nem transpôs a vergonha inquieta e o rancor que o separava da mãe, do irmão e da irmã. Dificilmente acreditaria ter o mesmo sangue que eles, permanecendo perante eles apenas com o parentesco místico de adoção, como filho e irmão adotivo.

Voltou a querer aplacar o altivo tédio do seu coração, diante do qual todas as coisas eram vãs e alheias. Pouco se lhe dava estar em pecado mortal e que a sua vida crescesse como um tecido de subterfúgio e falsidade. Além do indômito desejo dentro dele de realizar as enormidades que o tentavam, nada mais era sagrado. Continuou, cinicamente, cada vez mais enleado em vergonhosa exaltação, a profanar, metodicamente, qualquer imagem que tivesse atraído os seus olhos. Dia e noite se movia por entre imagens deformadas do mundo exterior. Uma figura que lhe houvesse parecido de dia modesta e inocente vinha-lhe, de noite, através da treva sinuosa do sono, com a face transfigurada por astúcia impudica, os olhos brilhando de brutal prazer. Só a manhã o atormentava com a sua sombria lembrança de tumulto orgíaco, notificando-lhe a aguda e humilhante sensação de transgressão.

Voltou às suas caminhadas errantes. As noites outonais, opacas, levavam-no de rua em rua como o tinham levado outrora ao longo das quietas avenidas de Blackrock. Mas nenhuma visão de jardins fronteiriços engalanados ou de benfazejas luzes nas janelas derramava terna influência sobre ele, agora. Só de tempos a tempos, nos intervalos dos seus delírios, quando a luxúria que o destruía dava lugar a um langor mais brando, a imagem de Mercedes atravessava o fundo de sua memória. Via de novo a casa pequenina, toda branca, e o jardim com roseiras sobre a estrada que levava para a montanha; e então recordava o gesto de triste orgulho que teria que fazer lá, ao permanecer com ela no jardim enluarado depois de anos de exílio e de aventura. Em tais momentos as palavras suaves de Claude Melnotte subiam aos seus lábios e acalmavam seu desassossego. Uma terna advertência tocava-o, então, sobre a entrevista que tinha preparado e, apesar da horrível realidade que permanecia entre a sua esperança de então e a de agora, sobre o santo encontro que tinha imaginado, toda fraqueza, timidez e inexperiência o abandonavam.

Tais momentos passavam e os devastadores fogos do desejo pulavam novamente. Versos lhe saíam dos lábios; gritos inarticulados e palavras brutais não proferidas investiam do seu cérebro para forçarem passagem. O seu sangue revoltava-se. Errava para cima e para baixo, através das ruas sombrias e visguentas, espiando os revérberos das vielas e dos portais, escutando avidamente todos os sons. Lamentava-se consigo mesmo feito um animal enganado, erradio. Queria pecar com alguém da sua espécie, forçar um outro ser a pecar com ele e exultar juntos no pecado. Sentia qualquer presença mover-se irresistivelmente para ele das trevas, uma presença sutil e murmurosa como uma torrente enchendo-o todo. O seu murmúrio alcançava os seus ouvidos como o murmúrio de qualquer multidão em sono. Essa torrente difusa penetrava-lhe o ser. Suas mãos torciam-se convulsivamente e os seus dentes cerravam-se como se sofresse a agonia da penetração. Estirava as mãos na rua para segurar firme a frágil forma que desmaiava, evitando-o e incitando-o; e o grito que detivera na garganta tanto tempo saía dos seus lábios. Esse grito rompia dele como um lamento de desespero dum inferno de sofredores e morria num lamento de furiosa súplica; um grito por um iníquo abandono, um grito que não era mais do que uma obscena garatuja que houvesse, lido no visguento muro dum mictório.

Tinha vagado por um labirinto de ruas estreitas e imundas. Das sórdidas vielas ouvira explosões de grosseiros tumultos e disputas de vacilantes cantores bêbados. Prosseguia para diante sempre, consternado, perguntando se se extraviara no bairro dos judeus. Mulheres e moças vestidas de roupões compridos e berrantes atravessavam a rua, duma casa para outra. Estavam à vontade e perfumadas. Sentiu um arrepio e seus olhos ficaram ofuscados. Os bicos de gás amarelentos erguiam-se diante de sua visão turva, contra o céu enevoado, ardendo como diante dum altar. Na frente das portas e em corredores, acesos grupos estavam reunidos como que para um culto. Ah! Estava num outro mundo; tinha acordado dum sono de séculos.

Permaneceu ainda no meio da rua, o coração clamando contra o seu peito num tumulto. Uma mulher nova vestida com um longo roupão cor-de-rosa pôs a sua mão no braço dele para detê-lo e ficou a encará-lo. Depois disse jovialmente.

— Boa noite, Willie querido!

O quarto dela era quente e bem iluminado. Uma descomunal boneca estava sentada com as pernas afastadas na imensa poltrona ao lado da cama. Ele tentou, em vão, dizer a si mesmo que estivesse à vontade, observando-a desprender o roupão, vendo os movimentos resolutos e orgulhosos da sua perfumada cabeça.

Como ele estivesse no meio do quarto, sem falar, ela atirou-se a ele e o abraçou grave e jovialmente. Seus braços, enlaçando-o com firmeza, prendiam-no a ela. Via o rosto dela erguer-se para ele com uma calma séria e sentindo o cálido e calmo arfar da sua respiração todo ele rompeu em pranto histérico.

Ela passou as mãos titilantes por entre os seus cabelos, chamando-o de pequeno velhaco.

— Dá-me um beijo — disse-lhe.

Mas os lábios dele não puderam inclinar-se para beijá-la.

Queria estar bem preso pelos braços dela e ser acariciado devagar, devagar, bem devagar. Em seus braços sentiu que se tinha tornado subitamente forte, destemido e seguro de si próprio. Mas os lábios não queriam baixar para a beijar.

Com um inesperado movimento ela lhe virou a cabeça e grudou os lábios nos dele. Ele leu o sentido dos seus movimentos em seus olhos escancarados e erguidos. Isso era demais para ele. Fechou os olhos, apertando-se bem de encontro a ela, corpo e espírito, sem consciência de mais nada no mundo senão da sombria pressão dos lábios dela suavemente se entreabrindo. Eles lhe comprimiam o cérebro como lhe comprimiam os lábios, tal como se fossem o veículo duma vaga linguagem. E entre os seus lábios e os dela sentiu uma desconhecida e tímida pressão, mais sombria do que o desmaio do pecado e mais suave do que som ou odor.

3

O crepúsculo, que em dezembro sempre vem cedo, chegara, caindo grotescamente, depois desse dia monótono. E, como olhasse através do quadrado escuro da janela da sala da escola, Stephen sentiu o estômago reclamar alimento. Desejou que houvesse guisado no jantar, nabos, cenouras e batatas esmagados, gordos pedaços de carneiro coberto com colheradas de molho apimentado engrossado com trigo. Atulha-te com isso, aconselhava-lhe o estômago .

Ia ser uma noite sinistra e misteriosa. Depois da queda prematura da noite iam acender-se as lâmpadas amarelentas, aqui e acolá, pelo esquálido bairro dos bordéis. E ele seguiria em direção errante, para cima e para baixo, em círculos cada vez mais fechados, até se aproximar, num tremor de medo e de prazer, levado pelos pés inadvertidamente, dum canto escuro. As prostitutas já estariam deixando suas casas, prontas para a noite, bocejando preguiçosamente depois de haverem dormido e enfiando seus grampos nos cabelos encacheados. Ele passaria calmamente por entre elas, à espera dum súbito movimento da sua vontade ou um súbito apelo da sua alma pecaminosa ante a carne delas, macia e perfumada. E enquanto vagabundeasse em demanda desse apelo, os seus sentidos, embrutecidos apenas pelo seu desejo, notariam agudamente tudo quanto os ferisse ou envergonhasse; nos seus olhos, o círculo de espuma deixado por um copo de cerveja sobre uma mesa sem toalha, um instantâneo de dois soldados em posição de sentido, ou um cartaz de teatro em letras berrantes; nos seus ouvidos, a arrastada gíria de saudações:

— Alô, Bertie, tens alguma ideia pra hoje?

— Mas és tu, pombinba?

— Ó número dez! A Nelly Grandalhona está à tua espera.

— Muito boa noite, maridinho! Então não queres vir te distrair um pouco?

A equação, na página da sua pasta de cadernos, começou a abrir uma cauda muito larga, com olhos e estrelas como a cauda dum pavão; e depois, quando os olhos e as estrelas dos seus índices foram se eliminando, começaram vagarosamente a se fechar dobrando-se novamente. Os índices que apareciam e que desapareciam eram os olhos que se abriam e que se fechavam; os olhos que se abriam e que se fechavam eram estrelas que tinham nascido e que se apagavam. O vasto ciclo de rutilante vida atraía o seu espírito exausto para fora do seu limite e para dentro do seu centro, uma distante música acompanhando-o para dentro e para fora. Mas qual música? A música ia ficando mais próxima e ele recordava as palavras, aquelas palavras do fragmento de Shelley sobre a lua errando solitária, pálida de cansaço. As estrelas começaram a se fragmentar e uma nuvem fina de poeira de astros caía através do espaço.

A luz opaca caía debilmente sobre a página onde uma outra equação começava a se desdobrar vagarosamente, abrindo muito a sua cauda ampla. Era a sua própria alma a caminho da experiência, desdobrando-se pecado após pecado, abrindo muito o fardo de fogo de suas estrelas a arderem e o fechando sobre si mesmo, enlanguescendo devagar, apagando suas próprias luzes e fogos. Elas extinguiram-se; e a treva fria encheu o caos.

Uma lúcida indiferença fria reinava na sua alma. Quando do seu primeiro violento pecado sentira uma onda de vitalidade atravessá-lo, e receara encontrar o seu corpo ou a sua alma mutilada pelo excesso. Em vez disso, a onda vital carregara-o no seu seio para fora de si próprio e o soltara quando retrocedera: e parte alguma do corpo ou da alma fora mutilada, antes uma paz sombria se estabelecera entre um e outro. O caos, no qual o seu ardor se extinguira, era um frio e indiferente conhecimento de si mesmo. Pecara mortalmente não só uma vez, mas muitas vezes, e sabia que enquanto permanecesse em perigo de danação eterna apenas pelo primeiro pecado só, em todos os sucessivos pecados fora multiplicando a sua culpa e a sua punição. Os seus dias, trabalhos e pensamentos não lhe podiam obter nenhuma reparação, as fontes da graça santificadora tendo cessado de refrescar a sua alma. No máximo, por uma esmola dada a um mendigo cuja bênção evitara, podia esperar, com enfado, ganhar para si certa medida de graça atual. Devoção, atirara-a n'água. De que lhe aproveitaria rezar quando sabia que a sua alma ambicionava a própria destruição? Um certo orgulho, um certo temor, impedia-o de oferecer a Deus até mesmo uma oração à noite, embora soubesse que estava no poder de Deus tomar a sua vida enquanto dormisse e jogar a sua alma para o inferno antes que pudesse pedir misericórdia. O seu orgulho no próprio pecado, o seu temor sem amor de Deus, lhe diziam que a sua ofensa era demasiado grave para ser tomada no todo ou em parte por uma falsa homenagem Ao-que-tudo-vê e Ao-que-tudo-sabe.

— Mas afinal, Ennis, declaro que se tens cabeça, a minha bengala também tem. E não me vás dizer agora que não estás em condições de me explicar o que seja um surdo!

Tais palavras disparatadas remexeram as cinzas do seu desprezo para com os colegas. Não sentia para com os outros vergonha nem medo. Na manhã dum domingo, como passasse diante da porta da igreja, dera uma olhacela fria aos devotos que lá estavam sem chapéu, quatro grandalhões, do lado de fora da igreja, moralmente presentes à missa que nem podiam ver nem ouvir. Sua estúpida piedade e o horrível cheiro de loção ordinária para cabelo com a qual haviam empastado a cabeça repeliram-no do altar onde os tais rezavam. Condescendeu com a depravada hipocrisia dos demais, cético da inocência deles que tão facilmente podia bajular.

Na parede do seu quarto de dormir pendia um pergaminho vistoso, o certificado de quando fora diretor, no colégio, do sodalício da Santa Virgem Maria. Nos sábados, pela manhã, quando o sodalício se reunia na capela, para recitar o pequeno ofício, o seu lugar era um genuflexório almofadado à direita do altar; e era dali que ele dirigia a ala dos meninos através do responso. A falsidade de sua posição não o incomodava. Se, em certos momentos, sentia ímpeto de se levantar do seu posto de honra e confessar diante de todos a sua indignidade e abandonar a capela, bastava um relance para a face deles para se conter. Todas aquelas imagens dos salmos de profecia acalmavam o seu orgulho estéril. As glórias de Maria prendiam-lhe a alma cativa. O nardo, a mirra e o incenso resinoso, simbolizando-lhe a linhagem real, os seus emblemas, a planta que floresce tardiamente, a árvore que dá flores tarde, simbolizando através das idades o contínuo crescimento do seu culto entre os homens. Quando lhe cabia a vez de ler a lição no final do ofício, ele lia com voz velada, acalentando a consciência com a sua música:

Quasi cedrus exaltata sum in Libanon et quasi cupressus in monte Sion. Quasi palma exaltata sum in Gades et quasi plantatio rosae in Jericho. Quasi uliva speciosa in campis et quasi platanus exaltata sum juxta aquam in plateis. Sicut cinnamomum et balsamum aromatizans odorem dedi et quasi myrrha electa dedi suavitatem odoris.

O seu pecado, que o havia feito esconder-se da vista de Deus, o havia levado mais para perto do refúgio dos pecadores. Os olhos dela pareciam olhá-lo com doce piedade: aquela sua santidade, uma estranha luz brilhando de leve sobre a sua frágil carne, não humilhava o pecador que se aproximava dela. Se alguma vez se sentia impelido a afastar de si o pecado e a arrepender-se, o impulso que o movia era o desejo de ser seu cavalheiro. Se alguma vez a sua alma reentrava timidamente na sua morada, depois da aflição do seu corpo em desejo se ter aplacado, era ainda voltada para ela, cujo emblema era a estrela da manhã, claro e musical, falando do céu e infundindo paz: e sentia isso quando os nomes dela eram murmurados suavemente pelos lábios onde, todavia, ainda se arrastavam sórdidas e vergonhosas palavras e até o sabor mesmo dum beijo lascivo.

Como isso era estranho! Tentou pensar como isso era possível; mas o crepúsculo, aprofundando-se na sala da escola, encobriu-lhe os pensamentos. A sineta tocou. O mestre marcou as operações e os trechos a serem feitos para a próxima lição. Heron, ao lado de Stephen começou a cantarolar desafinadamente:

O meu excelente amigo Bombados.

Ennis, que tinha ido ao pátio, voltou dizendo:

— O rapaz da casa foi ter com o reitor.

Um corpulento rapaz, pouco atrás de Stephen, friccionou as mãos e disse:

— Então vai haver jogo de bola. Podemos malhar a hora toda! Ele não estará de volta antes das duas e meia. E então lhe poderás fazer perguntas de catecismo, Dedalus.

Stephen, recostando-se e rabiscando preguiçosamente a pasta, escutava a conversa em torno, que Heron interrompia de tempos a tempos dizendo:

— Calem essa boca. Não estejam aí a fazer estardalhaço.

Era estranho, outrossim, que ele sentisse um árido prazer em seguir até o fim as rígidas linhas da doutrina da Igreja e penetrasse em tétricos silêncios apenas para ouvir e sentir mais profundamente a sua própria condenação. A sentença de são Tiago, que diz que aquele que peca contra um mandamento se torna culpado de todos, pareceu-lhe no começo uma frase oca, até que começou a sondar a treva do seu próprio estado. Da má semente da luxúria todos os outros pecados mortais tinham saltado: orgulho de si próprio e desprezo pelos outros: avareza em guardar dinheiro para a compra de prazeres ilícitos; inveja daqueles cujos vícios não podia atingir; caluniosas murmurações contra os piedosos; voracidade em sentir os alimentos; a estúpida raiva em que ardia e no meio da qual examinava o seu tédio; o pântano de espiritual e corporal indolência dentro do qual todo o seu ser estava atolado.

Quando sentava no seu banco contemplando a face sagaz e austera do reitor, o seu espírito se aguçava por dentro e por fora com as curiosas questões que aquela face lhe propunha. Se um homem tivesse roubado uma libra na sua mocidade e tivesse se servido dessa libra para acumular uma enorme fortuna, quanto era ele obrigado a devolver; a libra que havia roubado ou a libra e mais os juros compostos contados sobre isso, ou toda a sua enorme fortuna? Se um clérigo, ao batizar, derrama a água antes de pronunciar as palavras, está a criança batizada? É válido o batismo com água mineral? Como é que, ao passo que a primeira bem-aventurança promete o reino do céu aos pobres de espírito, a segunda bem-aventurança também promete ao humilde que ele possuirá a terra? Por que era o sacramento da eucaristia instituído sob duas espécies de pão e de vinho, se Jesus Cristo estava presente corpo e sangue, alma e divindade no pão somente e no vinho somente? Contém uma partícula mínima do pão consagrado todo o corpo e sangue de Jesus Cristo, ou uma parte apenas do corpo e do sangue? Se o vinho se torna em vinagre e a hóstia se desfaz em corrupção, depois de terem sido consagrados, está Jesus Cristo ainda presente sob as suas espécies, como Deus e como homem?

— Lá vem ele! Lá vem ele!

Um garoto, lá do seu posto na janela, tinha visto o reitor sair da casa. Todos os catecismos foram abertos e todas as cabeças se abaixaram sobre eles, silenciosamente. O reitor entrou e tomou o seu lugar na nave. Uma delicada cutucadela com o pé, dada pelo garoto corpulento, insistia com Stephen para fazer uma pergunta difícil.

O reitor não pediu o catecismo para seguir por ele a lição.

Bateu na carteira com as mãos e disse:

— O retiro começará quarta-feira de tarde, em honra de são Francisco Xavier, cuja festa é no sábado. O retiro irá de quarta-feira até sexta-feira. Na sexta-feira haverá confissões gerais toda a tarde, depois do terço. Se alguns dos meninos têm seus confessores especiais, talvez seja melhor não trocar de confessor. A missa será sábado de manhã, às nove horas, e haverá comunhão geral para todo o colégio. Sábado será dia sem aula. Mas como sexta-feira e sábado não há aula, alguns meninos podem se inclinar a julgar que segunda-feira também não haja. Desistam de cometer tal equívoco. Está me parecendo que você, Lawless, está com probabilidade de cometer tal engano.

— Eu, senhor? Por que, senhor?

Uma pequena onda de alegria rompeu classe adentro, quando os meninos viram o sorriso carrancudo do reitor. O coração de Stephen começou a dobrar-se lentamente e a enlanguescer de medo, como uma flor murchando.

O reitor prosseguiu gravemente:

— Todos vós já estais familiarizados com a história da vida de são Francisco Xavier, creio eu, o patrono do vosso colégio. Provinha ele duma antiga e ilustre família espanhola e vos lembrais de que foi um dos primeiros seguidores de santo Inácio. Encontraram-se em Paris, onde Francisco Xavier era professor de filosofia na universidade. Esse jovem e brilhante fidalgo e homem de letras entrou de coração e alma nas ideias do nosso santo fundador e vós sabeis que ele, por vontade própria, foi mandado por santo Inácio pregar aos gentios. Ele é chamado, como vós sabeis, o apóstolo das Índias. Foi de país em país, até o Oriente; da África até a Índia, da Índia até o Japão, batizando os povos. Diz-se que batizou para mais de dez mil idólatras num mês. E que o seu braço direito acabou ficando entorpecido de tantas vezes havê-lo erguido sobre a cabeça daqueles que ia batizando. Quis, depois, ir para a China para ganhar mais alma ainda para Deus; mas morreu com as febres na ilha de Sanciam. Um grande santo, são Francisco Xavier! Um grande soldado de Deus!

O reitor parou um pouco e depois, agitando as mãos diante de si, continuou:

— Ele tinha em si a fé que move montanhas. Dez mil almas ganhas para Deus num só mês! Esse é um verdadeiro conquistador, bem de acordo com a divisa da nossa ordem: *ad majorem Dei gloriam*! Um santo que tem grande poder no céu, lembrai-vos bem; poder para interceder por nós em nossas aflições; poder para obter seja o que for que rogarmos, caso seja para o bem de nossas almas; poder, acima de tudo, para obter para nós a graça do arrependimento, se estivermos em pecado. Um grande santo, são Francisco Xavier! Um grande pescador de almas!

Cessou de agitar as mãos e, descansando-as, agora, contra a testa, olhava à direita e à esquerda delas, bondosamente, os seus ouvintes, com aqueles seus olhos negros e vivos.

No silêncio, o fogo daqueles olhos brilhavam no escuro como brasas. O coração de Stephen murchou como uma flor do deserto que sente o simum vindo ao longe.

— *Lembra-te apenas das tuas derradeiras coisas e jamais pecarás.* Palavras tiradas, meus queridos irmãozinhos em Cristo, do livro do Eclesiastes, capítulo sétimo, versículo quarenta. Em nome do Padre, do Filho e do Espírito Santo. Amém.

Stephen estava sentado no banco da frente da capela. O Pe. Arnall estava sentado diante duma mesa, à esquerda do altar. Vestia uma capa pesada; a sua face pálida estava abatida e a sua voz enrouquecida pelo catarro. A figura do seu antigo mestre, tão estranhamente avelhantada, trouxe ao espírito de Stephen a sua vida em Clongowes: os largos pátios de recreio, enxameados de garotos; o fosso quadrado; o pequenino cemitério ao largo da avenida principal dos limoeiros, onde ele sonhara ser enterrado; a luz do fogão pela parede da enfermaria onde estivera doente; a cara infeliz do Irmão Michael. E a sua alma, ante tais recordações, voltou a ele, tornando-se outra vez a alma duma criança.

— Estamos reunidos hoje, aqui, meus caros irmãozinhos em Cristo, por um breve momento, bem longe do bulício do mundo exterior, para celebrar e honrar um dos maiores santos, o apóstolo das Índias e santo patrono também do vosso colégio, são Francisco Xavier. Ano após ano, por tempo muito mais longo do que qualquer de vós, meus caros meninos, poderá recordar ou do que eu posso recordar, os meninos deste colégio se têm reunido nesta capela para fazerem o seu retiro anual antes do dia da festa de seu santo patrono. O tempo foi passando e trouxe consigo muitas mudanças. Até mesmo nestes últimos poucos anos quantas mudanças não poderão muitos de vós recordar? Muitos dos meninos que sentavam nestes bancos da frente há alguns anos passados, estão talvez, agora, em terras longínquas, nos trópicos escaldantes, uns imersos em deveres de suas profissões, outros em seminários; ou, então, viajando sobre a vasta extensão do oceano; ou, quem sabe até, já chamados pelo grande Deus para outra vida e para prestação de contas, lá em cima, de seus mandatos. No entanto, enquanto os anos vão rodando, trazendo consigo mudanças para o bem e para o mal, a memória do grande santo é honrada pelos meninos deste colégio que fazem todos os anos o seu retiro nos dias que precedem o da festa, designado pela nossa Santa Madre Igreja para transmitir a todas as idades o nome e a fama dum dos maiores filhos da Espanha católica.

"Agora, qual é o significado da palavra *retiro*, e por que é ele unanimemente considerado como sendo a prática mais salutar para todos que desejam conduzir-se diante de Deus e aos olhos dos homens com uma vida verdadeiramente cristã? Um retiro, meus caros meninos, significa um afastamento momentâneo dos cuidados da nossa vida, dos cuidados deste prosaico mundo, em ordem a examinarmos o estado de nossa consciência, a refletirmos nos mistérios da santa religião e a compreendermos melhor por que estamos neste mundo. Durante esses poucos dias, pretendo expor diante de vós alguns pensamentos concernentes às quatro coisas derradeiras. Estas são, como sabeis pelo vosso catecismo, morte, julgamento, inferno e paraíso. Tentaremos compreendê-las plenamente, durante estes poucos dias, de maneira a podermos extrair da compreensão delas um perene benefício para nossas almas. E lembrai-vos, meus caros meninos, que fomos enviados a este mundo para uma coisa somente: para cumprirmos a vontade de Deus e para salvarmos as nossas almas imortais. Tudo o mais é sem valia. Uma coisa apenas é necessária: que salvemos nossa alma. Que adianta ao homem ganhar o mundo inteiro se sofre a perda da sua alma imortal? Ah! Meus caros meninos, acreditai-me, não existe nada neste mundo desditoso que possa substituir uma tal perda.

"Quero pedir-vos, por conseguinte, meus caros meninos, para jogardes fora de vossos espíritos, durante estes poucos dias, quaisquer pensamentos mundanos, tanto de estudo como de prazer ou de ambição, e dardes toda atenção ao estado de vossas almas. Nem será preciso relembrar-vos que durante os dias do retiro todos os meninos devem, como espero, conservar um comportamento calmo e piedoso, e evitar qualquer ruidoso e inconveniente prazer. Os meninos mais velhos, naturalmente, devem fazer que este costume não seja infringido, e me dirijo especialmente aos monitores e aos oficiais do sodalício de Nossa Senhora e do sodalício dos Santos Anjos para que deem um bom exemplo aos seus colegas estudantes.

"Experimentemos, por conseguinte, fazer este retiro em honra a são Francisco com todo o nosso coração e com todo o nosso espírito. A bênção de Deus estará, depois, então, sobre todos os vossos estudos do ano. Mas, acima e além de tudo, que este retiro seja um retiro para o qual possais olhar daqui a anos passados, quando, pode muito bem ser, estiverdes longe deste colégio e em meio a ambientes muito diferentes, um retiro para o qual possais olhar com alegria e agradecimento e render graças a Deus por vos haver proporcionado esta ocasião de colocardes as primeiras bases duma vida piedosa, honrada, zelosa e cristã. E se, como pode acontecer, houver neste momento, nestes bancos, alguma pobre alma que tenha tido a desgraça inexprimível de haver perdido a santa graça de Deus e ter caído em pecado grave, eu ferventemente confio e rogo que este retiro venha a ser o ponto de volta culminante na Vida dessa alma. Rogo a Deus, por intermédio dos méritos do seu ardoroso servo Francisco Xavier, que tal alma seja reconduzida ao arrependimento sincero e que a santa comunhão no Dia de são Francisco deste ano seja um perene contrato entre Deus e essa alma. Para o justo e o injusto, o santo e o pecador, seja este um retiro memorável.

"Ajudai-me, meus caros irmãozinhos em Cristo. Ajudai-me por intermédio de vossa piedosa atenção, de vossa devoção mesma, de vosso comportamento aqui e fora daqui. Bani dos vossos espíritos quaisquer pensamentos mundanos, e pensai somente nas coisas derradeiras, morte, julgamento, inferno, paraíso. Aquele que se recorda das coisas derradeiras, agirá e pensará sempre com elas diante dos olhos. Há de viver uma vida boa e morrer uma boa morte, crendo e sabendo que, se sacrificou muito nesta vida terrena, lhe será devolvido cem vezes, mil vezes mais na vida vindoura, no reino sem fim — uma bênção, meus caros meninos, que vos desejo de todo o coração a cada um e a todos, em nome do Pai, do Filho e do Espírito Santo. Amém!"

Quando voltava para casa com os companheiros calados, um espesso nevoeiro atingira o seu espírito. Ficou esperando, num estupor de espírito, até que pudesse o nevoeiro se desfazer e deixar ver o que tinha escondido. Jantou com rude apetite e, quando a refeição acabou e os pratos engordurados ficaram sobre a mesa, ergueu-se e foi para a janela, limpando a grossa espuma da boca com a língua e lambendo-a dos lábios. Descera pois à condição dum animal que lambe os beiços depois de comer. Isso era o cúmulo; e uma débil claridade começou a atravessar o nevoeiro do seu espírito. Apoiou a cara contra o vidro da janela e ficou olhando para fora, para a rua cada vez mais escura. Formas passavam nesta e naquela direção por entre a luz opaca. E isso era a vida. As letras do nome de Dublin jaziam pesadamente sobre o seu espírito empurrando-se umas às outras, rudemente, para cá e para lá, com uma insistência vagarosa mas grosseira. A sua alma estava engordando e congelando-se dentro duma grossa gordura, mergulhada cada vez mais profundamente com o seu temor estúpido dentro dum sombrio crepúsculo ameaçador, enquanto o corpo que era seu permanecia sem apoio e sem honra, contemplando tudo com os olhos sombrios, falta de socorro, perturbado e humano para um deus bovino ficar encarando-o.

O dia seguinte trouxe morte e julgamento despertando a sua alma lentamente do seu desespero sem amparo. A débil claridade do medo tornou-se em terror do espírito, quando a voz rouquenha do pregador derramou morte dentro da sua alma. Sofreu a sua agonia. Sentiu o frio da morte tocar-lhe as extremidades e subir até o seu coração, a faixa da morte velando-lhe os olhos, os claros centros do cérebro extinguindo-se um a um como lâmpadas, o último suor fluindo-lhe da pele, a impassibilidade dos membros ao morrerem, a fala cerrando-se, atrapalhando-se, e o coração falhando, batendo debilmente, sempre mais debilmente, tudo o mais já vencido, a respiração, a pobre respiração, o pobre sopro humano sem auxílio, soluçando e suspirando, gargarejando e estertorando na garganta. Nenhum auxílio! Nenhum socorro! Ele — ele pessoalmente —, aquele seu corpo ao qual dera tudo, estava morrendo. Para a tumba com ele. Fechemo-lo, dentro duma caixa de madeira, esse cadáver. Carreguemo-lo para fora de casa nos ombros dos serventes. Empurremo-lo para longe da vista dos homens, dentro dum buraco bem amplo no chão, dentro da sepultura, para ser pasto dos seus vermes movediços e para ser devorado pelos ratos em sanha, os ratos de roliços ventres.

E enquanto os amigos estavam ainda lá, em lágrimas, junto ao leito, a alma do pecador era julgada. Naquele último momento de consciência toda a vida terrena passara diante dos olhos da alma e, antes que tivesse tempo para refletir, o corpo tinha morrido e a alma permanecia agora aterrorizada diante da mesa do julgamento. Deus, que tanto tempo fora misericordioso, ia ser agora justo. Ele durante tanto tempo tinha sido paciente, argumentando com a alma pecadora, concedendo-lhe tempo para se arrepender, poupando-a enquanto isso. Mas esse tempo tinha acabado. Tempo houve para pecar e gozar; tempo houve para zombar de Deus e dos preceitos da sua Santa Igreja; tempo houve para desafiar a Sua majestade, para desobedecer aos Seus mandamentos, para tapar os olhos dos homens seus companheiros, para cometer pecado após pecado e para esconder a sua corrupção da vista dos homens. Mas esse tempo tinha acabado. Agora era a vez de Deus. E Ele não podia ser enganado nem Seus olhos podiam ser vendados. Todos os pecados, um por um, iriam sair de seu esconderijo, os mais rebelados contra a vontade divina e os mais degradantes para a nossa pobre natureza corrupta, a mais fraca imperfeição e a mais hedionda atrocidade. O que adiantava agora ter sido grande imperador, grande general, formidável inventor, o mais culto dentre os cultos? Todos eram o mesmo diante da mesa do julgamento. Ele recompensaria os justos e puniria os culpados. Um rápido instante bastava para o julgamento da alma dum homem. Um rápido instante depois da morte do corpo e já a alma era pesada na balança. O julgamento particular tinha terminado e a alma tinha passado para a morada da felicidade ou para a prisão do purgatório ou tinha sido arremessada, rugindo, no inferno.

E nem isso era tudo. A justiça de Deus tinha de ser vingada diante dos homens: depois do julgamento particular ainda restaria o julgamento geral. Chegara o dia final. O dia do Juízo Final estava aí. As estrelas do céu estavam caindo sobre a terra como figos arrancados da figueira balançada pelo vento. O sol, a grande luminária do universo, se tinha tornado um saco murcho de cabelo. A lua era sangrenta. O firmamento era um papel enrolado. O arcanjo Miguel, o príncipe da coorte celestial, aparecia glorioso e terrível de encontro ao céu. Com um pé sobre o mar e o outro pé sobre a terra ele soprava na arquiangélica trombeta a brônzea morte do tempo. Os três toques de trombeta do anjo enchiam todo o universo. Tempo é, tempo foi, mas tempo não será mais. Ao último toque, as almas da humanidade universal apinham-se no vale do Josafá; ricos e pobres, nobres e simples, sábios e estultos, bons e culpados. A alma de todo ser humano que acaso tenha existido, as almas de todos aqueles que ainda devam nascer, todos os filhos e filhas de Adão, todos estão reunidos para esse dia supremo. E eis que chega o supremo juízo. Não mais o manso Cordeiro de Deus, não mais o humilde Jesus de Nazaré, não mais o Homem dos Aflitos, não mais o Bom Pastor! Ele é visto agora vindo por sobre as nuvens, com grande poder e majestade, rodeado por nove coros de anjos, anjos e arcanjos, principalidades e virtudes, tronos e dominações, querubins e serafins, Deus Onipotente, Deus Eterno. Ele fala: e a Sua voz é ouvida até os mais longínquos limites do espaço, até mesmo nos abismos sem fundo. Juiz Supremo, da Sua sentença haverá em vão apelo. Ele chama os justos para a Sua direita, ordenando-lhes que entrem para o reino, para a eternidade de felicidade preparada para eles. Ao injusto ele o enxotará da Sua presença, gritando na Sua majestade ofendida: *Afastai-vos de mim, vós, ó malditos, ide para o fogo eterno que foi preparado para o demônio e seus anjos*. Oh! A agonia, então, dos miseráveis pecadores! O amigo será arrancado do lado do amigo; os filhos serão tirados de seus pais; os maridos, das suas esposas. Os pobres pecadores estenderão seus braços para aqueles que lhes eram caros neste mundo terreno, para aqueles de cuja piedade simples ele fez um motejo, para aqueles que o aconselhavam e tentaram conduzi-lo para a vereda direita, para um irmão bondoso, para uma irmã querida, para a mãe e para o pai que o amaram tão caramente. Mas é muito, muito tarde! O justo volta-se das almas danadas e indignas que aparecem agora diante dos olhos de todos em seu hediondo e horrível aspecto. Ó vós, hipócritas, ó vós, sepulcros caiados, ó vós que mostrais para o mundo um rosto a sorrir suavemente enquanto vossa alma por dentro é um lodaçal de pecado, o que será de vós nesse terrível dia?

E esse dia há de vir, chegará, tem de vir: o dia da morte e do julgamento. Está determinado para o homem que morra e depois da morte que seja submetido a julgamento. A morte é certa. O tempo e maneira são incertos; se depois duma longa doença ou se dalgum inesperado acidente o Filho de Deus virá na hora em que menos O esperardes. Estai, por conseguinte, preparados a cada instante, visto como podereis morrer a qualquer momento. A morte é o fim de todos nós. Morte e julgamento, trazidos ao mundo devido ao pecado dos nossos primeiros pais, são os negros pórticos que fecham a nossa existência terrena, as portas que se abrem para o desconhecido e para o invisível, portas através das quais cada alma deve passar, sozinha, sem ajuda, a não ser das suas obras meritórias, sem amigo, ou irmão, ou irmã, ou parente, ou mestre para ajudá-la; sozinha e trêmula! Façamos que este pensamento esteja sempre diante de nossos espíritos e então não pecaremos. A morte, uma causa de terror para os pecadores, é o abençoado momento para aquele que caminhou pelo caminho reto, cumprindo plenamente os deveres da sua estada na vida, não se esquecendo das suas orações de manhã e de noite, aproximando-se do santo sacramento frequentemente e realizando obras boas e meritórias. Para o católico piedoso e crente, para o homem justo, a morte não é nenhuma causa de terror. Pois não foi Addison, o grande escritor inglês, quem, quando no seu leito de morte, mandou chamar o corrupto jovem duque de Warwick para que visse como um cristão pode ir ao encontro do seu fim? É ele e ele só, o cristão piedoso e, crente, aquele que pode dizer no seu coração:

Sepultura, onde está tua vitória?
E tu, morte, onde está teu aguilhão?

Todas essas palavras eram para ele. Contra o seu pecado, sórdido e secreto, todo o ódio de Deus era dirigido. A lâmina do pregador tinha provado profundamente dentro da sua consciência entreaberta; e sentia agora que a sua alma estava ulcerada com o pecado. Sim, o pregador tinha razão. A vez de Deus tinha chegado. Como um animal no monturo, a sua alma jazia tombada em sua própria imundície, mas os toques da trombeta do anjo a tinham arrancado lá das trevas do pecado para a luz. As palavras do juízo exclamadas pelo anjo despedaçavam num instante a sua pressuposta paz. O vento do último dia varria o seu espírito: os seus pecados, essas prostitutas de olhos como joias, da sua imaginação, voavam diante do furacão, grunhindo como ratos em seu terror e se acotovelavam escondendo-se debaixo duma juba de cabelos.

Ao atravessar a praça, caminhando de volta a casa, o claro riso duma moça alcançou seus escaldantes ouvidos. Aquele frágil e jovial som feriu o seu coração mais fortemente do que um tom metálico de trombeta, e, não ousando erguer os olhos, voltou-se um pouco e ficou olhando, à medida que caminhava, a sombra emaranhada dos arbustos. A vergonha ergueu-se do seu coração ferido e penetrou todo o seu ser. A imagem de Emma aparecia diante dele, e sob os olhos dela o fluxo de pejo rompeu de novo lá do seu coração. Se ela soubesse a que o seu espírito a tinha sujeitado ou como o seu desejo como o dum bruto havia dilacerado, calcado a sua inocência! Era isso amor de jovem? Era isso nobreza!? Era isso poesia? As sórdidas minúcias de suas orgias subiram até seu nariz. A coleção de gravuras cobertas de fuligem que tinha escondido na chaminé da lareira e em presença de cujas desavergonhadas e vis lascívias ficava horas pecando por pensamento e ação; os seus monstruosos sonhos povoados por criaturas simiescas e por prostitutas com cardejantes olhos brilhantes; as sórdidas cartas sem fim que tinha escrito na alegria da confissão culposa e carregado consigo dias e dias escondido, para atirá-las apenas sob a proteção da noite sobre a relva na extremidade dum campo ou debaixo de alguma porta desengonçada, ou nalgum nicho sobre uma sebe onde uma moça pudesse dar com elas e ir lê-las secretamente. Louco! Louco! Era possível que tivesse feito essas coisas? Um suor frio começou a escorrer da sua testa à medida que as recordações ignóbeis se condensavam dentro do seu cérebro.

Quando a agonia do vexame acabou passando, tentou erguer a alma de sua abjeta incapacidade. Deus e a Santa Virgem estavam demasiado longe dele: Deus era grande demais e a Santa Virgem demasiado pura e santa. Mas imaginou estar perto de Emma num descampado e, humildemente e em lágrimas, ter-se inclinado e beijado a curva da sua manga, no cotovelo.

Num descampado, debaixo dum tenro céu de noite lúcida, uma nuvem vogando para o oeste lá por sobre um mar verde-claro de porto; e estavam juntos, crianças que tinham errado. Seu erro tinha ofendido profundamente a majestade de Deus, embora fosse o erro de duas crianças; ela porém, a Santa Virgem, cuja beleza "não é como a beleza terrestre perigosa de ser olhada, mas como a estrela da manhã que é o seu emblema claro e musical", não tinha sido ofendida. Os seus olhos não tinham sido ofendidos, pois os voltava para ele sem repreensão. Ela juntara as mãos dele com as de Emma e dissera, falando para os seus corações:

— Fiquem de mãos dadas, Stephen e Emma. A tarde, no céu, agora, está tão bonita! Vocês erraram, mas continuam sempre meus filhos. É um coração que ama o outro coração. Fiquem de mãos dadas, juntos, meus queridos filhos, hão de vocês ser felizes e seus corações se amarão um ao outro.

A capela estava transbordando da brutal luz escarlate que se filtrava através dos vitrais; e entre o vão do último vitral e o caixilho, uma seta de luz descorada entrava como uma lança e ia bater nos bronzes cinzelados dos candelabros sobre o altar que fulgurava como a armadura de malha de anjos que batalhas tivessem lustrado.

Chovia sobre a capela, sobre o jardim, sobre o colégio. Era como se fosse chover para sempre, sem nenhum ruído. Água cobrindo árvores e casas, cobrindo monumentos e picos de montanhas. Todas as vidas iriam ser dizimadas com isso, sem nenhum ruído: pássaros, homens, elefantes, filhotes, crianças: sem nenhum ruído seus cadáveres flutuando por entre a camada de destruição do naufrágio do mundo. Quarenta dias e quarenta noites a chuva haveria de cair até que as águas cobrissem a face da Terra.

Podia ser. Por que não?

— *O inferno alargou a sua garganta e abriu a boca, desmesuradamente.* — Palavras tiradas, meus caros irmãozinhos em Jesus Cristo, do Livro de Isaías, capítulo quinto, versículo catorze. Em nome do Pai, do Filho e do Espírito Santo. Amém.

O pregador tirou um relógio sem corrente do bolso de dentro da batina e, tendo prestado atenção no mostrador durante um momento, em silêncio, colocou-o silenciosamente sobre a mesa, diante de si.

Pôs-se a falar num tom calmo.

— Adão e Eva, meus caros meninos, foram, como vós sabeis, nossos primeiros pais, e haveis de recordar que foram criados por Deus de maneira que os lugares no céu deixados vagos pela queda de Lúcifer e seus anjos amotinados pudesse ser enchido de novo. Lúcifer, bem o sabemos, era um filho da manhã, um radiante e poderoso anjo; entretanto, caiu; caiu e com ele caiu um terço das coortes do céu; caiu e foi arremessado com os seus anjos revoltados para dentro do inferno. Qual tivesse sido o seu pecado nós não podemos dizer. Teólogos há que consideram ter sido o pecado do orgulho, o pensamento pecaminoso concebido em um instante: *non serviam. Não quero servir.* Tal instante foi a ruína dele. Ofendeu a majestade de Deus pelo pecaminoso pensamento dum instante. E Deus o arremessou do céu para o inferno, para sempre.

"Adão e Eva foram criados, depois disso, por Deus; e colocados no Éden, na planície de Damasco, no Éden, esse jardim admirável, todo resplendente de sol e de cor, abundante e luxuriante vegetação. A terra cheia de frutos dava-lhes a sua generosidade; animais e aves eram seus prestimosos servos; desconheciam em sua carne os males de que ela hoje é passível, doença, pobreza e morte; tudo quanto um grande e generoso Deus podia fazer por eles foi feito. Mas havia uma condição imposta por Deus a eles: obediência à Sua Palavra. Não tinham que comer o fruto da árvore proibida.

"Mas ah! Meus queridos meninos, também eles caíram. O demônio, outrora um anjo resplendente, um filho da manhã, mas agora um repelente monstro, veio na forma duma serpente, que é o mais astuto de todos os animais da Terra. Estava com inveja deles. Ele, o grande decaído, não podia suportar o pensamento de que o homem, um ser de argila, pudesse vir a possuir a herança que ele, por seu pecado, havia perdido para sempre. Veio para a mulher, o vaso mais frágil, e destilou o veneno de sua eloquência no ouvido dela, prometendo-lhe — Oh! A blasfêmia dessa promessa! — que se ela e Adão comessem do fruto proibido se tornariam como deuses, maiores mesmo que o próprio Deus. Eva rendeu-se às manhas do animal tentador. Comeu da maçã e a deu também a Adão, que não teve a coragem moral de lhe resistir. O veneno da língua de Satanás tinha feito sua obra. Eles caíram.

"E eis que então a voz de Deus foi ouvida naquele jardim, chamando a sua criatura às contas; e Miguel, príncipe das hostes celestiais, com uma espada flamejante na mão, apareceu diante do par culpado e os expulsou para fora do Éden, atirando-os no mundo, este mundo de maldade e de provação, de crueldade e de decepções, de trabalho e de dureza, para ganharem o pão com o suor de seus rostos. Mas, mesmo assim, quão misericordioso foi Deus! Tomou-se de piedade dos nossos pobres degradados pais e prometeu que na plenitude do tempo haveria de mandar descer do céu Alguém que os redimiria, fazendo-os mais uma vez filhos de Deus e herdeiros do reino do céu; e que esse Alguém, esse Redentor do homem caído, havia de ser o Filho Unigênito de Deus, a Segunda Pessoa da Santíssima Trindade, o Verbo Eterno.

"Ele veio. Foi nascido duma virgem pura, Maria, a virgem mãe. Nasceu numa pobre estrebaria na Judeia e viveu como um humilde carpinteiro até os trinta anos, até que a hora da Sua missão tivesse chegado. E então, repleto de amor pelos homens, desceu até nós e chamou os homens para que ouvissem o novo evangelho.

"Ouviram-no eles? Sim, eles escutaram, mas não ouviram. Ele foi agarrado e ligado como um criminoso vulgar, escarnecido como um louco, posto de lado para dar lugar a um ladrão público, zurzido com quinhentos látegos, coroado com uma coroa de espinhos, apupado através das ruas pela ralé judaica e a soldadesca romana, despojado de suas vestes e erguido no madeiro; e o Seu lado foi atravessado com uma lança; e do corpo ferido de Nosso Senhor água e sangue saíram continuadamente.

"Ainda assim, porém, nessa hora de suprema agonia, Nosso Misericordioso Redentor teve pena da humanidade. Ainda mesmo ali, no topo do Calvário, Ele fundou a Santa Igreja Católica, contra a qual, prometeu, as portas do inferno não prevalecerão. Fundou-a sobre a rocha dos tempos e a favoreceu com a Sua graça, com sacramentos e com o sacrifício, e prometeu que se os homens obedecessem às palavras da Sua igreja entrariam ainda na vida eterna, mas que se, depois de tudo quanto havia feito por eles, ainda persistissem em sua maldade, restaria para eles uma eternidade de tormento: o inferno."

A voz do pregador diminuiu. Fez uma pausa, juntou as palmas das mãos por um instante, separou-as. Em seguida, resumiu:

— Tentemos agora, por um momento, compreender, o mais longe que nos for dado, a natureza dessa morada dos danados que a justiça de um Deus ofendido criou para a eterna punição dos pecadores. O inferno é uma estreita, negra e sórdida prisão fétida, uma habitação de demônios e de almas perdidas, cheia de fogo e de fumaça. A estreiteza dessa casa de prisão expressamente designada por Deus para punir aqueles que recusaram a se limitarem às Suas leis. Nas prisões terrenas o pobre cativo tem, no mínimo, alguma liberdade de movimento, seja somente entre as quatro paredes da sua cela, seja no sinistro pátio de sua prisão. No inferno não é assim. Lá, devido ao grande número de danados, os prisioneiros estão atirados uns sobre os outros, juntos em sua terrível prisão, cujas paredes, diz-se, têm quatrocentas milhas de espessura; e os condenados estão tão extremamente apertados e desamparados que, como um abençoado santo, santo Anselmo, escreve em seu livro sobre Similitudes, estão incapacitados até de tirar do olho um verme que o atormente.

Jazem nas trevas exteriores. Pois, lembrai-vos, o fogo do inferno não emite nenhuma luz. Assim como, ao comando de Deus, o fogo da fornalha babilônica perdeu o seu calor mas não perdeu a sua luz, assim, ao comando de Deus, o fogo do inferno, conquanto retenha a intensidade do seu calor, arde eternamente nas trevas. É uma tempestade que nunca mais acaba de trevas, de negras chamas e de negra fumaça de enxofre a arder, por entre as quais os corpos estão amontoados uns sobre os outros sem uma nesga de ar. De todas as pragas com que a terra dos faraós foi flagelada, uma praga só, a treva, foi chamada de horrível. Qual o nome, então, que devemos dar às trevas do inferno que há de durar não por três dias apenas, mas por toda a eternidade?

"O horror desta estreita e negra prisão é aumentado por seu tremendo cheiro ativo. Toda a imundície do mundo, todos os monturos e escórias do mundo, nos é dito, correrão para lá como para um vasto e fumegante esgoto quando a terrível conflagração do último dia houver purgado o mundo. O enxofre, também, que arde lá em tão prodigiosa quantidade, enche todo o inferno com o seu intolerável fedor; e os corpos dos danados, eles próprios, exalam um cheiro tão pestilento que, como diz são Boaventura, só um deles bastaria para infeccionar todo o mundo. O próprio ar deste mundo, esse elemento puro, torna-se fétido e irrespirável quando fica fechado longo tempo. Considerai, então, qual deva ser o fétido do ar do inferno. Imaginai um cadáver fétido e pútrido que tenha jazido a decompor-se e a apodrecer na sepultura, uma matéria gosmenta de corrupção líquida. Imaginai tal cadáver preso das chamas, devorado pelo fogo do enxofre a arder e a emitir densos e horrendos fumos de nauseante decomposição repugnante. E a seguir imaginai esse fedor malsão multiplicado um milhão e mais outro milhão de milhões sobre milhões de carcaças fétidas comprimidas juntas na treva fumarenta, uma enorme fogueira de podridão humana. Imaginai tudo isso e tereis uma certa ideia do horror do cheiro do inferno.

"Mas tal fedentina não é, horrível pensamento é este, o maior tormento físico ao qual os danados estão sujeitos. O tormento do fogo é o maior tormento ao qual o tirano tem sempre sujeitado suas criaturas. Colocai o vosso dedo por um momento na chama duma vela e sentireis a dor do fogo. Mas o nosso fogo terreno foi criado por Deus para benefício do homem, para manter nele a centelha de vida e para ajudá-lo nas artes úteis, ao passo que o fogo do inferno é duma outra qualidade e foi criado por Deus para torturar e punir o pecador sem arrependimento. O nosso fogo terrestre, outrossim, se consome mais ou menos rapidamente, conforme o objeto que ele ataca for mais ou menos combustível, a ponto de a criatividade humana ter-se sempre entregado a inventar preparações químicas para garantir ou frustrar a sua ação. Mas sulfuroso breu que arde no inferno é uma substância que foi especialmente designada para arder para sempre e ininterruptamente com indizível fúria. Além disso, o nosso fogo terrestre destrói ao mesmo tempo que arde, de maneira que quanto mais intenso ele for mais curta será a sua duração; já o fogo do inferno tem esta propriedade de preservar aquilo que ele queima e, embora se enfureça com incrível ferocidade, ele se enfurece para sempre.

"O nosso fogo terrestre, ainda, não importa que intensidade ou tamanho possa ter, é sempre duma extensão limitada; mas o lago de fogo do inferno é ilimitado, não tem praias nem fundo. E está documentado que o próprio demônio, ao lhe ser feita a pergunta por um soldado, foi obrigado a confessar que se uma montanha inteira fosse jogada dentro do oceano ardente do inferno seria queimada num instante como um pedaço de cera. E esse terrível fogo não aflige os danados somente por fora, pois cada alma perdida se transforma num inferno dentro de si mesma, o fogo sem limites se enraivecendo mesmo em sua essência. Oh! Quão terrível é a sorte desses desgraçados seres! O sangue ferve e referve nas veias; os cérebros ficam fervendo nos crânios; o coração no peito flamejando e ardendo; os intestinos, uma massa vermelha e quente de polpa a arder; os olhos, coisa tão tenra, flamejando como bolas fundidas.

"Ainda assim quanto vos falei da força, da qualidade e da ilimitação desse fogo é como se fosse nada quando comparado com a sua intensidade, uma intensidade que é justamente tida como sendo o instrumento escolhido pelo desígnio divino para punição da alma, assim como do corpo igualmente. Trata-se dum fogo que procede diretamente da ira de Deus, trabalhando não por sua própria atividade, mas como um instrumento da vingança divina. Assim como as águas do batismo limpam a alma com o corpo, assim o fogo da punição, tortura o espírito junto com a carne. Todos os sentidos da carne são torturados; e todas as faculdades da alma outro tanto: os olhos com impenetráveis trevas; o nariz com fétidos nauseantes; os ouvidos com berros, uivos e execrações; o paladar com matéria sórdida, corrupção leprosa, sujeiras sufocantes inomináveis; o tato com aguilhões e chuços em brasa e cruéis línguas de chamas. E através dos vários tormentos dos sentidos a alma imortal é torturada eternamente na sua essência mesma no meio de léguas e léguas de ardentes fogos acesos nos abismos pela majestade ofendida de Deus Onipotente e soprados numa perene e sempre crescente fúria pelo sopro da raiva da Divindade.

"Considerai, finalmente, que o tormento dessa prisão infernal é acrescido pela companhia dos condenados mesmos. A má companhia, sobre a terra, é tão nociva que as plantas, como que por instinto, apartam-se da companhia seja do que for que lhes seja mortal ou funesto. No inferno, todas as leis estão trocadas... lá não há nenhum pensamento de família, de pátria, de laços, de relações. O danado goela e grita um com o outro, sua tortura e raiva se intensificando pela presença dos seres torturados e se enfurecendo como ele.

"Todo o senso de humanidade é esquecido. Os lamentos dos pecadores a sofrerem enchem os mais recuados cantos do vasto abismo. As bocas dos danados estão cheias de blasfêmias contra Deus e de ódio por seus companheiros de suplício e de maldições, contra as almas que foram seus companheiros no pecado. Era costume, nos antigos tempos, punir o parricida, o homem que havia erguido sua mão assassina contra o pai, arremessando-o nas profundezas do mar num saco dentro do qual também eram colocados um galo, um burro e uma serpente. A intenção desses legisladores, que inventaram tal lei, a qual parece cruel nos nossos tempos, era punir o criminoso pela companhia de animais malignos e abomináveis. Mas que é a fúria dessas bestas estúpidas comparada com a fúria da execração que rompe dos lábios tostados e das gargantas inflamadas dos danados no inferno, quando eles contemplam em seus companheiros em miséria aqueles mesmos que os ajudaram e incitaram no pecado, aqueles cujas palavras semearam as primeiras sementes do mal em pensamento e em ação em seus espíritos, aqueles cujas sugestões insensatas os conduziram ao pecado, aqueles cujos olhos os tentaram e os desviaram do caminho da virtude? Voltam-se contra tais cúmplices e os xingam e amaldiçoam. Não terão, todavia, socorro nem ajuda; agora é tarde demais para o arrependimento.

"Por último de tudo, considerai o tremendo tormento daquelas almas condenadas, as que tentaram e as que foram tentadas, agora juntas e, ainda por cima, na companhia dos demônios. Esses demônios afligirão os danados de duas maneiras: com a sua presença e com as suas admoestações. Não podemos ter uma ideia de quão terríveis são esses demônios. Santa Catarina de Siena uma vez viu um demônio e escreveu que preferia caminhar até o fim de sua vida por um caminho de carvões em brasa a ter que olhar de novo um único instante para tão horroroso monstro. Tais demônios que outrora foram formosos anjos tornaram-se tão repelentes e feios quanto antes tinham de lindos. Escarnecem e riem das almas perdidas que arrastaram para a ruína. É com eles que são feitas, no inferno, as vozes da consciência. Por que pecaste? Por que deste ouvido às tentações dos amigos? Por que abandonaste tuas práticas piedosas e tuas boas ações? Por que não evitaste as ocasiões de pecado? Por que não deixaste aquele mau companheiro? Por que não desististe daquele mau hábito, aquele hábito impuro? Por que não ouviste os conselhos do teu confessor? Por que, mesmo depois de haveres tombado a primeira, ou a segunda, ou a terceira, ou a quarta ou a centésima vez, não te arrependeste dos teus maus passos e não voltaste para Deus que esperava apenas pelo teu arrependimento para te absolver dos teus pecados? Agora o tempo para o arrependimento se foi. Tempo existe, tempo existiu, mas tempo não existirá mais! Tempo houve para pecar às escondidas, para se satisfazer na preguiça e no orgulho, para ambicionar o ilícito, para ceder às instigações da tua baixa natureza, para viver como as bestas do campo, ou antes pior do que as bestas do campo, porque elas, ao menos, não são senão brutos e não possuem uma razão que as guie; tempo houve, mas tempo não haverá mais. Deus te falou por intermédio de tantas vozes, mas não quiseste ouvir. Não quiseste esmagar esse orgulho e esse ódio do teu coração, não quiseste devolver aquelas ações mal adquiridas, não quiseste obedecer aos preceitos da tua Santa Igreja nem cumprir teus deveres religiosos, não quiseste abandonar aqueles péssimos companheiros, não quiseste evitar aquelas perigosas tentações. Tal é a linguagem desses demoníacos atormentadores, palavras de sarcasmo e de reprovação, de ódio e de aversão. De aversão, sim! Pois mesmo eles, os demônios propriamente, quando pecaram, pecaram por meio dum pecado que era compatível com tão angélicas naturezas: foi uma rebelião do intelecto; e eles, eles mesmos, têm que se afastar, revoltados e com nojo de terem de contemplar aqueles pecados indizíveis com os quais o homem degradado ultraja e profana o templo do Espírito Santo, e se ultraja e avilta a si mesmo.

"Ó meus queridos irmãozinhos em Cristo, que jamais venha a ser a nossa sorte ouvir tal linguagem! Possa jamais essa ser a nossa sorte, digo! No último dia da prestação de contas, rogo ferventemente a Deus que nem sequer uma só das almas dos que estão aqui nesta capela hoje possa ser encontrada entre os miseráveis seres aos quais o Grande Juiz ordenará que se sumam da Sua vista! Que nenhum de nós ouça jamais soar em seus ouvidos a tremenda sentença de repulsa: *Afastai-vos de mim, vós, ó amaldiçoados, ide para o fogo eterno que foi preparado para o demônio e os seus anjos!*"

Stephen desceu a nave da capela com as pernas tremendo e o couro cabeludo se arrepiando em sua cabeça como se mãos de fantasmas o estivessem tocando. Subiu até o fim da escadaria, meteu-se pelo corredor ao longo de cujas paredes sobretudos e capas pendiam como malfeitores enforcados, sem cabeças, gotejando, deformados. E a cada passo tinha medo de já haver morrido, de que a sua alma já tivesse sido arrancada do estojo do corpo, de que estivesse mergulhando de cabeça através do espaço.

Não podia pôr direito os pés no assoalho, sentindo-o, e se sentou pesadamente lá na sua carteira, escancarando um dos seus livros ao acaso e metendo o olhar nele. Cada palavra daquelas era para ele! De fato. Deus era todo-poderoso. Deus podia chamá-lo agora, chamá-lo quando se sentava na sua carteira, antes que tivesse tempo para se dar conta da intimação. Deus o havia chamado. Sim? O quê? Sim? A sua carne encolheu-se toda como se estivesse sentindo a aproximação das vorazes línguas de fogo, toda seca como se estivesse sentindo em volta o redemoinho do ar sufocante. Ele havia morrido. Sim. Fora julgado. Uma vaga de fogo arrebentara sobre o seu corpo; a primeira. Outra vaga; e o seu cérebro começava a arder. Mais outra; e o seu cérebro estava cozinhando e borbulhando dentro do revestimento estilhaçado do crânio de onde rompiam chamas como uma corola, guinchando como vozes:

— Inferno! Inferno! Inferno! Inferno! Inferno!

Vozes diziam, perto dele:

— No inferno.

— Está me parecendo que ele o esfregou direito em ti!

— Se esfregou. Meteu-nos a todos numa fedentina azul.

— E é do que vocês colegas precisam: inferno e bastante, para então se meterem a trabalhar.

Recostou-se bem para trás, mas vagarosamente, na sua carteira. Não tinha morrido, não. Deus o tinha poupado, ainda. Continuava no mundo familiar da escola. O sr. Tate e Vincent Heron estavam lá à janela conversando, pilheriando, prestando atenção na chuva fria, mexendo com a cabeça.

— Queria bem que clareasse logo. Tinha combinado ir dar um passeio até as colmeias, com alguns alunos, lá em Malahide. Mas as estradas hão de estar atolando até os olhos.

— Vai clarear já, senhor.

As vozes que ele conhecia tão bem! Vozes comuns. E aquele silêncio na sala da classe quando as vozes param um pouco, silêncio que ficava cheio do som do suave mastigar de gado enquanto os outros meninos mastigavam suas merendas tranquilamente, silêncio, que acalentava a sua alma dolorida.

Era tempo ainda. Ó Maria, refúgio dos pecadores, intercede por ele! Ó virgem sem mácula, salva-o do golfo da morte!

A lição de inglês começou com proposições de História. Personagens reais, favoritos, intrigantes, bispos, passavam como fantasmas mudos atrás do véu dos seus nomes. Todos eles tinham morrido; todos eles tinham sido julgados.

Que adianta a um homem ganhar o mundo inteiro se vem a perder a sua alma? Afinal, ele tinha compreendido: e a vida humana ali estava à sua volta, num plano de paz onde homens, como formigas, trabalhavam fraternalmente, seus mortos dormindo debaixo de quietos montículos. O cotovelo do companheiro cutucou-o e quando lhe pediu que respondesse a um pergunta do seu mestre, ele ouviu a própria voz cheia de calma, de humildade e de contrição.

A sua alma mergulhava cada vez mais profundamente em camadas de paz contrita, não mais resolvida a sofrer a dor do medo e enviando, à medida que submergia, uma frágil oração. Ah! Sim, ele ainda seria poupado; ainda se arrependeria em seu coração, e seria perdoado; e então todos lá em cima, todos os do céu, veriam o que ele iria fazer para redimir o passado: a vida inteira, as horas todas da vida. Esperassem só.

— Todas, meu Deus! Todas, todas!

Um bedel chegou até a porta para dizer que as confissões já tinham começado na capela. Quatro meninos saíram da sala e ouviu outros a descerem o corredor. Um frio trêmulo soprou em volta do seu coração, não mais forte do que um ventinho, e, no entanto, escutando e sofrendo, calado, teve a sensação de ter posto um ouvido ao encontro do músculo do seu próprio coração, sentindo-o encher e murchar, escutando o alvoroço dos seus ventrículos.

Não havia outro jeito. Tinha de se confessar, dizer, e com palavras, o que tinha feito e pensado, pecado após pecado. Como? Mas como?

— Padre, eu...

O pensamento escorregou como um florete frio e reverberante por sua carne macia adentro: confissão. Mas não lá, na capela do colégio. Iria confessar tudo, os pecados por pensamento e ação, um por um, sinceramente; mas não lá entre os companheiros de escola. Bem longe; nalgum lugar escuro é que iria desvendar, em sussurros, a sua vergonha; e implorava a Deus, humildemente, que não ficasse ofendido com ele por não ousar confessar-se na capela do colégio, e, numa extrema objeção de espírito, rogava mudamente o perdão daqueles corações juvenis à sua volta.

O tempo passou.

Estava, de novo, sentado no primeiro banco da capela. A claridade lá fora já estava diminuindo e como caísse vagarosamente através dos vitrais vermelhos parecia que era o sol do derradeiro dia que estava tombando e que todas as almas estavam sendo reunidas para o julgamento.

— *Fui lançado para longe da visão dos Teus olhos:* palavras tiradas, meus queridos irmãozinhos em Cristo, do Livro dos Salmos, trigésimo capítulo, versículo vinte e três. Em nome do Padre, do Filho e do Espírito Santo. Amém.

O pregador começou a falar num tom calmo e amistoso. O seu rosto era afável e juntou os dedos de cada mão formando uma como que frágil grade pela união das extremidades.

— Esta manhã nos esforçamos, nas nossas reflexões sobre o inferno, por fazer o que o nosso santo fundador chama, no seu livro de exercícios espirituais, a composição de lugar. Isto é, esforçamo-nos por objetivar com os sentidos do espírito, na nossa imaginação, o aspecto material desse horroroso lugar e os tormentos físicos que padecem os que estão no inferno. Esta noite vamos considerar por breves momentos a natureza dos tormentos espirituais do inferno.

"O pecado, retende bem isto, é uma dupla enormidade. É um vil consentimento às instigações da nossa natureza corrupta em seus mais baixos instintos, naquilo que é grosseiro e bestial; e é, também, um afastamento do conselho da nossa natureza mais alta, daquilo que é puro e sagrado, do próprio Deus Santo. Por tal razão o pecado mortal é punido no inferno com duas diferentes formas de castigo, o físico e o espiritual.

"Agora, dentre todas essas penas espirituais, sem dúvida a maior é a pena da perdição; e, de fato, tão grande, que em si mesma já é um tormento maior do que todos os outros. Santo Tomás, o maior doutor da Igreja, o doutor angélico, como é chamado, diz que a maior danação consiste nisso em que a compreensão do homem é totalmente privada da luz divina e a sua afeição obstinadamente afastada da bondade de Deus. Deus, lembrai-vos, é um ser infinitamente bom e, por conseguinte, a perda dum tal ser deve ser uma perda infinitamente dolorosa. Nós, nesta vida, não temos uma ideia muito clara do que tal perda possa ser, mas os danados no inferno, para seu maior tormento, têm uma compreensão total daquilo que perderam e compreendem que devido aos seus pecados o perderam para sempre. No exato momento da morte os laços da carne são rompidos por completo e a alma imediatamente voa para Deus como para o centro de sua existência. Lembrai-vos que nossas almas anseiam por estar com Deus. Nós vimos de Deus, vivemos por Deus, pertencemos a Deus, somos d'Ele, inalienavelmente d'Ele. Deus ama com amor divino cada alma humana, e cada alma humana vive nesse amor. Como poderia isso ser de outra maneira? Toda a nossa respiração, todos os pensamentos do nosso cérebro, todos os instantes de vida procedem da bondade inexaurível de Deus. E, se há sofrimento para qualquer mãe em estar separada do seu filho, para um homem o ser exilado da terra e do lar, do amigo, o ser afastado do amigo, oh! Pensai então que dor, que angústia seja para a pobre alma ser repelida da presença do seu Criador supremamente bom e amante, que trouxe essa alma do nada para a existência e a susteve na vida e a amou com incomensurável amor. Estar, pois, separada para sempre do seu maior bem, de Deus, e sentir a angústia dessa separação, sabendo completamente que isso jamais será modificado: este é deveras o maior tormento que a alma criada é capaz de suportar, *pœna damni*, o castigo da perdição.

"A segunda pena que afligirá as almas dos danados no inferno é o castigo da consciência. Assim como nos corpos mortos se engendram vermes devido à putrefação, também nas almas dos perdidos se ergue um remorso perpétuo provindo da putrefação do pecado, o aguilhão da consciência, o verme, como o papa Inocêncio III o chamou, do tríplice aguilhão. A primeira ferroada descarregada por esse verme cruel será a lembrança dos prazeres passados. Ah! E que terrível recordação não será essa! Lá no lago das chamas que tudo devoram, o orgulhoso rei recordará as pompas da sua corte; o sábio, mas homem mau, seus livros e seus instrumentos de pesquisas; o amante dos prazeres artísticos, os seus mármores, e quadros e mais tesouros de arte; aquele que se deleitava com os prazeres da mesa, os seus festins ruidosos, os pratos preparados com tantas especiarias, os seus vinhos escolhidos; o usurário recordar-se-á do esconderijo do seu ouro; o ladrão, da sua riqueza mal adquirida; os assassinos odientos, vingativos e desapiedados, seus feitos sangrentos e a violência que neles revelaram; o impuro e adúltero, os prazeres imundos e inenarráveis em que se comprazia. Hão de se recordar de tudo isso e ter nojo de si mesmos e dos seus pecados. Pois como hão de parecer miseráveis todos esses prazeres para a alma condenada a sofrer no fogo do inferno durante idades e idades! Como hão de elas se enfurecer e fumegar só em pensar que perderam a ventura do céu pela impureza da terra, por algumas peças de metal, por vanglórias, por conforto corporal, por um latejar apenas dos nervos. Arrepender-se-ão, de fato: e este é o segundo aguilhão do verme da consciência, uma tardia e infrutífera angústia pelos pecados cometidos. A divina justiça insiste em que a compreensão desses miseráveis desgraçados se fixe continuamente sobre os pecados de que são culpados; e além disso, como acentua santo Agostinho, Deus lhes comunicará a Sua própria compreensão do pecado, de maneira que o pecado possa aparecer diante deles em toda a sua hedionda malícia, tal como aparece aos olhos de Deus mesmo. Hão de contemplar os seus pecados em toda a sua sordidez e arrepender-se; mas será demasiado tarde e, então, depois hão de deplorar as boas ocasiões que negligenciaram. Este é o último, mais profundo e o mais cruel aguilhão do verme da consciência. A consciência dirá: tiveste tempo e oportunidade para te arrepender e não quiseste. Foste educado religiosamente por teus pais. Tiveste o ministro de Deus para te pregar, para te chamar quando te extraviavas, para te perdoar os teus pecados fossem lá quantos fossem, e por mais abomináveis se apenas te tivesses confessado e arrependido. Mas não. Não quiseste. Zombaste dos ministros da santa religião, afastaste-te do confessionário, emparedaste-te cada vez mais profundamente no lodo do pecado. Deus apelava para ti, prevenia-te, implorava-te que voltasses para Ele. Oh! Que vergonha, que miséria! O Artífice do universo ter que te rogar a ti, uma criatura de argila, que o amasses, a Ele que te tinha feito! E que conservasses a Sua Lei. Mas não. Não quiseste. E agora, mesmo que enchesses todo o inferno com as tuas lágrimas, caso ainda te fosse dado chorar, todo esse mar de arrependimento não te proporcionará o que apenas uma lágrima de sincero arrependimento vertida durante a tua vida mortal teria servido. Imploras agora um momento de vida terrena para te arrependeres: em vão. Esse tempo foi-se: e foi-se para sempre.

"Tal é o tríplice aguilhão da consciência, a víbora que corrói o âmago do coração mesmo dos desgraçados no inferno a ponto de eles, cheios de fúria infernal, se amaldiçoarem a si mesmos por sua loucura, amaldiçoarem os maus companheiros que os levaram a tal ruína, amaldiçoarem os demônios que os tentaram em vida e agora os escarnecem na eternidade e, até mesmo, insultarem e amaldiçoarem o Ser Supremo cuja bondade e paciência desdenharam com tamanho menosprezo, mas de cuja justiça e poder não se podem evadir.

"A pena seguinte, a que estão sujeitos os danados, é a pena da extensão. O homem, na sua vida terrestre, enquanto seja capaz de muitos malefícios, não é capaz deles ao mesmo tempo, atendendo a que um malefício corrige o outro e o anula, tal qual como acontece com um veneno que frequentemente corrige o outro. No inferno, pelo contrário, um tormento, em lugar de anular outro, cede-lhe ainda uma força maior; e, além disso, como as faculdades internas são mais perfeitas do que os sentidos externos, são, portanto, mais aptas ao sofrimento. Assim como cada sentido é afligido com um tormento que lhe é peculiar, assim acontece também para cada faculdade espiritual: a imaginação, com horríveis imagens; a faculdade sensitiva com tédios e sobressaltos alternados; o espírito e a compreensão com uma treva interior mais terrível até do que a exterior que reina nessa tremenda prisão. A malícia, conquanto seja impotente, se apodera dessas almas de demônios numa maldade de extensão tão ilimitada, de duração tão sem termos, num pavoroso estado de iniquidade, iniquidade essa que nem podemos imaginar a não ser que suportemos no espírito a enormidade do pecado e do ódio que Deus lhe reserva.

"Opondo-se a essa pena de extensão e, contudo, coexistindo com ela, temos a pena da intensidade. O inferno é o centro dos males e, conforme sabeis, as coisas são mais intensas em seus centros do que em seus pontos mais afastados. Não existem forças contrárias ou misturadas de espécie alguma para temperar ou abrandar ao menos as penas do inferno. Pelo contrário, coisas que em si mesmas são boas tornam-se más no inferno. A companhia, seja onde for, é uma fonte de conforto para os aflitos. Pois lá será um contínuo tormento! O conhecimento, pelo qual se anseia tanto como o bem principal do intelecto, lá sofrerá ódio pior do que a ignorância; a luz, tanto e tanto aspirada por todas as criaturas desde o Senhor da Criação até a mais humilde planta da floresta, será insultada intensamente. Na nossa vida as nossas aflições jamais são longas ou grandes demais, porque a natureza ou as ultrapassa pelos hábitos ou lhes põe um fim soçobrando ao seu peso. Mas no inferno os tormentos não podem ser vencidos pelo hábito, pois enquanto são de terrível intensidade são, ao mesmo tempo, de contínua variedade, cada pena, por assim dizer, se incendiando através da outra e devolvendo àquela que a inflamou uma chama ainda mais potente.

E nem pode a natureza escapar dessas intensas e variadas torturas sucumbindo mercê delas, pois a alma é sustentada e mantida no mal de maneira a seu sofrimento poder ser sempre maior. Ilimitada extensão de tormento, incrível intensidade de sofrimento, incessante variedade de tortura — eis o que a divina majestade, tão ultrajada pelos pecadores, pede; eis o que a santidade do céu, menosprezada e posta à margem pelos prazeres baixos e luxuriosos da carne corrupta, requer; eis o que o sangue inocente do Cordeiro de Deus, derramado pela redenção dos pecadores e pisado pelo mais vil dos vis, exige.

"Última tortura e coroando todas as torturas desse lugar horroroso é a eternidade do inferno. Eternidade! Ó terrível e medonha palavra. Eternidade! Que espírito de homem aí há que a possa entender? E, prestai bem atenção, eternidade de penas. Mesmo que as penas do inferno não fossem tão terríveis como são, todavia tornar-se-iam infinitas visto estarem destinadas a durar para sempre. Mas, além de serem eternas, são, ao mesmo tempo, conforme bem o sabeis, intoleravelmente intensas e insuportavelmente extensas. Já o ter que suportar o aguilhão dum inseto por toda a eternidade seria um tormento crudelíssimo. O que não será, pois, suportar as mil formas de tortura infernal para sempre? Para todo o sempre! Por toda a eternidade! Não por um ano nem por uma certa idade, mas eternamente. Tentai avaliar o sentido disso. Muitas vezes tendes vós visto já a areia da praia. Que finos são seus diminutos grãozinhos! E quantos desses diminutos grãozinhos são precisos para encher uma pequenina mão de criança que brinca com eles! Imaginai, agora, uma montanha dessa areia, dum milhão de milhas de altura, alcançando, da terra ao mais alto dos céus e com um milhão de milhas de largura a estender-se para os espaços mais remotos e com um milhão de milhas de extensão; e imaginai uma tão enorme massa de incontáveis partículas de areia multiplicada tantas vezes quantas são as folhas das árvores das florestas, as gotas da água no imenso oceano, as penas nos pássaros, as escamas nos peixes, os pelos nos animais, os átomos na vasta expansão do ar; e imaginai que no fim de cada milhão de anos um passarinho passa por essa montanha e carrega no seu bico um insignificante grão dessa areia. Quantos milhões de milhões de séculos terá que passar esse passarinho até que tenha tirado sequer um palmo quadrado dessa montanha, quantas eras após eras antes que a tenha carregado toda? Mesmo ao fim desse imenso trato de tempo, nem sequer um só instante de eternidade poderá ser dito que terminou. Ao fim de todos esses bilhões e trilhões de anos, a eternidade mal terá começado. E se essa montanha for erguida outra vez e esse pássaro voltar a acabar carregando tudo, grão após grão; e se assim se erguer e se acabar, e se tornar a se erguer e se tornar a acabar tantas vezes quantas são as estrelas no céu, os átomos no ar, as gotas d'água no mar, as folhas nas árvores, as penas nos pássaros, as escamas nos peixes, os pelos nos animais, ao fim de todos esses inumeráveis levantamentos e afundamentos dessa incomensuravelmente vasta montanha, nem sequer um só momento da eternidade poderá ser dito que terminou; e mesmo então, ao fim de tal período, depois desse éon de milênios, cujo só pensamento faz o nosso cérebro cambalear preguiçosamente, a eternidade mal terá principiado.

"Um consagrado santo (creio até que foi um dos nossos padres) testemunhou uma vez uma visão do inferno. Pareceu-lhe estar no meio dum grande vestíbulo negro e silencioso onde não havia senão o bater dum grande relógio. O bater prosseguia incessantemente: e a esse santo pareceu que o som desse relógio era a repetição sem cessar das palavras: sempre, nunca; sempre, nunca. Sempre para ficar no inferno. Nunca para ir para o céu; sempre para estar expulso da presença de Deus; nunca para gozar a beatífica visão; sempre para ser devorado pelas chamas, roído pela vérmina, traspassado por espetos em brasa; nunca para ser livre de tais penas; sempre para ter a consciência censurada, a memória enfurecida, o espírito cheio de treva e de desespero; nunca para escapar; sempre para amaldiçoar e insultar os sórdidos demônios que se regozijam satanicamente da miséria de suas vítimas; nunca para contemplar a fulgurante irradiação dos espíritos abençoados; sempre para gritar lá dos abismos de fogo por Deus, um instante que seja, um instante só, à espera, sempre em terrível agonia; nunca para receber, nem mesmo por um instante sequer, o perdão de Deus; sempre para sofrer; nunca para gozar; sempre para se danar; nunca para se salvar; sempre, nunca; sempre, nunca. Oh! Que horroroso castigo! Uma eternidade de agonia sem fim, de tormento corporal e espiritual sem fim, sem um raio de esperança, sem um momento de trégua! Só agonia ilimitada em sua intensidade, de tormento infinitamente variado, de tortura que sustenta eternamente aquilo que eternamente devora, de angústia que eternamente oprime o espírito enquanto aflige a carne; uma eternidade, da qual um só instante já é por si mesmo uma eternidade de desgraças.

Tal o terrível castigo decretado para os que morrem em pecado mortal e decretado por um Deus todo-poderoso e justo.

"Sim, um Deus justo! Os homens, raciocinando sempre como homens, ficam atônitos que Deus possa ritmar sua justiça distribuindo para um simples pecado grave uma punição eterna e infinita no fogo do inferno. Eles raciocinam deste modo porque, cegos pela grosseira ilusão da carne e pela treva da compreensão humana, não estão aptos a compreender a hedionda malícia do pecado mortal. Raciocinam assim porque não estão aptos a compreender que mesmo o pecado venial é de tal natureza sórdido e hediondo que mesmo que o Onipotente Criador pudesse acabar com toda a maldade e miséria no mundo, maldade de guerras, de doenças, de rapinas, de crimes, de mortes, de assassínios, sob a condição de que permitiria um simples pecado venial passar sem castigo, uma mentira, uma expressão de raiva, um momento de voluntária mofa, Ele, o grande Deus Onipotente, não poderia fazer isso, porque o pecado, seja pensamento seja ação, é uma transgressão da Sua Lei e Deus não seria Deus se não punisse o transgressor.

"Um pecado, um instante de orgulho rebelado do intelecto, fez Lúcifer e uma terça parte das coortes dos anjos tombar do alto de sua glória. Um pecado, um instante de loucura e de fraqueza, expulsou Adão e Eva do Éden e trouxe a morte e o sofrimento ao mundo. Para recuperar as consequências desse pecado o Filho Unigênito de Deus desceu à terra, viveu, sofreu e morreu a mais dolorosa das mortes, pendendo por três horas duma cruz.

"Ó meus irmãozinhos em Jesus Cristo, havemos nós então de ofender esse bom Redentor e provocar a sua cólera? Havemos nós, outra vez, de pisar sobre esse cadáver dilacerado, conspurcado? Havemos nós, outra vez, de cuspir sobre essa face tão cheia de aflição e de amor? Havemos nós, também, como os judeus cruéis e os soldados brutais, de escarnecer desse inefável e compassivo Salvador que provou sozinho, para nossa salvação, o vinho da amargura até as últimas gotas? Cada palavra de pecado é uma ferida em seu tenro lado. Cada ato pecaminoso é um espinho traspassando a Sua cabeça. Cada pensamento impuro deliberadamente aceito é uma lança aguda transfixando esse sagrado e amantíssimo coração. Não, não. É impossível para qualquer ser humano fazer o que ofende tão profundamente a divina Majestade, fazer o que é punido com uma eternidade de agonia, fazer o que crucifica de novo o Filho de Deus e o transforma em escárnio.

"Rogo a Deus que as minhas pobres palavras possam ter conseguido, hoje, confirmar em santidade aqueles que estão num estado de graça, fortalecer os vacilantes e trazer de novo ao estado de graça a pobre alma que se tenha extraviado, se é que alguma existe entre vós. Rogo a Deus, e rogai comigo, que nos arrependamos de nossos pecados. Vou pedir agora, a todos vós, para repetirdes comigo o ato de contrição, ajoelhando aqui nesta humilde capela, na presença de Deus. Ele está lá, no tabernáculo, ardendo de amor pela humanidade, pronto para confortar os aflitos. Não tenhais receio. Não importa quantos nem quão feios sejam os pecados, pois bastará vos arrependerdes deles para vos serem perdoados. Que nenhum pejo mundano vos faça recuar. Deus é ainda o misericordioso Senhor que deseja não a morte eterna do pecador, mas sim que se converta e viva.

"Ele vos chama a Si. Sois d'Ele. Ele vos fez do nada. Ele vos ama como só um Deus pode amar. Os Seus braços estão abertos para receber-vos, mesmo que tenhais pecado contra Ele. Vinde a Ele, pobres pecadores, pobres vãos e errantes pecadores. Agora é o tempo aceitável. Esta é a hora."

O padre levantou-se e, virado para o altar, se ajoelhou sobre um degrau defronte do tabernáculo, sob o crepúsculo que tombava. Ficou esperando até que todos na capela se tivessem ajoelhado e até que o menor ruído tivesse cessado. Depois, erguendo a cabeça, recitou o ato de contrição, frase por frase, com fervor. Os meninos respondiam frase por frase. Stephen, com a língua travada no céu da boca, inclinou a cabeça, orando com o seu coração.

— Ó meu Deus!
— *Ó meu Deus!*
— Eu me sinto infinitamente triste...
— *Eu me sinto infinitamente triste...*
— Por Vos haver ofendido...
— *Por Vos haver ofendido...*
— E detesto os meus pecados...
— *E detesto os meus pecados...*
— Acima de todos os outros males...
— *Acima de todos os outros males...*
— Porque eles Vos desagradam, ó meu Deus...
— *Porque eles Vos desagradam, ó meu Deus...*

— Que sois tão merecedor...
— *Que sois tão merecedor...*
— De todo o meu amor...
— *De todo o meu amor...*
— E firmemente me proponho...
— *E firmemente me proponho...*
— Nunca mais Vos ofender...
— *Nunca mais Vos ofender...*
— E emendar a minha vida.
— *E emendar a minha vida.*

Subiu para o seu quarto, depois do jantar, resolvido a isolar-se com a sua alma: e a cada degrau a sua alma parecia suspirar; em cada degrau a sua alma subia com os seus pés, suspirando na subida, através duma região de viscosa obscuridade.

Parou no patamar, diante da porta, e então, segurando a maçaneta de porcelana, abriu-a depressa. Ficou à espera, com medo, a sua alma a desfalecer dentro dele, rogando em silêncio que a morte não pudesse tocar a sua fronte quando ultrapassasse o umbral e que os monstros que habitam as trevas não pudessem se apoderar dele. Ficou ali na soleira, à espera, como na entrada duma caverna escura. Faces estavam lá; olhos; esperavam e observavam.

— Sabíamos perfeitamente bem, é lógico, que embora a luz se fizesse ele encontraria considerável dificuldade em procurar induzir-se e tentar descobrir o plenipotenciário espiritual; e portanto sabíamos, é lógico, perfeitamente bem...

Sussurrando, faces esperavam e observavam; vozes a murmurarem enchiam o bojo escuro da caverna. Ficou transido intensamente, no espírito e na carne; mas, levantando a cabeça corajosamente, penetrou no quarto com firmeza. A porta, o quarto; o mesmo quarto, a mesma janela. Então a si mesmo disse que aquelas palavras, que aparentemente se tinham erguido num murmúrio, na escuridão, não tinham sentido algum. Disse a si mesmo que o que ali estava era simplesmente o seu quarto com a porta aberta.

Fechou a porta e caminhando precipitadamente para a cama se ajoelhou à beira dela e cobriu o rosto com as mãos. As suas mãos estavam frias e úmidas e os seus membros doíam de frio. Desassossego corporal, frio e fadiga bloqueavam-no, confundindo os seus pensamentos. Por que estava ele ajoelhado ali como uma criança que diz suas orações da noite? Para estar sozinho com a sua alma, para examinar a sua consciência, para defrontar os seus pecados face a face, para anular suas vozes, modos e circunstâncias, para chorar sobre eles. Não podia chorar. Não podia notificá-los perante a sua memória. Sentia apenas uma dor de alma e de corpo, todo o seu ser, memória, vontade, compreensão e carne, entorpecidos e exaustos.

Isso era obra dos demônios, esparramar os seus pensamentos, embotar sua consciência, atacá-lo nas entradas da sua carne covardemente corrompida pelo pecado; e, rogando a Deus timidamente que perdoasse a sua fraqueza, subiu arrastando-se para o leito e, enrolando-se bem nos lençóis, cobriu ainda a face com as mãos. Tinha pecado. Tinha pecado tão profundamente contra o céu e diante de Deus que não merecia ser chamado filho de Deus.

Mas como poderia ser que ele, Stephen Dedalus, houvesse feito essas coisas? Sua consciência aspirava por uma resposta. Sim, ele cometera tudo aquilo secretamente, imundamente uma vez, outra vez, e, empedernido em pecaminosa impenitência, ousara usar a máscara da santidade diante até do tabernáculo, enquanto a sua alma, por dentro, era uma massa viva de corrupção. Como acontecera que Deus não o ferira de morte? A companhia leprosa dos pecados cerrava-se em torno dele, respirando em cima dele, inclinando-se sobre ele de todos os lados. Esforçou-se por esquecê-los com um ato de oração, cerrando os membros muito juntos e cerrando muito as pálpebras; mas os sentidos da sua alma não se sujeitaram; e, embora os seus olhos estivessem muito apertados, via os lugares onde tinha pecado, e, embora os seus ouvidos estivessem cobertos de todo, escutava. Desejava com todo seu querer não ouvir nem ver. Desejava até que o seu ânimo vibrasse sob a tensão do seu desejo e que mesmo os sentidos de sua alma se fechassem. Eles se fecharam por um instante e depois se abriram. E, então, viu. Um campo de ervas hirtas, de cardos e de moitas de urtigas. Na espessura do mato crescido jaziam crostas e rolos de excremento sólido. Uns débeis reflexos pelo pântano, vencendo toda aquela imundície atingia o mato eriçado e ressequido. Um cheiro ruim, frouxo e sórdido como essa luz, preguiçosamente se evolava do excremento achatado.

E havia criaturas por esse campo: uma, três, seis: criaturas a mexerem-se para lá e para cá, pelo campo. Criaturas caprinas, com rostos humanos, frontes ossudas, barbas pontiagudas grisalhas e como que de guta-percha. A malícia do mal fulgurava em seus olhos vivos, enquanto se mexiam para cá e para lá, arrastando atrás de si longos rabos. Um ríctus de cruel malignidade iluminava-lhes o rosto ossudo e velho. Uma estava apertando de encontro às costelas um colete de flanela dilacerado; outra queixava-se monotonamente da sua barba se ter prendido aos cactos eriçados. Uma linguagem efeminada saía de seus lábios sem saliva, à medida que se agitavam em círculos vagarosos, rodeando o campo, esbarrando aqui e acolá entre os cactos, meneando suas longas caudas por entre as balouçantes urtigas. Moviam-se em vagarosos círculos, fechando-os cada vez mais, com uma linguagem efeminada a sair de seus lábios, suas longas caudas tremulantes emporcalhadas com urina, batendo em suas horrendas faces...

Socorro!

Arremessou as cobertas para longe de si, desatinadamente, para soltar a cara e o pescoço. Aquele era o seu inferno. Deus lhe tinha permitido ver o inferno reservado para os seus pecados, fedorento, bestial, maligno, um inferno de monstros caprinos e lúbricos. Para ele. Para ele!

Arrojou-se da cama, o odor fumarento invadindo-lhe a garganta, entupindo e revoltando as suas entranhas. Ar! O ar do céu! Aos tropeções correu para a janela, gemendo e quase desfalecendo de mal-estar. No lavatório, veio-lhe uma convulsão, de dentro; e, selvagemente apertando a fronte, vomitou profusamente, enojadíssimo.

Quando aquele acesso passou, caminhou às apalpadelas até a janela e erguendo a vidraça se sentou a um canto da esquadria apoiando-se com o cotovelo no peitoril. A chuva tinha passado; e, por entre os vapores que se moviam nos pontos acesos da cidade, uma como que teia de macia contextura se estava tecendo com o amarelento nevoeiro. O céu ainda estava debilmente luminoso e o ar ainda era suave para a respiração, como num bosque recém-batido por um aguaceiro; e então, por entre paz e tremeluzentes luzes, em toda aquela plácida fragrância, ele fez um pacto com o seu coração.

E rezou:

Ele se havia, outrora, proposto vir à terra em toda a Sua glória celestial, mas nós pecamos; e então não pode condignamente visitar-nos com a Sua majestade diminuída e com uma radiação ofuscante, pois que era Deus. Portanto viria em fraqueza e não em poder. E Te mandou a Ti uma criatura em Seu lugar, com a condição mesma de criatura, o que tanto convinha à nossa situação. E agora a tua face e forma mesmas, mãe querida, nos falam do Eterno; não como beleza terrestre, perigosa de ser olhada, mas como a estrela da manhã que é o teu emblema claro e musical, respirando pureza, falando do céu e infundindo paz. Ó prenúncio do dia! Ó luz do peregrino! Guia-nos até onde foste tu mesma guiada e, na noite negra, através do ermo deserto, conduz-nos até nosso Senhor Jesus, leva-nos a casa.

Os seus olhos estavam rasos de lágrimas e, voltando-os humildemente para o céu, chorou pela inocência que havia perdido.

Quando a noite caiu, deixou a casa; e o primeiro contato da atmosfera fria e negra e o ruído da porta fechando-se atrás dele fizeram doer outra vez a sua consciência apaziguada pela oração e pelo pranto. Confessar! Confessar! Não era bastante apaziguar a consciência com lágrimas e orações. Tinha que se ajoelhar diante do ministro do Espírito Santo e dizer-lhe todos os seus pecados escondidos, sinceramente, arrependidamente. Antes que de novo ouvisse a folha da porta da entrada arrastar-se na soleira quando a abrisse para entrar, antes que visse de novo a mesa, na cozinha, posta para a ceia, tinha que se ajoelhar e que se confessar. E isso era perfeitamente simples.

A dor na consciência cessou ao enveredar apressadamente através das ruas escuras. Havia tantas lajes de pedra na calçada dessa rua e tantas ruas nessa cidade e tantas cidades no mundo! E no entanto a eternidade não tinha fim. Ele estava em pecado mortal. E mesmo mais um podia lhe vir. Isso podia acontecer num instante. Mas como assim tão de repente? Vendo, ou pensando ao ver. Os olhos veem uma coisa sem primeiro haverem desejado vê-la. Depois, num instante, aquilo se dá. Mas será que essa parte do corpo compreende, ou o que é que acontece? A serpente, o mais sutil dos animais da Terra. Ela deve compreender logo, quando deseja; e então prolonga o seu próprio desejo instante após instante, pecaminosamente. Sente, compreende e deseja. Que coisa horrível! Quem fez isso ser assim, uma parte bestial do corpo apto a compreender bestialmente e a desejar bestialmente? Era pois, então, ele, ou uma coisa inumana movida por uma alma inferior? A sua alma sujeita ao pensamento de uma vida tórpida e rastejante alimentando-se do tutano tenro da sua vida e engordando com o lodo do desejo. Oh! Por que era isso assim? Oh! Por quê?

Acolheu-se à sombra do pensamento, humilhando-se no temor de Deus que fez todas as coisas e todos os homens. Loucura. Quem podia pensar tal pensamento? E, encolhido na treva, e ínfimo, pediu mudamente ao seu anjo da guarda afastar com a sua espada o demônio que estava sussurrando para o seu cérebro.

O sussurro cessou e ele soube então, nitidamente, que a sua própria alma tinha pecado em pensamento, em palavra e em ação voluntariamente por intermédio do seu corpo. Confessar! Tinha que confessar os pecados todos, um por um. Como poderia ele contar com palavras, ao padre, o que tinha feito? Devia, devia. Ou como poderia explicar sem morrer de vergonha? Ou como pudera ter feito tais coisas sem vergonha? Um maluco! Confessar! Oh! Com efeito, iria ficar livre e sem pecado, outra vez! Talvez o padre soubesse. Ó caro Deus.

Ia andando, andando, através das ruas mal-iluminadas, temendo parar um momento que fosse, não parecesse que quisesse recuar do que o esperava, com medo de chegar àquilo por que no entanto ansiava. Quão bela deve ser uma alma em estado de graça quando Deus a contempla com amor!

Moças pensativas estavam sentadas ao longo do meio-fio, com suas cestas. Seus cabelos úmidos roçavam suas frontes. Não eram bonitas de ver, assim viradas para as sarjetas. Mas as suas almas eram vistas por Deus; e se suas almas estavam em estado de graça deviam ser radiantes, e Deus, vendo-as, as amava.

Um sopro de humilhação desolada desceu fracamente sobre a sua alma, ao pensar em como havia caído, ao sentir que aquelas almas eram mais caras a Deus do que a sua. O vento passou por ele e foi passar por miríades e miríades de outras almas, sobre as quais o favor de Deus brilhava ora mais, ora menos, estrelas ora mais claras, ora mais sombrias, ora suspensas, ora caindo. E as almas bruxuleantes lá se iam, fortalecidas ou tombando, fundindo-se num sopro móvel. Uma alma estava perdida: uma alma insignificante: a sua. Ela tremeluziu ainda uma vez e sumiu, esquecida, perdida. O fim: negro, frio, vazio e gasto.

A consciência de lugar lhe voltou como maré, vagarosamente, através dum vasto trato de tempo apagado, sem sensação, sem vida. A cena esquálida se ia compondo à volta dele: os acentos comuns, os bicos de gás acesos nas lojas, o cheiro de peixe, de álcool, de serragem úmida, homens e mulheres indo, vindo. Uma velha ia a atravessar a rua, com uma almotolia na mão. Aproximando-se, perguntou-lhe, inclinando-se, onde havia uma capela por perto.

— Uma capela, senhor? Sim, senhor. A capela da rua da Igreja.

— Igreja?

Mudando a almotolia para a outra mão a velha orientou-o; e quando ela estendeu aquela sua mão enegrecida e murcha por debaixo das franjas do seu xale, ele se abaixou ainda mais na direção dela, confortado e entristecido ante aquela voz.

— Muito obrigado.

— Deus o acompanhe, senhor.

As velas, no altar-mor, tinham sido extintas, mas a fragrância do incenso ainda flutuava pela nave sombria. Operários barbados, de faces piedosas, estavam conduzindo um dossel através duma porta lateral, o sacristão ajudando-os com gestos moderados e palavras. Alguns crentes ainda se demoravam rezando diante dalgum dos altares laterais ou ajoelhados diante dos bancos perto dos confessionários. Aproximou-se timidamente e se ajoelhou no último banco do corpo da capela, agradecido pela paz, silêncio e fragrante sombra da igreja. A tábua sobre a qual se ajoelhara era estreita e gasta, e os que estavam ajoelhados perto dele eram humildes seguidores de Jesus. Jesus também tinha nascido na pobreza e tinha trabalhado na oficina dum carpinteiro, cortando tábuas, aplainando-as; e tinha falado, primeiramente, sobre o reino de Deus aos pobres pescadores, ensinando todos os homens a serem humildes e mansos de coração.

Baixou a cabeça sobre as mãos, implorando ao seu coração que fosse manso e humilde para poder ser como os que estavam ajoelhados ao seu lado e para que a sua oração fosse aceita como a deles. Rezava ao lado deles, mas como era difícil! A sua alma estava manchada de pecado e ele não ousava pedir perdão com a mesma confiança simples daqueles que Jesus, nos misteriosos caminhos de Deus, tinha, por primeiro, chamado para o Seu lado, os carpinteiros, os pescadores, pobre gente simples que seguia um baixo mister, trabalhando e dando formas com as suas pobres mãos à madeira das árvores e remendando suas redes com tamanha paciência.

Uma figura imponente apareceu na ala e os penitentes agitaram-se; então quando a sentiu próxima, relanceando a vista para cima apressadamente, viu uma longa barba castanha e o hábito pardo dum capuchinho. O padre entrou para o confessionário e sumiu. Dois penitentes ergueram-se e foram até o confessionário, um de cada lado. O postigo de madeira foi suspenso e o débil murmúrio duma voz perturbou o silêncio.

Também o seu sangue começou a murmurar-lhe nas veias; murmurava como uma cidade pecaminosa, intimada a acordar e ouvir a sua sentença. Fagulhas de fogo caíam e poeiras de cinza surdamente tombavam sobre as casas dos homens. Eles alvoroçavam-se, acordando de seu sono, perturbados pelo ar inflamado.

O postigo fechou-se. O penitente saiu daquele lado do confessionário. Do lado oposto o postigo foi erguido. Uma mulherzinha aproximou-se sossegadamente, mas ao chegar onde o primeiro penitente estivera, destramente se ajoelhou. O frágil murmúrio começou outra vez.

Ele ainda poderia abandonar a capela. Podia erguer-se, ir pondo um pé adiante do outro, ir caminhando brandamente, e depois, então, correr, correr, correr às pressas através das ruas escuras. Ainda poderia escapar da vergonha. Se tivesse sido algum terrível crime, mas um pecador?! Era ele algum assassino? Pequeninas fagulhas tombavam e o tocavam em todos os pontos, vergonhosos pensamentos, vergonhosas palavras, vergonhosos atos. A vergonha cobria-o todo, como que de incandescentes cinzas caindo continuamente. Ter de dizer tudo com palavras! A sua alma, sufocada e desamparada, ia cessar de existir.

O postigo de cá foi erguido. Um penitente saía do lado oposto do confessionário. O postigo daquele lado era descido. Um penitente foi para onde o outro penitente acabara de sair. Um ruído surdo e leve flutuava em nuvenzinhas ao redor do confessionário. Era a mulherzinha; leve sussurro, como fiapos de nuvens, leve e vaporoso sussurro, um murmúrio que acabou se desvanecendo.

Golpeou o peito com o punho, humildemente, secretamente, sob a proteção do encosto de madeira para os braços. Havia de ser um com os outros e com Deus. Amaria o seu semelhante. Amaria Deus que o tinha feito e que o amava. Ajoelhar-se-ia e rezaria com os outros, e seria feliz. Deus poria Seu olhar sobre ele e sobre os outros e os amaria a todos.

Era tão fácil ser bom! O jugo de Deus era doce e leve. Bem melhor fora não haver pecado nunca, ter permanecido sempre como criança, pois Deus amava as criancinhas e se enternecia quando elas se aproximavam d'Ele. Triste e terrível coisa era pecar. Mas Deus era misericordioso para com os pobres pecadores que sinceramente se arrependiam. Quão verdadeiro era isso! Isso, com efeito, era bondade.

O postigo desceu repentinamente. A penitente saiu. Agora cabia-lhe a vez. Ergueu-se aterrorizado e caminhou às cegas para o confessionário.

Finalmente chegou. Ajoelhou-se na silenciosa escuridão e ergueu os olhos para o crucifixo branco suspenso ali em cima. Deus havia de ver quão arrependido ele estava. Ia dizer todos os seus pecados. A sua confissão ia ser longa, muito longa. Todo o mundo na capela ia pois ficar sabendo que espécie de pecador ele tinha sido. Pois que soubessem. Era verdade. Mas Deus prometera perdoar-lhe se se arrependesse. E bem que se arrependera. Apertou as mãos e as ergueu para a efígie branca, rezando com os seus olhos escurecidos, rezando com todo o seu corpo trêmulo, meneando a cabeça dum lado para outro como uma criatura desatinada, rezando com lábios que soluçavam.

— Perdão! Perdão! Perdão!

O postigo ergueu-se e o seu coração saltou dentro do seu peito.

O rosto dum padre velho estava ali rente à grade, mas de lado, apoiado sobre uma das mãos. Ele fez o sinal da cruz e rogou ao padre que o benzesse, pois havia pecado. A seguir, inclinando a cabeça, repetiu, atemorizado, o *Confiteor*. Às palavras *minha máxima culpa*, parou, sem ar.

— Quanto tempo faz desde a sua última confissão, meu filho?

— Muito tempo, padre.

— Um mês, meu filho?

— Mais, padre.

— Três meses, meu filho?

— Muito mais, padre.

— Seis meses?

— Oito meses, padre.

Começara, pois. O padre perguntou:

— E de que é que você se recorda, desse tempo para cá?

Ele começou a confessar os seus pecados; missas não assistidas, orações não proferidas, mentiras.

— E nada mais, meu filho?

— Pecados de cólera, inveja, gula, vaidade, desobediência.

— E nada mais, meu filho?

Não havia jeito. Murmurou:

— Eu... cometi pecados de impureza, padre.

O padre não virou o rosto.

— Consigo mesmo, meu filho?

— E... com outros, padre.

— Com mulheres, meu filho?

— Sim, padre.

— Eram elas mulheres casadas, meu filho?

Ele não sabia. Os seus pecados gotejavam dos seus lábios um por um, gotejavam em pingos vergonhosos da sua alma, ulcerando e destilando, como uma chaga, uma horrenda torrente de vício. Os últimos pecados destilavam ainda mais lentamente, sordidamente. Agora já não havia mais o que contar. Baixou a cabeça, vencido.

O padre ficou calado até que, depois, perguntou:

— Que idade tem você, meu filho?

— Dezesseis anos, padre.

O padre passou a mão pelo rosto várias vezes. Depois, descansando o antebraço na outra mão, virou-se para a grade e, com os olhos afastados sempre, falou vagarosamente. Era uma voz velha e gasta, a sua.

— Você é muito jovem, meu filho — disse ele —, e consinta que eu lhe implore que abandone de vez esse pecado. É um terrível pecado. Ele mata o corpo e mata a alma. É a causa de muitos crimes e de muitas desgraças. Abandone-o de vez, meu filho, por amor de Deus. Ele é desonroso e desumano. Você nem pode saber até onde esse desgraçado hábito poderá conduzir você e nem até onde será ele contra você. Enquanto você, meu filho, cometer esse pecado, não merecerá nunca isto de Deus! Rogue à nossa Mãe Maria para o ajudar. Ela o ajudará, meu filho. Reze à Nossa Senhora, quando esse pecado lhe vier ao espírito. Estou certo de que você fará isso, não é mesmo, meu filho? Arrependa-se de todos esses pecados. Tenho a certeza de que está arrependido. E vai prometer a Deus, agora, que, por Sua divina graça, nunca mais o há de ofender com esse grave pecado. Vai fazer essa solene promessa a Deus, não é assim?

— Sim, padre.

A voz gasta e velha caiu como suave chuva sobre o seu abrasado coração. Que triste que aquilo era e quão suave!

— Faça isso, meu pobre filho. O demônio tem conduzido você pelo erro. Arremesse-o de novo para o inferno quando ele o tentar a desonrar seu corpo dessa maneira. É um espírito sórdido que odeia Nosso Senhor. Prometa a Deus doravante deixar completamente esse pecado, esse desprezível e vil pecado.

Ofuscado pelas lágrimas e pela luz da misericórdia de Deus, baixou a cabeça, ouviu as graves palavras da absolvição proferidas e viu a mão do padre erguer-se por cima dele para administrar o perdão.

— Deus o abençoe, meu filho. Reze por mim.

Ajoelhou-se para dizer a sua penitência, orando num canto da nave escura; e as suas orações subiram ao céu, do seu coração purificado, como perfume emanado e subindo do coração duma rosa branca.

As ruas enlameadas estavam alegres. Dirigiu-se para casa, cônscio duma invisível graça que dominava e tornava leves os seus membros. Apesar de tudo quanto ele havia feito. Confessara-se e Deus o tinha perdoado. A sua alma tornara-se de novo bela, santa e feliz.

Seria belo morrer, se Deus assim o quisesse. Era belo viver em graça, uma vida de paz, de virtude e de abnegação para com os outros.

Sentou-se perto do fogo, na cozinha, não ousando falar, de tão feliz. Até aquele momento não conhecera quão bela e pacífica a vida podia ser. O halo verde de papel pregado em volta da lâmpada refletia uma sombra meiga. Sobre o aparador estava um prato de salsichas e um pudim branco e, sobre a prateleira, havia ovos. Tudo aquilo seria para o almoço de manhã, depois da comunhão na capela do colégio. Pudim branco, ovos, salsichas e xícaras de chá. Afinal de contas, quão simples e bela que era a vida! E a vida ali estava inteira, diante dele.

Adormeceu num sonho. Num sonho se levantou e viu que já era a manhã. Num sonho acordado saiu através da manhã plácida para o colégio.

Os meninos estavam todos lá, ajoelhados em seus lugares. Ajoelhou--se entre eles, feliz e radiante. O altar estava repleto de massas fragrantes de alvas flores e, na luz da manhã, as chamas pálidas das velas entre as flores alvas estavam claras e silenciosas como a sua alma.

Ajoelhou-se diante do altar com os seus colegas, soerguendo a toalha da mesa com eles, todas aquelas mãos formando uma viva carreira. E a deles tremiam; e a sua alma tremia ouvindo o padre passar com o cibório dum comungante a outro comungante.

— *Corpus Domini nostri.*

Mas era verdade? Estava ali ajoelhado puro e tímido; e iria suster sobre a língua a hóstia e Deus ia entrar em seu corpo purificado.

— *In vitam eternam. Amen.*

Uma outra vida. Uma vida de graça, de virtude e de felicidade! Era, pois, verdade! Não era um sonho do qual devesse despertar. O passado era passado.

— *Corpus Domini nostri.*

O cibório tinha chegado a ele.

O domingo era dedicado ao ministério da Santíssima Trindade; segunda-feira ao Espírito Santo; terça-feira aos Anjos da Guarda; quarta-feira a são José; quinta-feira ao Santíssimo Sacramento do Altar; sexta-feira ao Coração de Jesus; e sábado à Bem-Aventurada Virgem Maria.

Cada manhã ele se prosternava novamente na presença dalguma santa imagem ou dalgum mistério. Começava o dia com uma heroica oferenda de todos os seus momentos de pensamento ou de ação por intenção do soberano pontífice e com uma missa bem cedo. O fresco ar da manhã estimulava a sua piedade resoluta; e mais duma vez ao ajoelhar-se entre alguns crentes devotos no altar lateral, seguindo com o seu livro de orações aberto o murmúrio do padre, relanceava a vista por um instante até a figura paramentada de pé na obscuridade entre as duas velas que representavam o Velho e o Novo Testamento e imaginava que estava ajoelhando-se em uma missa nas catacumbas.

Empregava a sua vida cotidiana em planos de devoção. Por meio de jaculatórias e orações punha à disposição das almas do purgatório meses, anos, lustros e séculos. Mesmo assim o triunfo espiritual que sentia anulando com facilidade temporadas tão fabulosas de penas canônicas não conseguia recompensar inteiramente o seu zelo de oração, visto como não poderia jamais vir a saber quanto castigo temporal exonerara por meio de sufrágios pelas almas dos agonizantes. E cheio de medo, perdido no meio do fogo do purgatório, que diferia do do inferno somente em não ser eterno, a sua penitência talvez não valendo mais no caso do que uma gota de água, diria a sua alma diariamente por entre um círculo crescente de obras meritórias.

Cada porção do seu dia, dividido segundo o que ele considerava como deveres da sua estada na vida, circundava o seu próprio centro de energia espiritual; cada pensamento, palavra e ação, cada instância de consciência devia ser feito de modo a vibrar radiantemente no céu: e, às vezes, a sua noção de tão imediata repercussão era tão viva que era como se sentisse a sua alma em devoção apertar, como dedos, o teclado de uma grande caixa registradora a ver a soma do seu lucro enveredar céus acima, não como um número, mas sim como uma tênue coluna de incenso ou como uma delgada flor. Os rosários, também, que rezava constantemente — pois carregava o terço solto no bolso da calça de maneira a poder rezá-lo enquanto caminhava pelas ruas —, transformavam-se em coroas de flores duma textura tão extraterrena que lhe pareciam tão desbotadas e inodoras quanto tinham de anônimas. Oferecia cada três terços diários para que a sua alma pudesse fortalecer-se em cada uma das três virtudes teologais, na fé para com o Pai que o havia criado, na esperança para com o Filho que o havia redimido e em amor para com o Espírito Santo que o tinha santificado. E essa oração tríplice, proferida em três vezes diferentes, ele a oferecia às Três Pessoas por intermédio de Maria, em nome dos mistérios gloriosos da alegria e da angústia dela.

Em cada um dos sete dias da semana, rezava, ainda mais, para que as sete mercês do Espírito Santo descessem sobre a sua alma e afastassem dia por dia os sete pecados mortais que a tinham aviltado no passado; e rogava solicitando cada mercê segundo o dia designado para cada qual, confiante em sua descida sobre ele, muito embora lhe parecesse estranho, às vezes, que a sabedoria, o discernimento e o conhecimento fossem tão distintos em suas naturezas a ponto de cada qual poder ser solicitado à parte um dos outros. Contudo acreditava que, num futuro estágio do seu progresso espiritual, tal dificuldade viesse a ser removida, quando a sua alma pecaminosa se tivesse soerguido acima da fraqueza e fosse iluminada pela Terceira Pessoa da Santíssima Trindade. Acreditava ainda mais e com trepidação, por causa da divina treva e silêncio dentro do qual habitava o invisível Paracleto — cujos símbolos eram uma pomba e um vento forte —, que pecar contra Ele era um pecado fora do alcance do perdão, por se tratar do secreto Ser a Quem, como Deus que era, os padres ofereciam uma missa especial uma vez por ano, paramentados de escarlate com línguas de fogo.

As imagens através das quais a natureza e a relação entre as Três Pessoas da Trindade eram confusamente mostradas nos livros de devoção que ele lia — o Padre contemplando desde toda a eternidade como num espelho Suas Divinas Perfeições, e daí gerando eternamente o Filho Eterno, e o Espírito Santo procedendo do Padre e do Filho desde toda a eternidade —, eram mais facilmente aceitas por seu espírito por motivo mesmo de sua augusta incompreensibilidade do que o era o simples fato de que Deus tinha amado a sua alma desde toda a eternidade, tempos e tempos antes de ele ser nascido no mundo, tempos e tempos antes mesmo do próprio mundo ter existido.

Tinha ouvido os nomes das paixões do amor e do ódio pronunciados solenemente no estrado e no púlpito, e os tinha encontrado a todo passo solenemente expostos nos livros e a si mesmo muita vez perguntara por que sua alma era incapaz não só de albergá-los por pouco tempo que fosse, como também os seus lábios a pronunciá-los com convicção.

Um rápido ódio o tinha às vezes alvoroçado, mas jamais pudera fazer dele uma paixão intrínseca e sentia sempre que o seu corpo largava tal sentimento como uma pele ou como uma casca fácil de sair.

Tinha sentido uma sutil, negra e sussurrante presença penetrar no seu ser e aquecê-lo com um rápido desejo iníquo; mas tal presença, também essa deslizara por seus membros abaixo, deixando o seu espírito lúcido e indiferente. Tal, cria ele, era o único amor e o único ódio que a sua alma podia abrigar.

Mas não podia no entanto deixar de acreditar na realidade do amor, visto como o Próprio Deus tinha amado a sua alma individual com amor divino desde toda a eternidade. Gradualmente, à medida que a sua alma ia sendo enriquecida de conhecimento espiritual, via ele o mundo inteiro formando uma vasta e simétrica expressão do poder e do amor de Deus. A vida tornava-se um dom divino, e da qual cada momento e cada sensação, mesmo à vista duma simples folha desabrochando num broto de árvore, a sua alma se agradaria, agradecendo ao Doador. O mundo, com toda a sua sólida substância e complexidade, não existia para a sua alma mais do que como um teorema da universalidade, do poder e do amor divino. Tão inteiriço e inquestionável era esse senso do desígnio divino em toda a natureza aderido à sua alma, que mal podia compreender por que, afinal de contas, seria necessário que ele devesse continuar a viver. No entanto isso era parte do desígnio e do propósito divino, e não ousava interrogar com que fim, ele, acima de todos os demais, havia pecado tão profundamente e tão sordidamente contra a determinação divina. Humilde e submissa ante a consciência dessa realidade una e perfeita, eterna e onipresente, a sua alma tomou a si, de novo, o peso de piedades, missas, orações, sacramentos e mortificações; e foi só então, pela primeira vez, desde que havia encarado o grande mistério do amor, que sentiu dentro de si um cálido movimento como o de uma vida nascida de novo, ou virtude da própria alma. A atitude do êxtase na arte sagrada, os braços erguidos e escancarados, os lábios entreabertos, os olhos voltados para cima como num delíquio, tornaram-se para ele uma imagem da alma em oração, humilhada e em transe diante do seu Criador.

Mas tinha sido advertido dos perigos da exaltação espiritual; e não consentia a si mesmo desistir da menor devoção que fosse, esforçando--se, outrossim, mediante uma constante mortificação, por desfazer o passado pecaminoso mais do que a alcançar uma santidade obtida com perigo. Cada um dos seus sentidos foi sujeito a uma rigorosa disciplina. De maneira a fortificar o sentido da visão, tomou como regra andar pelas ruas com os olhos baixos, não espiando sequer para a direita ou para a esquerda e jamais para trás. Os seus olhos evitavam qualquer encontro com os olhos das mulheres. De tempos a tempos ele os sofreava com um súbito esforço da vontade, erguendo-os de repente no meio duma sentença ainda por terminar e fechando o livro. Para mortificar a sua audição, não exercia fiscalização alguma sobre a sua voz quando esta estava para romper, não cantava nem assobiava, e não fazia esforço algum para se livrar de ruídos que lhe causassem uma dolorosa irritação nervosa, como, por exemplo, o amolar facas sobre um gume, o chiar das cinzas na lareira e o arranhar do tapete. Mortificar seu olfato lhe foi mais difícil, visto como não sentia nenhuma repugnância instintiva para os maus cheiros, mesmo que fossem os odores do mundo exterior, tais como os de estrume ou de alcatrão, ou os odores de sua própria pessoa entre os quais fazia curiosas comparações e experiências. Acabou, por fim, descobrindo que o único cheiro contra o qual o seu sentido do olfato se revoltava era um certo fedor de peixe podre que semelhava o da urina depositada durante muito tempo; e onde quer que isso lhe fosse possível, sujeitava-se a suportar tão desagradável cheiro. A fim de mortificar o paladar, praticava hábitos estritos à mesa, observando fielmente todas as abstinências da igreja e habituando-se, como uma distração, a afastar o seu espírito de todos os sabores de diferentes alimentos. Mas foi para com o sentido do tato que ele empregou com mais assiduidade ingênuos processos inventivos. Jamais, conscientemente, mudou de posição na cama; ficava sentado nas posições mais incômodas possíveis; sofria com paciência qualquer comichão ou dor; conservava-se longe do fogo; permanecia de joelhos durante toda a missa, exceto aos evangelhos; deixava parte do pescoço e do rosto sem enxugar de modo a que o ar lhe doesse, e, onde quer que estivesse, se não fosse o terço, deixava os braços caídos ao longo do corpo como um corredor e jamais com as mãos nos bolsos; ou então cruzava-os atrás de si.

Tentações de pecado mortal não lhe vinham. Surpreendia-o, entretanto, descobrir que ao fim do seu curso de intrincada piedade e autodomínio estivesse tão facilmente à mercê de pueris e indignas imperfeições. Suas orações e abstinências pouco lhe valiam para o pouparem da birra ao ouvir sua mãe espirrar ou ao ser perturbado em suas devoções. Precisava duma grande força de vontade para dominar o impulso que o incitava a liberar tal irritação. Imagens de explosões de raiva corriqueira que tantas vezes tinha notado em seus mestres, amuos de boca, lábios cerrados demais, ou rostos vermelhos, acudiam-lhe à memória, desencorajando-o, por comparação de toda prática de humildade.

Fundir a sua vida no nível comum das outras vidas era-lhe mais árduo do que qualquer abstinência ou oração, e constantemente fracassava ao tentar isso por desígnio próprio, o que acabava causando em sua alma uma sensação de secura espiritual junto com um aumento de dúvidas e de escrúpulos. A sua alma atravessava um período de desolação no qual até os próprios sacramentos parecia terem-se transformado em fontes secas. A confissão para ele se tornou um leito de rio por onde fugir de imperfeições escrupulosas e impenitentes. Sua constante aproximação da eucaristia já não lhe proporcionava, atualmente, os mesmos momentos dissolventes de virginal autoentrega que obtinha tantas vezes na intimidade dalguma visita ao Santíssimo Sacramento. O livro que usava para essas visitas era um velho livro abandonado, escrito por santo Afonso do Liguori, com letra já desbotada e folhas já soltas. Um extinto mundo de fervente amor e de responsos virginais parecia ser evocado por sua alma ao ler essas páginas, onde as imagens dos cânticos estavam enleadas com orações para comungantes. Uma voz inaudível parecia acariciar a alma, dizendo seus nomes e glórias, convidando-a a se erguer como para um esponsalício e convidando-a como esposa a olhar em frente, desde Amana até as montanhas dos leopardos; e a alma parecia responder com a mesma voz inaudível, entregando-se *Inter ubera mea commorabitur.*

Essa ideia de sujeição tinha uma perigosa atração para o seu espírito, agora que sentia a sua alma sitiada, mais uma vez, pelas insistentes vozes da carne que começavam a aparteá-lo baixinho, de novo, durante as suas orações e meditações. Isso lhe deu um intenso senso de força para saber que podia, com um simples ato de consentimento, com o pensamento dum momento apenas, desfazer tudo quanto tinha feito. Pareceu-lhe sentir uma corrente vagarosamente avançando para os seus pés descalços e estar esperando a primeira ondazinha tímida avançar para lhe tocar a pele. Então, quase no instante mesmo desse contato, quase na extremidade do consentimento pecaminoso, se achou de pé, bem longe da corrente, sobre uma duna seca, salvo por um súbito ato de vontade ou por uma repentina jaculatória; e ao ver lá longe a linha prateada no chão continuar a avançar vagarosamente à procura dos seus pés, um novo estremecimento de vontade e de satisfação sacudiu sua alma para que ela soubesse que não tinha cedido nem desfeito tudo.

Quando conseguia evitar, muitas vezes, a corrente de tentação por tal modo, ainda mais perturbado ficava e a si mesmo perguntava se a graça que se recusara a perder não lhe estaria sendo furtada pouco a pouco. A certeza nítida da sua própria imunidade tornou-se ainda mais opaca e a isso sucedeu um vago temor de que a sua alma tivesse caído despercebidamente. Foi com dificuldade que sentiu ser-lhe restituída a sua antiga consciência de estado de graça ao dizer a si mesmo que tinha rogado a Deus em cada tentação e que a graça que tinha pedido no máximo lhe tinha sido dada pelo fato de Deus ser obrigado a dar-lha. Essa frequência e essa violência de tentações mostraram-lhe, por fim, a verdade do que ouvira a respeito das provações dos santos. Tentações frequentes e violentas eram prova de que a cidadela da alma não tinha caído e de que o demônio se enfurecia para fazê-la cair.

Muitas vezes, ao confessar suas dúvidas e escrúpulos (uma ou outra inatenção momentânea numa oração, um movimento corriqueiro de raiva na sua alma ou uma sutil obstinação no falar ou no agir), era ele solicitado pelo seu confessor a nomear algum pecado da sua vida passada, antes de lhe ser dada a absolvição. Dizia-o com humildade e vergonha, e se arrependia dele ainda mais. Humilhava-o e envergonhava-o pensar que jamais pudesse libertar-se desse pecado completamente, vivesse embora santamente ou atingisse que virtudes ou perfeições pudesse atingir. Um sentimento sem paz, de culpa, havia de estar sempre presente nele; tinha de confessar, arrepender-se, ser absolvido, e tornar a confessar e arrepender-se e ser absolvido outra vez, mas em vão. Talvez aquela primeira confissão apressada lhe tivesse sido arrancada pelo medo do inferno e não tivesse sido bem-feita! Talvez, tendo relação apenas com a sua iminente condenação, não tivesse tido sincera mágoa por seu pecado?! Mas o sinal mais certo de que aquela confissão tinha sido boa e de que tinha tido sincera a mágoa por ter pecado era, bem o sabia, ter-se emendado de vida.

— Emendei a minha vida, não foi? — perguntava a si mesmo.

O diretor estava apoiado no recorte da janela, de costas para a claridade, apoiando um cotovelo sobre a persiana pardacenta e, enquanto falava e sorria, vagarosamente puxava e fazia oscilar o cordão da outra persiana. Stephen estava diante dele, acompanhando por um momento com o olhar ora o declínio da claridade desse longo dia de verão por sobre os telhados, ora o distraído movimento dos dedos do padre. A face do sacerdote estava totalmente na sombra, mas o dia, esmaecendo por detrás dele, contornava-lhe as têmporas profundamente recortadas e a curva do crânio. Stephen também acompanhava com os ouvidos os acentos e as interrupções da voz do padre enquanto este falava grave e cordialmente sobre temas indiferentes: as férias que tinham acabado; os colégios da ordem no estrangeiro; a transferência de professores. Aquela voz cordial e grave continuava, facilmente, a sua narrativa; e nos intervalos Stephen se sentia levado a fazê-lo prosseguir com respeitosas perguntas. Bem sabia que a conversa era um prelúdio e o seu espírito estava à espera do resto. Desde aquele recado mandando-o chamar, espécie de intimação de diretor, o seu espírito porfiava por descobrir o motivo do recado; e durante aquele longo tempo de aflição em que tinha ficado sentado no parlatório do colégio à espera do diretor, os seus olhos tinham errado dum quadro a outro quadro singelo, a toda a volta das paredes, até que o motivo da chamada tivesse quase se clareado. Depois, justamente quando já estava desejando que qualquer causa imprevista tivesse impedido o diretor de vir, ouviu a maçaneta da porta fazer a volta e o *vru-vru* duma batina. Pusera-se o diretor a falar sobre as ordens dominicana e franciscana e da amizade entre são Tomás e são Boaventura. Os trajes dos capuchinhos, no pensar dele, eram como que demasiado...

O rosto de Stephen devolveu o sorriso indulgente do padre, e, não estando ansioso em emitir uma opinião, apenas fez um ligeiro movimento de dúvida com os lábios.

— Eu creio — continuou o diretor — que atualmente há certo zun-zum entre os próprios capuchinhos para mudarem isso e seguirem o exemplo dos outros franciscanos.

— Decerto usá-lo-ão nos claustros — disse Stephen.

— Oh! Certamente — respondeu o diretor. — Para o claustro está muito certo; mas para a rua acho, de fato, que seria melhor desistir. Você não acha?

— Deve ser até incômodo, calculo.

— É lógico que o é, naturalmente. Imagine por exemplo, quando eu estava na Bélgica, habitualmente os via andando de bicicleta, fizesse lá o tempo que fizesse, pedalando, com aquela coisa erguida até os joelhos! Realmente aquilo era ridículo. *Les jupes*, era como eles eram chamados na Bélgica.

A vogal era tão modificada que ficava mais confusa.

— Eram chamados como?

— *Les jupes.*

— Oh!

Stephen tornou a sorrir em resposta ao sorriso que não podia ver direito na face do padre metida na sombra, sua imagem ou espectro apenas passando rapidamente através do seu espírito à medida que o discreto acento baixo caía em seus ouvidos. Pôs-se a contemplar, calmamente, o céu esmaecido, na sua frente, satisfeito com o frescor da tarde e da vermelhidão da pele que escondia a delgada chama ateada em sua face.

Os nomes dos artigos de vestuário usados por mulheres ou então certos macios e delicados tecidos usados na confecção deles traziam sempre ao seu espírito um perfume delicado e pecaminoso. Quando rapaz, tinha imaginado as rédeas com que se dirigem os cavalos como delgadas faixas de seda, tendo, depois, em Stradbrooke, estranhado muito ao pegar no couro untuoso do correame. Também estranhara quando sentira pela primeira vez em seus dedos trêmulos o frágil tecido duma meia de mulher, nada retendo de tudo quanto lia a não ser aquilo que lhe parecia um eco ou uma profecia do seu próprio modo de ver e que o fosse apenas por entre frases suavemente proferidas ou dentro de tecidos róseos e tenros, sendo só assim que ousava conceber a alma ou o corpo de uma mulher movendo-se harmoniosamente na vida.

Mas a frase nos lábios do padre era dissimulada, pois sabia que um padre não poderia falar voluvelmente sobre tal tema. A frase fora dita com uma frivolidade proposital; e sentia que o seu rosto estava sendo agudamente examinado por aqueles olhos escondidos na sombra. Tudo quanto tinha ouvido ou lido sobre o poderio dos jesuítas, sempre tinha posto de lado, francamente, como não nascido de sua própria experiência. Os seus mestres, mesmo aqueles pelos quais não sentia atração, lhe haviam sempre parecido padres inteligentes e sérios, monitores atléticos e altos espíritos. Concebia-os como homens que se lavavam ativamente com água fria e que usavam roupa de baixo limpa e boa. Durante todos aqueles anos em que convivera com eles em Clongowes e no Belvedere, apenas recebera duas palmatoadas; e, embora mesmo essas lhe tivessem sido dadas injustamente, sabia que outras vezes escapara de castigos merecidos. Durante todos aqueles anos jamais ouvira de nenhum de seus mestres uma palavra petulante: devia a eles o ter sido ensinado sob doutrina cristã e compelido a viver uma vida decente e, quando cometera pecado grave, tinham sido eles que o tinham reposto na graça. A presença deles o tornara descrente de si mesmo quando era um pateta em Clongowes e descrente ainda de si mesmo outrossim enquanto levara vida equívoca no Belvedere. Uma constante compreensão disso permanecera com ele até o último ano de sua vida escolar. Jamais, uma só vez, desobedecera ou permitira que companheiros turbulentos o seduzissem para fora dos seus hábitos de obediência regular. E mesmo quando duvidara dalguma ordem ou direito dum mestre, jamais o fizera abertamente. Ultimamente algumas de suas opiniões lhe tinham soado algo pueris aos ouvidos e lhe tinham feito sentir pena e dó como se já estivesse saindo dum mundo a que estava afeito e tal linguagem estivesse sendo ouvida pela última vez. Certo dia em que alguns rapazes estavam reunidos em volta dum padre, sob as arcadas, perto da capela, ouvira o padre dizer:

— Creio que Lord Macaulay foi um homem que provavelmente nunca em sua vida cometeu um pecado mortal! Isto é, deliberadamente, um pecado mortal.

Um dos rapazes perguntara então ao padre se Victor Hugo não era o maior escritor francês. O padre respondera que Victor Hugo, depois que se voltara contra a Igreja, nunca mais escrevera, a metade sequer, tão bem como quando fora um católico.

— Mas há muitos críticos franceses eminentes — disse o padre — que consideram que, sendo embora o grande escritor que certamente foi, Victor Hugo não tinha um estilo francês tão puro quanto o de Luiz Veuillot.

O ligeiro rubor que a alusão do padre fizera subir ao rosto de Stephen desfez-se outra vez; e os seus olhos estavam ainda calmamente fixos no céu descorado. Mas uma dúvida desassossegada esvoaçava aqui e acolá diante do seu espírito. Lembranças mascaradas passavam apressadamente diante dele; reconheci cenas e pessoas e no entanto certo de que não conseguira encontrar nelas qualquer circunstância vital. Viu-se a si mesmo caminhando pelo terreiro, acompanhando os jogos em Clongowes e comendo fatias de ameixada guardadas no seu boné de críquete. Alguns jesuítas estavam passeando em volta da pista de bicicletas, em companhia de senhoras. Os ecos de certas expressões usadas em Clongowes soavam nas remotas abóbadas do seu espírito.

Estavam os seus ouvidos escutando esses ecos tão distantes através do silêncio do parlatório quando se deu conta de que o padre se estava dirigindo a ele com uma voz diferente.

— Eu o mandei chamar hoje, Stephen, porque desejava falar com você a respeito dum assunto muito importante.

— Sim, senhor.

— Nunca sentiu que tinha uma vocação?

Stephen entreabriu os lábios para responder e logo reteve a palavra inopinadamente. O padre esperou pela resposta e acrescentou:

— Quero dizer, você nunca sentiu dentro de si, na sua alma, um desejo de ingressar na ordem? Pense.

— Tenho pensado nisso algumas vezes — disse Stephen.

O padre abandonou o cordão da persiana, deixando-o cair para um lado e, juntando as mãos, apoiou o queixo gravemente sobre elas, pondo-se a fazer estas reflexões:

— Num colégio como este — disse ele por fim — há um, ou talvez dois ou três rapazes, que Deus chama para a vida religiosa. Tal rapaz é marcado por seus companheiros por sua piedade, pelo bom exemplo que dá aos outros. E eles logo o consideram e escolhem, às vezes, até, como seu monitor nos sodalícios. E você, Stephen, tem sido um desses rapazes neste colégio! Foi e é monitor do sodalício de Nossa Senhora. Talvez seja você, neste colégio, o rapaz que Deus escolheu para o chamar a Si.

Uma forte nota de orgulho, reforçada pela voz do padre, fez, como resposta, o coração de Stephen acelerar.

— Receber tal chamado, Stephen — disse o padre —, é a maior honra que Deus todo-poderoso pode conferir a um homem. Nenhum rei, nenhum imperador, neste mundo, tem o poder dum sacerdote. Nenhum anjo, nenhum arcanjo no céu, nenhum santo, nem mesmo a própria Virgem Maria, tem o poder dum sacerdote de Deus: o poder das chaves, o poder de ligar, de tirar do pecado, o poder do exorcismo, o poder de expulsar das criaturas de Deus os maus espíritos que sobre elas exerçam poder, a força, a autoridade de fazer com que o grande Deus do céu desça sobre o altar e tome a forma de pão e vinho. Que formidável poder, Stephen!

Uma chama começou a se agitar, outra vez, sobre as faces de Stephen enquanto ouvia nesse altivo discurso um eco do seu próprio orgulhoso devaneio. Quantas e quantas vezes não se tinha ele visto como sacerdote dispondo com calma e com humildade o formidável poder diante do qual os anjos e os santos se punham em reverência? A sua alma gostava de devanear em segredo sobre esse desejo. Vira-se, a si mesmo, um jovem sacerdote de ademã silencioso, entrando apressado num confessionário, subindo os degraus do altar, incensando, fazendo a genuflexão, cumprindo os complexos atos do sacerdócio que tanto o agradavam pela razão de se assemelharem com a realeza e atingirem muito mais alto do que ela mesma. Naquela sombria vida em que vivera através de seus devaneios, tinha até tomado o tom de voz e os gestos que havia notado em diferentes padres. Tinha dobrado o seu joelho um pouco de lado, como vira um deles fazer; tinha balançado o turíbulo levemente como um outro fazia; a sua casula tinha esvoaçado entreaberta como acontecera com mais outro, ao se voltar de novo para o altar depois de haver lançado a bênção sobre o povo. E acima de tudo agradava-lhe assumir o segundo lugar nessas cenas apagadas de sua imaginação. Abdicava da dignidade do celebrante porque lhe desagradava imaginar que toda aquela vaga pompa devesse terminar em sua própria pessoa ou que o ritual devesse conferir-lhe um ofício tão claro e final. Queria também as ordens menores, os seus ofícios, ser e estar paramentado com a túnica do subdiácono na missa cantada; permanecer recuado do altar, esquecido do povo, com os ombros cobertos com o véu umeral erguendo a patena nas dobras dela ou, quando o sacrifício já estivesse realizado, ficar de pé, como diácono, numa dalmática tecida a ouro no degrau abaixo do celebrante, com as mãos juntas e a face virada para o povo, e então entoar o cântico

Ite missa est. Sempre que se via como celebrante era como nas figuras do seu livro de missa de criança, numa igreja sem devotos, assistido apenas pelo anjo do sacrifício, num altar sem toalha e servido por um acólito um tantinho mais criança do que ele mesmo. Sozinho, nessas representações juvenis do santo sacrifício ou dos sacramentos, a sua vontade parecia apta a ir ao encontro da realidade; e fora em parte a ausência de um rito determinado o que o tinha constrangido à inação, quer houvesse permitido que o silêncio escondesse a sua raiva ou orgulho, quer se houvesse permitido cingir aquilo por que tanto ansiava.

Em reverente silêncio escutava, agora, o apelo do padre e, através das palavras, ouvia ainda mais distintamente uma voz convidando-o a aproximar-se, oferecendo-lhe secreto conhecimento e secreto poder. Viria, então, a saber qual tinha sido o pecado de Simão Mago e qual era o pecado contra o Espírito Santo, para o qual não existia perdão. Saberia coisas obscuras, escondidas dos outros, daqueles que eram filhos concebidos e nascidos na ira.

Iria saber os pecados, os anseios pecaminosos, os atos pecaminosos, os pensamentos pecaminosos dos outros, ouvindo-os murmurados aos seus ouvidos, no confessionário, sob pejo, numa capela escura, dos lábios de mulheres e de moças; mas se tornara imune misteriosamente, na ordenação, pela imposição das mãos, e a sua alma passaria por tudo aquilo, sem se contaminar, rumo à branca paz do altar. Mácula alguma de pecado ficaria em suas mãos, com as quais, depois, havia de elevar e partir a hóstia; mácula alguma de pecado ficaria em seus lábios em prece, que o fizesse comer e beber danação para si mesmo não discernindo o corpo de Deus. Ele havia de sustentar o seu secreto conhecimento e o seu secreto poder, sendo tão sem pecado quanto um inocente: e seria sacerdote para sempre, segundo as ordens de Melquisedeque.

— Oferecerei a minha missa amanhã — disse o diretor — a fim de que Deus todo-poderoso revele a você a Sua santa vontade. E você, Stephen, faça uma novena ao seu santo padroeiro, o primeiro mártir, que tem muito poder ante Deus, para que Deus ilumine o seu espírito. Mas deve estar inteiramente certo, Stephen, de que tem uma vocação, pois havia de ser terrível se você viesse a achar, depois, que não tem nenhuma. E uma vez padre, para sempre padre, lembre-se bem. O seu catecismo lhe diz que o sacramento das Santas Ordens é um dos que só podem ser recebidos uma vez, porque imprime na alma uma marca espiritual indelével que não poderá nunca ser apagada. E é antes que você deve pensar bem, e não depois. É uma questão solene, Stephen, porque dela pode depender a salvação da sua alma eterna. Havemos, porém, de rogar a Deus, juntos.

Escancarou a pesada porta e estendeu a sua mão como que já para um companheiro de vida espiritual. Stephen passou, indo sair na larga plataforma, degraus acima, e se deu conta da suave carícia do ar da noite. Para as bandas da igreja de Findlater um quarteto de jovens embarafustava de braços dados, agitando a cabeça e batendo os pés de acordo com a ágil melodia da concertina do seu chefe. A música entrava, imediatamente, como os primeiros compassos de qualquer música logo fazem por sobre a fantástica textura do seu espírito, dissolvendo-a sem dor e sem ruído como uma repentina onda dissolve as torres de areia construídas por crianças. Sorrindo da ária singela, ergueu os olhos para o rosto do sacerdote e, vendo nele um reflexo sem alegria, da tarde que tombava, desprendeu sua mão vagarosamente; essa mão que aquiescera disfarçadamente em tal camaradagem.

E ao descer os degraus a impressão que desfez a sua perturbada autocomunhão foi a duma máscara sem alegria refletindo o cair do dia gravado lá na soleira do colégio. E, então, a sombra da vida do colégio passou gravemente por sobre a sua consciência. O que o esperava era uma vida grave, ordenada e sem paixão, uma vida sem cuidados materiais. Perguntou a si mesmo como iria passar a sua primeira noite de noviciado e com que pasmo iria acordar na manhã seguinte, em pleno dormitório. O incômodo odor dos compridos corredores de Clongowes veio-lhe outra vez; e ouviu o discreto murmúrio das chamas dos bicos de gás. Imediatamente, de todas as partes do seu ser um desassossego começou a se irradiar. Um aceleramento febril do seu pulso seguiu-se a isso; e um tumulto de vozes sem sentido dirigia confusamente, para aqui e para acolá, seu raciocínio. Seus pulmões dilatavam-se e sufocavam como se estivessem inalando um ar viciado insuportável; e sentiu de novo o cheiro quente e viciado que pairava nos banheiros, em Clongowes, por cima da água parada, cor de turfa.

Um instinto qualquer, que essas recordações acordaram, e mais forte do que a educação ou a piedade, acelerava-se dentro dele ante a aproximação a esta vida, um instinto agudo e hostil, que o armava contra a aceitação. O frio e a ordem dessa vida repeliam-no. Viu-se, levantando-se na friagem da manhã e descendo em fila com os demais para a missa bem cedo, tentando, em vão, lutar, ajudado por suas orações, com o seu estômago que, enjoado e fraco, o fazia desfalecer. Viu-se sentado durante o jantar, com a comunidade dum colégio. Que faria, então, dessa sua timidez, de tão profundas raízes, que sempre o impedia de comer ou beber sob tetos de estranhos? Que seria feito do orgulho do seu espírito que sempre o fizera considerar-se um ser à parte em todas as ordens?

O reverendo Stephen Dedalus, S. J.

O seu nome, nessa nova vida, pulou em caracteres diante dos seus olhos; e a isso se seguiu uma sensação mental de uma cara indefinida ou, melhor, duma cor de cara. A cor esmaeceu, ficando, porém, logo forte como a mudança para a vermelhidão dum pálido tijolo avermelhado. Seria essa a vermelhidão crua, quase apoplética, que tantas vezes vira, nas manhãs hibernais, sobre as papadas escanhoadas dos padres? Uma cara sem olhos, azedamente contraída e devota, fechada com manchas róseas de raiva sufocada. Pois não era isso um espectro mental da face dum desses jesuítas que certos meninos apelidavam Queixo de Lanterna e a um outro Campbell, o Velhaco?

Ia nesse instante passando diante da casa dos jesuítas na Gardimer Street e vagamente se interrogou qual janela viria a ser a sua, caso ingressasse na ordem. E, assim, se admirou da confusão do seu espanto, da distância de sua própria alma daquilo que até então imaginara o seu santuário, da frágil prisão que durante tantos anos de ordem e de obediência o contivera, quando um ato definitivo e irrevogável ameaçava pôr fim, para sempre, no tempo e na eternidade, à sua liberdade. A voz do diretor, concitando-o com os altivos conclames da Igreja e com o mistério e a força do sacerdócio, repetia-se preguiçosamente na sua memória. A sua alma estivera lá mas não ouvira e não concordara, e sabia, agora, que a exortação que tinha escutado já tinha caído ociosamente em formal e mera conversa. Ele jamais haveria de balouçar o turíbulo diante do tabernáculo, como padre. O seu destino era ser arredio às ordens sociais ou religiosas. A sabedoria do apelo do padre não o tocara assim tão de pronto. Ele estava era destinado a aprender a sua própria sabedoria separado dos outros, ou a aprender a sabedoria dos outros vagando, ele, por entre as armadilhas do mundo.

As armadilhas do mundo eram os seus caminhos de pecado. Cairia. Ainda não tinha caído, mas haveria de cair silenciosamente em dado instante. Não cair era dificílimo; e sentia o lapso silencioso da sua alma, tal como estaria dentro dum dado instante a vir, caindo, caindo, mas ainda não caída, ainda sem cair, mas prestes a cair.

Atravessou a ponte sobre a torrente do Tolka e volveu os olhos, friamente, por uns instantes, para o nicho azul desbotado da Santa Virgem, que estava, à maneira dum pássaro, empoleirado sobre uma viga no meio dum acampamento de míseras cabanas. Depois, virando--se para a esquerda, seguiu a ladeira que conduzia à sua casa. O cheiro azedo de couves em salmoura vinha até ele, dos jardins das cozinhas da margem em subida, sobre o rio. Sorriu ao pensar que era a desordem, o relaxamento e a confusão da casa paterna e a estagnação da vida vegetal que estavam para ganhar o dia na sua alma. Então uma curta risada saiu dos seus lábios ao pensar naquele solitário trabalhador do campo, no jardim da cozinha detrás de sua casa e que haviam apelidado o Homem do Chapéu. Uma segunda risada, nascida da primeira depois duma pausa, saiu-lhe involuntariamente ao pensar em como o Homem do Chapéu trabalhava, considerando à sua volta os quatro pontos do céu e em seguida resignadamente enterrando a enxada na terra.

Escancarou a porta sem tramela, do alpendre, e cruzou a soleira desconjuntada da cozinha. O grupo dos seus irmãos e irmãs estava sentado em volta da mesa. O chá estava praticamente no fim, e apenas a última água a ferver posta sobre ele restava ainda no fundo do pequeno bule e dos potes de geleia que faziam as vezes de xícaras. Restos de pão açucarado, em crostas e pedaços, escurecidos pelo chá em folha que caíra sobre eles, jaziam espalhados sobre a mesa. Pingos de chá, aqui e acolá, sobre a tábua da mesa, e uma faca, com cabo quebrado de marfim, esquecida dentro dum moedor estragado.

O triste reflexo, cinza e azul, do dia morrendo, entrava pela janela e pela porta aberta, alisando aos poucos súbito instinto de remorso no coração de Stephen. Tudo quanto a eles fora negado fora dado, sem razão, a ele, que era o mais velho; mas o lânguido clarão da tarde não mostrava em seus rostos traço algum de rancor. Sentou-se junto deles à mesa e perguntou onde estavam o pai e a mãe. Um respondeu:

— Sairamboro paraboro procuraroboro casaboro.

Mais outra mudança! Um rapaz chamado Falloh, no Belvedere, mais duma vez lhe tinha perguntado, com uma risada maldosa, por que era que se mudavam tanto. Rugas de raiva tinham sombreado a sua testa ao ouvir de novo a risada escarninha desse curioso.

Stephen perguntou aos irmãos:

— Mas por que é que vamos nos mudar outra vez, posso saber?

— Porqueboro oboro proprietárioboro nosboro queroboro botaroboro paraboro foraboro daboro casaboro.

A voz do irmão mais novo, lá do lado afastado da chaminé, começou a cantar "Quanta vez na noite calma-a-a..." Um a um os outros começaram a acompanhar até que um coro de vozes estava a cantar. Cantariam assim horas e horas, melodia após melodia, canção após canção, até que a última claridade pálida morresse no horizonte, até que o crepúsculo viesse com suas primeiras sombras, até que a noite caísse.

Ficou esperando por uns momentos, antes que também começasse a ária com eles. Estava escutando, com dó do espírito, o acento agudo de cansaço que havia por detrás de suas fracas e frescas vozes inocentes. Mesmo antes de se prepararem para a jornada da vida pareciam cansados, já, do caminho.

Ouvia o coro de vozes na cozinha ecoar e multiplicar-se através duma infindável reverberação de coros de infindáveis gerações de crianças; e ouvia em todos os ecos um eco também dessa nota persistente de fadiga e de pena. Todos pareciam cansados da vida antes mesmo de entrarem nela. E se recordava que Newman tinha ouvido essa nota também nas linhas quebradas de Virgílio "dando expressão, como a voz da própria natureza, a essa pena e a esse cansaço na esperança ainda de melhores coisas que fossem a experiência de seus filhos, e em todos os tempos".

Não podia esperar mais.

Da porta da estalagem de Byron até o portão da Capela Clontarf, do portão da Capela Clontarf à porta da estalagem de Byron, outra vez até a capela e depois para a estalagem, ia e vinha, a princípio vagarosamente, colocando os pés escrupulosamente sobre os espaços dos entalhes da calçada, sempre ritmando tal fato com a síncope dos versos. Uma hora se passara desde que o pai tinha entrado com Dan Crosby, o zelador, para lhe arranjar qualquer coisa relativamente à universidade. Durante toda uma hora caminhara para cima e para baixo, esperando; mas não podia esperar mais.

Dirigiu-se abruptamente para o Bull, caminhando a toda a pressa, não fosse o assobio do pai chamá-lo obrigando-o a voltar; e em poucos minutos tinha já contornado o posto de polícia e estava a salvo.

Sim, sua mãe era contra aquela ideia, conforme lera no seu indisposto silêncio. Todavia a desconfiança dela amolava-o mais do que o orgulho paterno; e pensava friamente como observara a fé que agonizava em sua alma de filho ir envelhecendo e se fortalecendo nos olhos maternais dela. Um sombrio antagonismo ganhava força dentro dele e escurecia o seu espírito como uma nuvem contra a relutância dela; e quando isso passava, como toda nuvem que se esvai, deixando o seu espírito sereno e dócil para com ela, de novo se certificava sombriamente e sem ressentimento de sua primeira e tácita separação de suas vidas.

A universidade! Tinha pois passado além do desafio das sentinelas que tinham permanecido como guardas de sua infância e que haviam pensado conservá-lo consigo, como se devera se sujeitar a eles e servir aos seus fins. O orgulho, depois da satisfação, o tinha soerguido com grandes ondas vagarosas. Ainda não descobrira o fim para o qual tinha nascido e se habilitado a servir, pois escapara por um invisível caminho; e agora lhe acenava de novo, mais uma vez, e uma nova aventura estava prestes a se abrir para ele. Parecia-lhe ouvir notas duma música impulsiva, ora subindo um tom, ora descendo um quarto de tom, subindo um tom, descendo uma terça maior, como chamas de três braços pulando caprichosamente, chama após chama, para fora duma acha da meia-noite. Era um prelúdio de gnomos, sem fim e sem forma; e à medida que se tornava mais selvagem e mais tenso, as chamas pulando fora do compasso, ele tinha a sensação de ouvir por baixo dos ramos e das raízes criaturas selvagens disparando, os seus pés tamborilando como chuva por cima de folhas. Pés que passavam tamborilando tumultuosamente sobre o seu espírito, pés de coelho e de lebres, pés de veados, de corças e de antílopes, até não ouvi-los mais e apenas ficar se recordando duma altiva cadência de Newman:

— Cujos pés são como os pés de veados sob hastes imperecíveis.

A magnificência dessa imagem ofuscante trouxe de novo ao seu espírito a dignidade do ofício que tinha recusado. Durante toda a sua juventude tinha devaneado com o que tantas vezes cuidara ser o seu destino! E, quando lhe chegara o momento de obedecer ao chamado, se afastara, obedecendo a um instinto erradio. Agora, entre isso, jazia o tempo; os óleos da ordenação não ungiriam nunca o seu corpo. Tinha recusado. Por quê?

Voltou-se para as bandas do mar, saindo da estrada de Dollymount; e, ao atravessar a fraca ponte de madeira, sentia as tábuas balançarem com o peso dos seus pés rigidamente calçados. Um grupo de irmãos cristãos voltava de Bull e estava começando a atravessar, dois a dois, a ponte. Imediatamente toda a ponte se pôs a tremer e a ressoar. Aquelas caras toscas passavam por ele, duas a duas, estas amarelentas, aquelas vermelhaças, estas outras lívidas do ar marinho. E como tentasse contemplá-las com naturalidade e indiferença, uma tinta discreta de vergonha pessoal e de comiseração subiu à sua própria face. Aborrecido consigo mesmo, esforçou-se por esconder o rosto dos olhares deles, fingindo contemplar, virado para um lado, o movimento das águas sem profundidade debaixo da ponte. Entretanto, o que viu lá foi um reflexo daqueles chapéus de abas pesadas e de brilhos sedosos, daqueles humildes colarinhos que mais pareciam cadarços e daquelas vestes clericais caindo frouxas.

— Irmão Hichey.

Irmão Quaid.

Irmão MacArdle.

Irmão Keogh.

A piedade deles tinha de ser igualzinha aos seus nomes, às suas caras, às suas vestimentas! E era inútil dizer a si mesmo que seus humildes e contritos corações, muito provavelmente, tinham pago um tributo de devoção bem mais rico do que tinha sido o seu, uma dádiva dez vezes mais aceitável do que a sua adoração esmerada. Em vão se esforçaria por ser generoso para com eles; e nem era preciso dizer a si mesmo que, se porventura fosse ter aos seus portões, despido de orgulho, exausto, esfarrapado como um mendigo, eles, sim, seriam generosos para com ele, amando-o como a si mesmos. O que sentia, agora, era preguiça, ou era enervação, afinal de contas, para argumentar com a sua própria certeza desapaixonada, que o mandamento do amor nos ensina a amar o nosso próximo como a nós mesmos, não com a mesma intensidade e força de amor, mas a amá-lo como a nós mesmos com a mesma espécie de amor.

Arrancou uma frase do seu tesouro e a disse para si próprio, brandamente:

— Um dia de nuvens listradas vindas do mar.

A frase, o dia e a cena harmonizavam-se num coro. Seriam as suas cores?

Consentia que elas fulgissem e esmaecessem, tinta após tinta: o ouro do sol nascente, o vermelho e o verde dos pomares de macieiras, o azul das vagas, a fímbria cinzenta das nuvens algodoadas. Não, não eram as suas cores — era o equilíbrio e a densidade do período em si. Seria, pois, que ele amava apenas o erguer e o tombar rítmico das palavras mais do que a associação delas em legendas e em cores? Ou seria que, sendo de visão tão fraca como era, e tão tímido de espírito, tirava menos prazer do reflexo do mundo sensível inflamando-se através do prisma da linguagem multicolorida e ricamente ajaezada, do que da contemplação dum mundo interior de emoções pessoais espelhando-se perfeitamente num lúcido período de prosa farta?

Saiu da ponte trêmula para a terra firme, de novo. Bem nesse instante, conforme lhe pareceu, o ar esfriou, e, olhando de soslaio para as águas, viu borrifos enegrecendo e encrespando subitamente a maré. Um como que estalo em seu coração, muito de leve, e um como que latejar em sua garganta lhe falavam uma vez mais de como e quanto a sua carne temia o cheiro frio e infra-humano do mar; e assim pois, em vez de arremeter pelas dunas adiante, à sua esquerda, dirigiu-se diretamente ao longo da espinha dos penhascos que surgiam de encontro à desembocadura do rio.

A luz do sol, já fraca, velava discretamente a lâmina cinzenta da água, lá onde o rio desaguava. Na distância, ao longo do curso remansoso do Liffey, esguios mastros riscavam o céu e, mais distante ainda, a opaca textura da cidade jazia esfumada pela névoa. Tal qual uma cena sobre uma indefinida tapeçaria, velha como a fadiga do homem, a imagem da sétima cidade da cristandade se lhe tornava visível através do ar intemporal, não tão antiga, não mais fatigada e nem menos paciente do que nos áureos dias da subversão.

Desanimado, ergueu os olhos para as nuvens que vogavam baixas, pedrentas e vindas do mar. Estavam elas viajando através dos desertos do céu qual hoste de nômades em marcha, viajando alto por sobre a Irlanda, lá para os confins do Oeste. A Europa, donde elas chegavam, jazia do outro lado do mar Irlandês, essa Europa de estranhas línguas, de tantas raças circunvaladas, rodeada de estacas, transformada em cidadelas, entrincheirada e disciplinada. Ouviu uma confusa música dentro de si, como que de memórias e de nomes dos quais tinha uma noção mas que não podia reter sequer por um instante: depois, essa música pareceu retroceder, retroceder, retroceder; e de cada vestígio dela assim a retroceder nebulosamente caía sempre uma nota de longa duração, insistente, traspassando como uma estrela o crepúsculo do silêncio.

Uma voz, detrás do mundo, estava chamando.

— Alô, Stephanos!

— Aí vem o Dedalus!

— Eh! Chiu! Deixa disso, Dwyer, estou avisando, ou te jogo um troféu pelas ventas. Chiu!

— Isso, és um bicho, Towser. Dá um caldo nele!

— Chega pra cá, Dedalus! Bous Stephanoumenos! Bous Stephaneforos!

— Dá-lhe um mergulho! Towser, faz que ele beba! Agora!

— Socorro! Socorro! Ai!

Antes de haver distinguido seus rostos, reconheceu suas vozes coletivamente. A simples vista dessa miscelânea de nudez molhada lhe deu um calafrio até os ossos. Os corpos deles, uns corpos alvos banhados por uma pálida claridade dourada, outros cruamente tostados pelo sol, brilhavam com a água do mar. As pedras que lhes serviam de trampolim, equilibradas sobre seus rudes suportes balouçando durante os seus mergulhos e as corroídas pedras do quebra-mar em declive sobre o qual lutavam cavalgando-lhe as arestas, brilhavam com um reflexo frio e molhado. As toalhas com que flagelavam os corpos estavam inchadas de água do mar, gelada; e ensopados de salsugem estavam seus cabelos empastados.

Parou em deferência aos insistentes chamados e procurou livrar-se dos gracejos com palavras naturais. Como ficavam diferentes! Shuley sem o seu imenso colarinho desabotoado; Ennis sem o seu cinto escarlate com a fivela torcida; e Connolly sem o seu casaco de Norfolk com aqueles bolsos dos lados, sem abas! Dava pena vê-los e era que nem a dor duma pranchada ver as marcas de adolescência que lhes tornavam repelente a miserável nudez. Talvez estivessem ali se refugiando em número e estardalhaço do secreto temor de suas almas. Ele, porém, apartado deles e calado, recordava-se em que pavor permanecia do mistério do seu próprio corpo.

— Stephanos Dedalus! Bous Stephanoumenos! Bous Stephaneforos!

Aqueles gracejos não eram novos para ele e mesmo agora agradavam a sua soberania orgulhosa e indulgente. Como nunca antes, o seu nome estranho lhe parecia uma profecia. Tão indefinido como ora lhe parecia o ar quente e cinzento, tão fluido e impessoal o seu próprio feitio, que todas as horas eram uma só para ele. Um momento antes o fantasma do antigo reino dos dinamarqueses surgira por entre a vestimenta da cidade embuçada na névoa. Agora, ante o nome do artífice fabuloso, lhe parecia o ruído de sombrias vagas e ver uma forma alada voando por sobre as ondas e vagarosamente escalando o ar. Que significava isso? Seria uma estranha divisa do frontispício dum livro medieval de profecias e de símbolos, esse homem voando como um falcão para o sol por sobre o mar? Uma profecia do fim para o qual havia nascido para servir e que andara a procurar por entre os nevoeiros da infância e da puerícia? Um símbolo do artista forjando de novo na sua oficina com matéria dúctil da terra um novo ser alado, impalpável e imperecível?

O seu coração tremeu; a sua respiração tornou-se mais apressada; e um espírito selvagem passou por sobre os seus membros como se ele fosse escalar o sol. O seu coração tremia num êxtase de medo e a sua alma estava num voo. A sua alma estava se alando ar acima para lá do mundo, e o corpo, sabia ele, estava purificado por um sopro, libertado da incerteza, e se tornara radiante, diluído no elemento mesmo do espírito. Um êxtase deslumbrado de voo tornava radiantes os seus olhos, desordenada a sua respiração, e trêmulos, selvagens e radiantes os seus membros arrebatados pelo vento.

— Um! Dois! Espia só!

— Oh! Cripes, estou me afogando!

— Um! Dois! Três e pronto!

— O outro! Quem é agora?

— Stephaneforos!

A sua garganta ardia com a vontade de gritar, alto, o grito dum falcão ou duma águia pela altura. Gritar, arrebatadoramente, a sua libertação para os ventos. Esse era o chamado de vida para a sua alma! Não a voz grossa e brutal do mundo dos deveres e do desespero; não a voz inumana que o tinha chamado para o serviço incolor do altar. Um instante de selvagem voo o tinha libertado, e o grito de triunfo que os seus lábios tinham retido retumbou no seu cérebro fendendo-o.

— Stephaneforos!

Que eram eles, esses aí, agora, senão mortalhas arrancadas do corpo da morte — em cujo pavor ele caminhara dia e noite, senão a incerteza que o tinha cercado, a vergonha que o tinha aviltado por dentro e por fora —, mortalhas, linhos e sepultura?

A sua alma levantara-se da tumba da puerícia, despojando-se das vestes sepulcrais. Sim! Sim! Sim! Ele iria criar magnificentemente, com a liberdade e a força da sua alma, como o grande artífice cujo nome usava, uma coisa viva, nova, alada e bela, impalpável, imperecível.

Nervosamente saiu a andar, abandonando o bloco de pedra, pois não podia mais extinguir a chama no seu sangue. Sentia as faces em fogo e a garganta palpitando num cântico. Havia um ímpeto de marcha errante em seus pés que queimavam querendo partir para os confins da terra. Vamos! Vamos! parecia gritar o seu coração. A noite iria se aprofundar por sobre o mar, a noite iria cair sobre os campos, a aurora iria romper diante do vagamundo, mostrando-lhe estranhos campos, colinas e faces. Onde?

Olhou para as bandas do norte, na direção de Howth. O mar tinha descido abaixo da linha das algas marinhas lá nas bandas rasas do quebra-mar e já a maré, correndo, se afastava ao longo da praia, lá adiante. Já agora, um grande banco oval, de areia, mostrava-se seco e morno por entre as pequenas ondas. Aqui e acolá, ilhas cálidas de areia brilhavam acima da maré baixa e em torno das ilhotas e em redor dos bancos compridos e por entre as correntes rasas da praia, havia figuras recortadas em penumbra, chapinhando e se afundando.

Em poucos minutos estava ele descalço, com as meias dobradas dentro dos bolsos e os sapatos de lona pendendo dos ombros pelos cordões amarrados; e, agitando uma vereda roída pelo sal do mar, que apanhou da vasa que fluía por entre rochedos, pulou a rampa do quebra-mar.

Vinha pela praia uma onda comprida; e como ele chapinhasse vagarosamente por ela acima, seguindo-a, admirou-se da porção de sargaços que o mar carregava. Sargaços cor de esmeralda, negros e vermelhos moviam-se debaixo da corrente, mexendo-se e revirando-se. A água da onda estava escura de tantos despojos e refletia as nuvens que vogavam tão alto. As nuvens vogavam por cima dele, silenciosamente! E, silenciosamente, o emaranhado do mar ia vogando por debaixo dele; e o ar quente e cinzento estava parado; uma vida nova e selvagem cantava-lhe nas veias.

Onde estava, agora, a sua infância? Onde estava a alma que recuara suspensa do seu destino, para avaliar sozinha a vergonha de suas feridas e para em sua morada de sordidez e de subterfúgio governar por entre velhas mortalhas e grinaldas que murchavam ao menor contato? Ou onde estava ele?

Ele estava longe de tudo e de todos, sozinho. Ele estava desligado de tudo, feliz, rente ao coração selvagem da vida. Estava sozinho, e era jovem, cheio de vontade, e tinha um coração selvagem; estava sozinho no meio dum ermo de ar bravio, entre águas salobras, entre a colheita marítima e conchas, entre emaranhados e redemoinhos, entre claridades embaraçadas de cinzento, entre figuras de crianças e de moças vestidas de alegria e de luz, entre vozes infantis e joviais que enchiam o ar.

Uma moça apareceu diante dele no meio da correnteza; sozinha e quieta, contemplando o mar. Era como se magicamente tivesse sido transformada na semelhança mesma duma estranha e linda ave marinha. Suas longas pernas, esguias e nuas, eram delicadas como as dum grou, e eram claras até onde a esmeralda da água do mar as rodeava, marcando a sua carne. As coxas, rijas, duma coloração suave como a do marfim, estavam à mostra quase até os quadris, onde as alvas franjas do seu calção eram como penugem de alva e macia pluma. A orla azul-clara do seu saiote ajustava-se garridamente em torno da sua cintura, abotoando-se atrás. O peito era o de um pássaro, macio e leve, tão leve e macio como o de um pombo de penas negras. Mas os seus cabelos compridos eram de menina; e de garota, tocada pelo deslumbramento duma beleza mortal, era a sua face.

Ela estava sozinha e parada, contemplando o mar; e quando lhe sentiu a presença e o olhar maravilhado, volveu até ele os olhos numa calma aceitação do seu deslumbramento, sem pejo nem luxúria. Muito, muito tempo aguentou ela aquela contemplação; e depois, calmamente, afastou os olhos dele e os baixou para a correnteza, graciosamente enrugando a água com o pé, para lá e para cá. O primeiro ruído leve da água assim agitada graciosamente quebrou o silêncio; um ruído vagaroso, leve, sussurrante, leve como os sinos do sono; para lá e para cá, para lá e para cá; um leve rubor tremulava em suas faces.

— Deus do céu! — exclamou a alma de Stephen, numa explosão de alegria profana.

Subitamente se afastou dela e seguiu através da praia. Todo o seu rosto estava afogueado; todo o seu corpo, abrasado; os seus membros tremiam. Caminhou, caminhou, caminhou, a passos largos, até longe, por sobre a praia, cantando selvagemente para ornar, gritando para saudar o advento da vida que tinha gritado para ele.

A imagem dela entrara na sua alma para sempre, e palavra alguma tinha quebrado o silêncio sagrado do seu arroubo. Os olhos dela o tinham chamado: e a sua alma saltara a tal apelo. Viver, errar, cair, triunfar, recriar a vida para além da vida! Um anjo selvagem lhe tinha aparecido, o anjo da mocidade e da beleza mortal, um mensageiro das cortes esplêndidas da vida, para escancarar diante dele, num instante de deslumbramento, os portões de todos os caminhos do erro e da glória. Seguir, seguir, sempre para diante, para diante!

Parou de repente e auscultou o coração no silêncio. Até onde tinha ele andado? Que horas seriam?

Não havia figura humana alguma perto; e nem som algum tinha nascido para ele no ar. Mas a maré estava prestes a voltar e já o dia estava declinando. Virou em direção à terra e correu rumo ao litoral, subindo a praia oblíqua, indiferente ao pedregulho cortante, descobrindo um esconderijo de areia no centro dum círculo de dunas truncadas pelo vento; e aí se estirou para que a paz e o silêncio da noite pudessem acalmar o turbilhão do seu sangue.

Sentia, bem por cima, a cúpula vasta e indiferente; e sentia a dinâmica dos corpos celestes; e a terra, debaixo dele, que tinha sido feita para ele, o havia tomado em seu seio.

Fechou os olhos no langor do sono. As pálpebras tremiam-lhe como se estivessem sentindo o vasto movimento cíclico da Terra e dos seus guardiões, tremiam como se sentissem a estranha luz dalgum mundo novo. A sua alma desfalecida dentro dum mundo novo, fantástico, ofuscante, incerto como um mundo submerso atravessado por formas e seres nevoentos. Um mundo, um clarão, ou uma flor? Tremeluzindo e tremendo, tremendo e desdobrando-se, uma luz a fulgurar ou flor a se abrir, tudo aquilo se dilatava numa interminável sucessão de si mesmo, fulgurando ora escarlate, ora se desdobrando e desmaiando até o rosa mais pálido, pétala após pétala, ou onda de luz após onda de luz, tudo aquilo enchia o céu todo com seus fulgores, cada fulgor mais intenso do que o outro.

Caíra a noite, quando ele despertou; e a areia e as ervas áridas do seu leito já não cintilavam mais. Ergueu-se, vagarosamente, recordando a transfiguração do seu sono e suspirou ante o próprio júbilo.

Trepou a crista da duna e olhou à volta. A noite tinha caído. Uma nesga da lua nova fendeu o ermo pálido da linha do céu, uma nesga dum arco de prata acamando-se na areia cinzenta; e a maré alta tinha começado a vir terra adentro, com um baixo sussurro de suas ondas, isolando umas últimas figuras em poças distantes.

5

Entornou até a última gota a sua terceira xícara de chá aguado e pôs-se a mastigar fatias de pão torrado que ali estavam espalhadas, olhando o fundo escuro do bule. O líquido amarelento deixara um círculo viscoso no fundo, e isto lhe trouxe à memória a água cor de turfa do banheiro de Clongowes. A caixa das cautelas de penhores, perto do seu cotovelo, tinha sido remexida pouco antes, e tirou dela, com ar de preguiça, com seus dedos engordurados, os papeluchos azuis e brancos, todos rabiscados, manchados e cheios de dobras, onde estavam os nomes dos devedores, tais como Daly ou MacAvoy.

Um par de sapatos de salto alto.

Um paletó.

Três artigos e roupa branca.

Uma calça de homem.

Em seguida afastou-se para um lado e lançou um olhar pensativo para a tampa da caixa, toda estragada, com marcas de cupim, perguntando então, vagamente:

— Quanto está adiantado este relógio agora?

Sua mãe endireitou o velho despertador, que estava de borco no meio da cômoda, e o seu mostrador indicava um quarto para o meio--dia, e em seguida o deitou novamente.

— Uma hora e vinte e cinco minutos — disse ela. — A hora exata, agora, são dez e vinte. Bem sabes, querido, que tens que te preparar para chegares a tempo na aula.

— Esvaziem o lugar para eu me lavar — disse Stephen.

— Katey, dá lugar para Stephen se lavar.

— Booty, sai daí para Stephen se lavar.

— Não posso, tenho que ir ao colégio. Sai você, sai, Maggie.

Quando a bacia de esmalte ficou bem cheia e o esfregão em forma de luva, já tão gasto, se pôs a boiar dentro dela, consentiu que sua mãe lhe esfregasse o pescoço e lhe metesse os dedos nos vãos das orelhas e nos interstícios das asas do nariz.

— Olhe que é um caso triste, um estudante de universidade tão sujo que sua mãe tenha de lavá-lo.

— Bem que a senhora gosta — respondeu Stephen, calmamente.

Um assobio de fazer doer os ouvidos se ouviu vindo lá de cima e sua mãe lhe jogou um roupão nas mãos, dizendo:

— Enxuga-te e apressa-te, pelo amor de Deus.

Um segundo assobio, prolongadamente raivoso, fez com que uma das meninas chegasse até a soleira da escada.

— Que é, papai?

— A preguiçosa cadela do teu irmão já saiu?

— Já, papai.

— Já, mesmo?

— Já, sim, papai.

— Ahn!

A moça voltou, fazendo-lhe sinais que se apressasse e saísse escondido pelos fundos. Stephen riu e disse:

— Esquisita ideia tem ele de gênero, se julga que cadela é masculino.

— Ah! Mas é uma vergonha, um escândalo para ti, Stephen, e só me arrependo do dia em que puseste os pés em tal lugar. Eu é que sei quanto isso te transformou.

— Até logo, para todos — disse Stephen sorrindo e beijando as pontas dos dedos como despedida.

O beco, atrás do quintal, estava cheio de poças d'água e teve que passar vagarosamente, vendo bem onde punha os pés, evitando montes de lixo encharcado, ouvindo, então, a monja louca dar guinchos, na casa de loucos das monjas, do outro lado da parede.

— Jesus! Ó Jesus! Jesus!

Jogou fora dos ouvidos esse som, dando sacudidelas furiosas na cabeça, e se apressou, pulando por cima do lixo esfarelado, o coração já mordido por uma dor de repugnância e amargura. O assobio paterno, as observações maternas, os guinchos da maníaca invisível eram-lhe agora vozes demais que ofendiam e ameaçavam humilhar a pujança da sua mocidade. Arrancou esses ecos do coração como coisas execráveis; mas ao descer avenida abaixo, e como sentisse a luz cinzenta da manhã descer até ele através das árvores gotejantes, e sentisse o cheiro das folhas e da casca úmida, já a sua alma se ia desprendendo daquelas misérias.

As árvores da avenida pejadas de chuva evocavam nele, como sempre, memórias de moças e de mulheres das peças de Gerhardt Hauptmann; e a recordação da pálida melancolia dessas mulheres se misturava com o aroma dos ramos molhados, num certo quê de calma alegria. O seu passeio matinal através da cidade tinha começado; e já sabia, previamente, que, ao passar pelas bandas de Fairview, iria pensar na prosa claustral com veios prateados de Newman; que ao passar pela North Strand Road abaixo, preguiçosamente, olhando para as vitrinas dos armazéns de víveres, iria se recordar do sombrio humor de Guido Cavalcanti e sorrir; que quando estivesse perto das obras de corte de pedra de Baird, na praça Talbot, o espírito de Ibsen iria soprar através dele, como um vento sibilante, um espírito de extravagante beleza pueril; e que ao passar pela loja imunda do fornecedor marítimo, para lá do Liffey, iria repetir a canção de Ben Jonson, que começa assim:

Eu não estava mais cansado, lá onde estava.

Quando o seu espírito se cansava de pesquisas quanto à essência da beleza, através das palavras espectrais de Aristóteles ou de Aquino, voltava-se então, muitas vezes, por prazer seu, para as canções remotas dos elizabetanos. O seu espírito, embuçado nas vestes dum monge dubitativo, permanecia não raro na sombra, sob as janelas daquela época, a fim de ouvir a grave e irônica música dos tocadores de alaúde ou a franca risada das prostitutas, até que uma gargalhada demasiado baixa, ou uma frase, desfigurada pelo tempo, feria sua altivez monacal e o arrojava para fora do seu esconderijo de alcova e de falsa honra.

A erudição, na qual, acreditava, teria que passar os seus dias imerso atentamente, a ponto de o raptar da companhia da mocidade, não passava duma seleção de arcaicas sentenças de Aristóteles sobre a poética e a psicologia e duma *Synopsis Philosophiae Scholasticae ad mentem divi Thomae.* Seu raciocínio era um crepúsculo de dúvida e de autodesconfiança clareado, às vezes, pelos vislumbres da intuição, por iluminações dum tão claro esplendor que, em tais momentos, o mundo desaparecia debaixo dos seus pés como se o fogo o tivesse consumido; depois do que a sua língua se tornava pesada e encontrava os olhos dos outros com os seus olhos sem resposta, pois sentia que o espírito da beleza o tinha enrolado como um manto, e que, em devaneio, pelo menos, tinha se saído bem e com nobreza. Mas quando o seu breve orgulho de silêncio já não mais o soerguia, contentava-se em se encontrar outra vez no meio de vidas comuns, prosseguindo o seu caminho através da sordície, da indolência e dos ruídos da cidade, sem temor algum e com o coração leve.

Perto dos amontoamentos no canal encontrou o homem tuberculoso que tinha cara de boneco e que usava um chapéu sem abas; vinha na direção dele, descendo a rampa da ponte com seus passinhos, todo abotoado, de alto a baixo, no seu sobretudo cor de chocolate e segurando o guarda-chuva enrolado, um ou dois palmos afastado do corpo, como a vara dum mágico. Já deviam ser onze horas, pensou, e espiou para dentro duma leiteria, a fim de ver as horas. O relógio da leiteria lhe disse que faltavam cinco minutos para as cinco, mas ao se virar ouviu um relógio não sabia onde, mas perto, bater onze pancadas precisamente. Riu ao ouvir isso, pois estava se lembrando de McCann, chegando a lhe ver a figura atarracada, sempre com jaqueta e calções de caça, com uma bonita barbicha, batida pelo vento, na esquina do Hopkins; e ouvia dizer:

— Dedalus, tu és um sujeito antissocial, embrulhado em si mesmo. Já eu, não. Eu sou um democrata. E hei de trabalhar e de me mexer pela liberdade e pela igualdade social entre todas as classes e sexos nos Estados Unidos da Europa Futura.

Onze horas! Estava, pois, atrasado para aquela aula. Que dia da semana seria? Parou diante duma agência de notícias para ler o título do cartaz. Quinta-feira. Das dez às onze: inglês; das onze ao meio-dia: francês; do meio-dia à uma hora: física. Pensou lá consigo na aula de inglês e sentiu, mesmo naquela distância, desassossego e desânimo. Via a cabeça dos colegas humildemente inclinada enquanto estavam a escrever, em seus cadernos de apontamentos, os pontos que eram obrigados a tomar nota: definições nominais, definições essenciais, exemplos ou datas de nascimento e de morte, principais obras e, ao lado uma da outra, crítica favorável e desfavorável. Mesmo a sua cabeça lá estava, mas sem estar baixa, pois os seus pensamentos erravam fora dali e, embora olhasse em redor a pequena sala dos estudantes, ou estivesse com os olhos lá para a janela contemplando os desolados jardins do Green, invadia-o um cheiro de adega triste, úmida e em ruínas. Uma outra cabeça, que não a sua, bem diante dele, no primeiro banco, lá estava equilibrada maciçamente, acima das cabeças baixas dos seus colegas, como a cabeça dum sacerdote fazendo apelos, sem humildade, ante o tabernáculo, em favor dos humildes devotos à sua volta. Por que seria que sempre que pensava em Cranly não podia ver erguida diante do seu espírito a imagem inteira do corpo dele, mas apenas a cabeça e o rosto?

Mesmo agora, por exemplo, de encontro à cortina cinzenta da manhã, via isso na sua frente como o fantasma dum sonho: a face duma cabeça destacada, ou uma máscara de morto coroada, sobre a testa, por uns cabelos negros e duros que formavam uma como que coroa de ferro. Era como a face dum sacerdote, a face dum sacerdote com seu palor, com aquelas asas largas de nariz, com aquele sombreado debaixo dos olhos e ao longo dos maxilares, a cara dum sacerdote nos lábios que eram grandes e sem sangue, sorrindo apenas; e Stephen recordava-se prontamente de como havia falado com Cranly a respeito de todos os tumultos e anseios da sua alma, dia após dia e noite após noite, só tendo obtido do amigo que o ficasse escutando em silêncio total, tendo então dito a si mesmo que aquela era a cara dum sacerdote culpado que ouvia em confissão pessoas que não tinha poder para absolver. Mas continuava, no entanto, a sentir na memória o olhar daqueles olhos negros feminis.

Através dessa imagem tinha ele vislumbrado uma estranha caverna negra de especulação, mas imediatamente se arredara dali, sentindo que não era ainda hora de entrar por ela adentro. Mas a sombra noturna do seu amigo calado parecia haver disseminado no ar, à sua volta, uma tênue e mortal exaltação; e a si mesmo se viu a olhar ora uma outra palavra casual, à sua direita ou à sua esquerda, num espanto estólido por sentir que tais palavras estavam silenciosamente esvaziadas de instantâneo sentido até que cada legenda de qualquer armazém à toa saltava para o seu espírito como as palavras dum feitiço e a sua alma se contraía suspirando como que velha já, enquanto ele ia indo por um beco por entre pilhas de línguas mortas. O seu próprio conhecimento de linguagem tinha fluxos e refluxos no seu cérebro e se aventurava discretamente pelas próprias palavras adentro, vendo-as associarem-se e desassociarem-se em ritmos caprichosos:

A hera geme, agarrada muro acima,
Geme e vai se agarrando muro acima.
A hera amarelada, muro acima,
Não para mais de se agarrar ao muro.

Teria alguém ouvido já tal bobagem? Senhor Onipotente! Quem ouvira jamais falar em hera gemendo parede acima? Hera amarela? Hum! Sim, estava certo. Marfim amarelo, também. E que tal hera cor de marfim?

A palavra agora brilhava em seu cérebro, mais clara e mais luzente do que qualquer marfim serrado das presas mosqueadas dos elefantes. *Ivory, ivoire, avorio, ebur.* Um dos primeiros exemplos que lera no latim, citava: *India mittit ebur*; e recordava a cara franzida de homem do norte, do reitor que lhe havia ensinado a pôr as *Metamorfoses* de Ovídio em inglês elegante, tornando extravagante pela menção de cerdos, cacos de louça e lombos de toucinho. O pouco que sabia das leis do verso latino tinha aprendido dum livro todo estraçalhado escrito por um padre português:

Contrahit orator, variant in carmine vates.

As crises, as vitórias e as secessões na história romana tinham-lhe chegado às mãos através das palavras comuns *in tanto discrimine* e tentara dar uma espiada na vida social da cidade das cidades através das palavras *implere ollam denariorum*, palavras essas que o reitor tinha tornado mais que sonoras enchendo um pote com denários. As páginas do seu Horácio, tão estragadas pelo tempo, nunca lhe pareceram frias ao toque, mesmo quando os seus dedos estavam frios; eram páginas humanas! E cinquenta anos antes tinham sido viradas pelos dedos humanos de John Duncan Inverarity e pelos de seu irmão, William Malcolm Inverarity. Sim, aqueles eram nomes nobres, escritos sobre a enegrecida página de rosto, e até mesmo, para um pobre latinista como ele, os versos já escurecidos estavam tão vivos como se tivessem todos aqueles anos permanecido em mirto, lavanda e verbena; feria-o, no entanto, pensar que jamais passaria dum tímido conviva na festa da cultura do mundo, e que o ensino monacal, em cujos termos estava procurando forjar uma filosofia estética, não era erguido, nos tempos em que vivia, mais alto do que os dialetos sutis e curiosos da heráldica e da falconaria.

O bloco cinzento da Trindade, à sua esquerda, lá estava, pesadamente, posto sobre a ignorância da cidade como uma pedra brutal assentada sobre um incômodo círculo e empurrava o seu espírito para baixo; e enquanto se esforçava por seguir o seu caminho e libertar os pés dos grilhões da consciência da reforma, chegou diante da estranha estátua do poeta nacional da Irlanda.

Olhou-a sem raiva, pois, embora a indolência de corpo e de alma subisse por aquilo acima como invisível vérmina, sobre os pés trôpegos, pelas pregas do casaco e em torno da servil cabeça, a estátua parecia humildemente cônscia da sua indignidade. Era um Firbolg metido no casaco emprestado dum milesiano! E pensava em seu amigo Davin, o estudante camponês. Havia troca de chalaça entre eles, mas o jovem camponês condescendia com isso mansamente.

— Continua, Stevie. Sei que tenho uma cabeça estuporada, já me disseste. Chama-me dc que quiseres.

A versão pátria do seu nome de batismo nos lábios do amigo comovera Stephen agradavelmente quando o ouviu pela primeira vez, pois era tão formal na conversa com os outros quanto os outros o eram com ele. Muitas vezes, sentado nos cômodos de Davin, na Grantham Street, admirando as botas tão bem-feitas do amigo, as quais rodeavam a parede aos pares, repetia para os ouvidos tão simples do amigo versos e cadências alheias, e que eram os disfarces de sua própria ânsia e melancolia; e o rude espírito de Firbolg do seu ouvinte arrastava-se até isso ou disso recuava, tais atitudes se esboçando através duma inata cortesia de atenção ou por uma curiosa passagem de inglês arcaico, ou pela força do prazer das experiências totais, pois Davin se colocara aos pés de Michael Cusack, o Gaélico, repelindo pronta e subitamente por uma imensidão de inteligência, ou por uma obtusidade de sentimento, ou por um brutal pasmo de terror nos olhos, o mesmo terror de alma duma aldeia irlandesa atônita e esfomeada na qual o rebate fosse ainda um pânico noturno.

Lado a lado com a sua memória dos feitos e proezas de seu tio Mat Davin, o atleta, o jovem camponês venerava a lenda angustiosa da Irlanda. A tagarelice dos seus colegas que porfiavam em transformar a vida chata do colégio como valendo alguma coisa, custasse o que custasse, comprazia-se em figurá-lo como um jovem feniano. A sua ama ensinara-lhe irlandês e conformara sua rude imaginação com as luzes truncadas do mito irlandês.

Ele permanecia em face do mito, sobre o qual nenhum espírito individual jamais esboçara uma linha de beleza, e perante as suas narrativas inúteis, que se subdividiam à medida que giravam em ciclos, na mesma atitude em que se colocava um leal servo simplório em face da religião católica romana. Fosse qual fosse o pensamento ou o sentimento que chegasse até ele vindo da Inglaterra ou através da cultura inglesa, o seu espírito logo se armava adverso, em obediência a uma palavra de ordem; e do mundo que se estendia para lá da

Inglaterra, ele apenas conhecia a Legião Estrangeira da França, na qual falava em se alistar.

Casando essa ambição com o humor do jovem, Stephen muitas vezes o chamava de ganso domesticado. E, com efeito, existia um ponto de irritação em tal nome que era assestado contra essa relutância mesma de linguagem e de fatos no espírito do amigo, visto como esse espírito parecia muitas vezes se interpor entre o espírito de Stephen, sôfrego de especulação, e os secretos caminhos da vida irlandesa.

Certa noite o jovem camponês, com o espírito espicaçado pela violenta e desbragada linguagem através da qual Stephen se evadia do frio silêncio duma revolta intelectual, armara diante do espírito de Stephen uma estranha visão. Iam os dois caminhando vagarosamente para os cômodos de Davin, através das escuras ruas estreitas do paupérrimo bairro judeu.

— Aconteceu-me uma coisa, Stevie, no último outono, já ao vir do inverno, e nunca a contei a uma alma viva. Tu és, agora, a primeira pessoa a quem a estou contando. Não me lembro bem se foi em outubro ou em novembro. Foi em outubro, visto que se passou antes de minha chegada aqui para me matricular.

Stephen volvera para o rosto do amigo os seus olhos risonhos, envaidecido com a prova de confiança e vencido por simpatia pelo acento natural com que ele ia falando.

— Eu tinha estado todo aquele dia fora do meu lugarejo, para lá de Buttevant — não sei se sabes onde fica isso —, por causa dum agitado encontro entre os Legítimos de Croke e os Destemidos Thurles; e, por Deus, Stevie, foi dura aquela partida. A meu primo-irmão, Fonsy Davis, arrancaram-lhe até a camurça, e olha que era um dia pra lá de frio para os Limericks; mas a metade do tempo esteve ele sempre com os dianteiros e chutando que nem um maluco. Jamais esquecerei aquele dia. Um dos Crokes deu-lhe um tremendo esbarrão, uma hora, com o seu cotovelo, e declaro diante de Deus que o que ele pretendia era acertar-lhe a testa, de lado. Ah! Palavra de honra, se o gancho o apanhava daquela vez, ele estava frito.

— Folgo que ele tenha escapado — disse Stephen com uma risada —, mas provavelmente não é essa a tal coisa estranha que te aconteceu.

— Está bem; vejo que isso não te interessa, mas, fosse lá como fosse, houve tal rebuliço depois da partida que eu perdi o trem de volta e não houve meios de conseguir transporte, o que teria sido bem bom, e isso porque havia uma reunião, naquele mesmo dia, para as bandas de Castletownroche e todos os carros da região estavam para lá. Portanto não havia outro jeito senão pousar lá à noite, ou ir a pé. Ora bem, comecei a andar, e já a noite vinha vindo quando cheguei às colinas de Ballyhoura, o que significava mais de dez milhas adiante de Kilmallock. E ainda tinha uma comprida estrada solitária, depois disso. Não se via sinal duma só casa dum cristão ao longo da estrada e, de barulho, nem pio. Estava escuro que nem breu. Uma ou duas vezes parei sob o arvoredo para reacender o meu cachimbo; e se não fosse o orvalho, que era abundante, eu me teria estirado ali mesmo e dormido.

"Até que, por fim, depois dum estirão de estrada, lobriguei uma cabanazinha com uma luz na janela. Desviei-me para lá e bati na porta. Uma voz perguntou quem era e eu respondi que tinha ido à partida em Buttevant e estava vindo de volta e que ficaria muito grato se obtivesse um copo d'água. Não demorou muito, uma mulher ainda moça abriu a porta trazendo-me uma enorme caneca de leite. Estava meio despida, como se estivesse para se deitar na hora em que bati; tinha os cabelos caídos, e pensei comigo ante aquele rosto e certa expressão dos seus olhos que devia trazer um filho, entendes? Prendeu-me ali na porta a conversar algum tempo e eu achei aquilo extravagante, visto como os seus ombros e o seu peito estavam descobertos. Perguntou-me se eu estava cansado e se gostaria de passar a noite ali. Disse-me que estava inteiramente sozinha na casa e que o marido tinha ido aquela manhã para Queenstown a acompanhar a irmã. E todo o tempo em que esteve a falar, Stevie, tinha os olhos fixos na minha cara! E estava tão perto de mim que eu podia ouvir a sua respiração. Quando lhe devolvi o canecão, acabou por segurar a minha mão, puxando-me para a soleira, e disse assim: '*Entre e passe a noite aqui. Não tem motivo para ficar assustado. Não tem ninguém, a não ser nós...*' Pois eu, Stevie, não entrei. Agradeci-lhe e prossegui, de novo, o meu caminho, todo em febre. Na primeira curva do caminho olhei para trás e lá estava ela ainda à porta."

As últimas palavras da história de Davin cantavam na sua memória, e a figura da mulher desse caso permanecia refletida no rosto das outras mulheres do campo que tinha visto nas soleiras, em Clane, quando os carros do colégio passavam por lá, como tipos da raça dela e da sua também, uma alma de morcego acordando para a consciência de si mesma na treva, na solidão e no mistério e, através dos olhos, da voz e dos gestos duma mulher sem artifício, chamando um estranho para o seu leito.

Uns dedos lhe agarraram o braço e uma voz jovem exclamou:

— Ah! Cavalheiro, tenha pena desta sua menina, senhor. O primeiro ramalhete, hoje, cavalheiro. Compre-me este amor de ramo. Compre, sim, cavalheiro?

As flores azuis que ela erguia mostrando, e aqueles seus olhos também azuis, pareceram-lhe nesse instante imagens de tal espontaneidade que ficou parado até que a imagem se desvaneceu, vendo então, só, suas roupas em frangalhos e seus cabelos ásperos e molhados. Que face a daquela menina!

— Compre, cavalheiro! Pense na sua namorada, senhor!

— Não tenho dinheiro — disse Stephen.

— Compre algumas delas, são tão lindas, compre, sim, meu senhor? É só um vintém.

— Não ouviu o que eu disse? — perguntou Stephen inclinando-se para ela. — Já lhe disse que estou sem dinheiro. E torno a lhe dizer agora.

— Então está bem, há de comprar um outro dia, com a graça de Deus — respondeu a jovem um instante depois.

— Provavelmente — disse Stephen —, mas não creio que isso aconteça.

Afastou-se apressadamente dela, receoso de que aquela sua insistência pudesse se transformar em derrisão e desejando estar já longe antes que ela oferecesse a sua mercadoria a um outro, a algum turista da Inglaterra ou a algum estudante da Trindade. Pela Grafton Street abaixo, por onde se meteu, aquele momento de pobreza lúgubre se prolongou. Pela calçada, na extremidade da rua, uma lápide estava colocada em memória de Wolfe Tone, e então se recordou de ter estado presente, com o pai, à sua colocação. Recordava-se com amargura dessa cena de espalhafatoso tributo. Havia lá quatro delegados franceses, num fiacre, e um deles, um homem ainda jovem, rechonchudo e sorridente, erguia, fincado numa bengala, um cartaz onde estavam impressas estas palavras: *Vive l'Irlande!*

Mas as árvores de Green, para onde ia Stephen, rescendiam a chuva e a terra molhada exalava o seu perfume mortal, um suave incenso subindo por entre o bolor de muitos corações. A alma da galante cidade venal de que falavam os seus antepassados contraíra com o tempo um fraco odor mortal que se erguia da terra e ele sabia que daí a pouco, quando entrasse no sombrio colégio, se daria conta duma corrupção bem outra que não a de Buck Egan e Burnchapel Whaley.

Era tarde demais para subir até a aula de francês. Atravessou o vestíbulo e tomou o corredor à esquerda que levava ao anfiteatro de física. O corredor estava escuro e silencioso, mas não abandonado. Por que teria sentido que não estava sem vigilância? Seria porque ouvira dizer que no tempo de Buck Whaley havia lá uma escada secreta? Ou era essa casa dos jesuítas extraterritorial e estava caminhando entre estranhos? A Irlanda de Tone e de Parnell parecia ter recuado no espaço.

Abriu a porta do anfiteatro e ficou parado na luz friorenta, uma luz cinzenta que lutava por entrar através das janelas empoeiradas. Uma figura estava agachada diante da grande fornalha, e por sua magreza e ar grisalho percebeu logo que era o deão dos estudos que estava a acender o fogo. Stephen fechou a porta sem ruído e se aproximou do fogão.

— Bom dia, senhor. Posso ajudá-lo?

O padre imediatamente olhou para cima e disse:

— Um momento só, sr. Dedalus, e vai ver. Isso de acender o fogo constitui uma arte. Temos as artes liberais e temos as artes úteis. Esta é uma das artes úteis.

— Vou experimentar aprendê-la — disse Stephen.

— Não pôr muito carvão — disse o deão, trabalhando ativamente na sua tarefa — é um dos segredos.

Tirou dos bolsos laterais da sotaina quatro mechas de vela e as colocou jeitosamente entre os carvões e jornais torcidos. Stephen observava-o calado. Ajoelhado assim sobre os lajedos para acender o fogo e atarefado em dispor os pedaços de jornais e os pavios de vela, parecia, mais do que nunca, um humilde servidor preparando o lugar do sacrifício num templo vazio. Um levita do Senhor. Como a veste de linho liso dum levita, a batina puída e descorada vestia aquela figura ajoelhada de alguém que os hábitos canônicos ou os paramentos bordados deviam irritar e perturbar. Todo o seu corpo envelhecera no serviço inferior do Senhor — em vigiar o fogo sobre o altar, em dar testemunha de boas-novas, secretamente, em confiar nas pessoas mundanas, em bater apressadamente quando ordenado — e, no entanto, tinha permanecido sem graça por insignificância de santidade ou de beleza prelatícia. Não só, até mesmo a sua alma se tornara velha naquele serviço, sem ter crescido para a luz e para a beleza e sem ter expandido para fora de si um doce odor de santidade — uma vontade mortificada não correspondendo mais à emoção da sua obediência do que à emoção do amor ou ao combate do seu corpo envelhecido, poupada e robusta, algo grisalha com uma penugem discretamente prateada. O deão permanecia sobre os calcanhares e vigiava as fagulhas pegarem. Stephen, para encher o silêncio, disse:

— Tenho certeza de que não saberia acender um fogo.

— O senhor é um artista, não é mesmo, sr. Dedalus? — disse o deão, olhando de esguelha para cima e piscando os seus olhos pálidos. — O objetivo dum artista é criar a beleza. Já o que seja a beleza é outra questão.

E friccionou as mãos vagarosamente, secamente, sobre a dificuldade.

— É capaz, agora, de resolver esta questão? — perguntou.

— Santo Tomás — respondeu Stephen — diz *pulcra sunt quæ visa placent*.

— Este fogo aqui, na nossa frente — disse o deão —, deve ser agradável à vista. Consequentemente, será ele bonito?

— Tanto quanto ele seja apreendido pela visão, a qual suponho signifique aqui intelecção estética, ele deve ser bonito. Mas santo Tomás diz também: *Bonum est in quod tendit appetitus*. Até onde ele satisfaça o desejo animal para com o calor, o fogo é bom. No inferno, todavia, ele é um mal.

— Perfeitamente — disse o deão —, o senhor acertou na cabeça do cravo.

Ergueu-se com desenvoltura, dirigiu-se para a porta, deixou-a entreaberta e disse:

— A corrente de ar, garantem alguns, ajuda bem em tais casos.

E como voltasse para o fogão, coxeando de leve mas com um passo lépido, Stephen viu a alma silenciosa dum jesuíta fitá-lo através daqueles olhos claros e sem amor. Como Inácio, ele era coxo, mas nos seus olhos não brilhava centelha alguma do entusiasmo de Inácio. Mesmo a lendária força da Companhia, uma força mais sutil e mais secreta do que os seus fabulosos livros de sabedoria secreta e sutil, não havia inflamado a sua alma com a energia do apostolado. Era como se ele usasse os artifícios, conhecimentos e espertezas do mundo, com licença de o fazer para a maior glória de Deus, sem alegria no seu manejo ou sem aversão por aquilo que neles era mal, mas com um firme gesto de paciência os fazendo retroceder sobre si mesmo; e por todo esse silencioso serviço parecia que não amava absolutamente o mestre e pouco, se é que os amava, os fins a que servia. *Similiter atque senis baculus*, era ele, como o fundador o consideraria, um cajado na mão dum velho para apoiar-se na estrada ao cair da noite ou no mau tempo, para ficar ao lado do ramalhete duma dama no banco dum jardim, para ser erguido em ameaça.

O deão voltou ao fogão e começou a afagar o queixo.

— Para quando podemos esperar alguma coisa sua, sobre a questão estética? — perguntou ele.

— De mim? — disse Stephen espantado. — Levo mais de quinze dias, às vezes, e isso mesmo se tenho sorte, embaraçado numa ideia.

— Essas questões são muito profundas, sr. Dedalus — disse o deão. — É a mesma coisa que olhar dos alcantis do Moher para as profundezas. Muitos caem no abismo e jamais voltam acima. Só o mergulhador destro pode descer a tais profundidades, explorá-las e voltar novamente à superfície.

— O senhor está se referindo à especulação? — perguntou Stephen. — Eu também estou convencido de que não existe tal coisa, o pensamento livre, pois que todo o pensar deve estar sujeito às suas próprias leis.

— Ah!

— Estou com a intenção de continuar trabalhando presentemente, à luz duma ou de duas ideias de Aristóteles e de santo Tomás.

— Compreendo. Estou compreendendo perfeitamente o seu ponto.

— Apenas preciso delas para meu uso e guia até que tenha feito alguma coisa por mim mesmo, mas à luz delas. Se a lâmpada deita fumaça ou começa a cheirar tentarei enchê-la. Se não der luz bastante, eu a venderei e comprarei uma outra.

— Também Epicteto tinha uma lâmpada — disse o deão —, que foi vendida por um preço irrisório depois da sua morte. Foi a lâmpada com a qual escreveu suas dissertações filosóficas. O senhor conhece Epicteto?

— Um antigo cavalheiro — respondeu Stephen — que disse que a alma se parecia muitíssimo com um balde cheio d'água.

— Diz-nos ele com a sua maneira singela — continuou o deão —, que tinha posto uma lâmpada de ferro diante da estátua dum dos deuses e que um ladrão roubou a lâmpada. Que fez o filósofo? Refletiu que estava no caráter dum gatuno roubar, e então resolveu comprar uma lâmpada de barro no dia seguinte, em vez duma de ferro.

Um cheiro de sebo derretido desprendeu-se dos pavios de vela do deão e se fundiu na consciência de Stephen com o tinido daquelas palavras: balde e lâmpada, lâmpada e balde. A voz do padre, também, tinha um rude timbre. O espírito de Stephen ficou parado, por instante, retido pelo timbre estranho e pela analogia, assim como pela cara do padre, que parecia uma lâmpada apagada ou um refletor pendendo dum falso foco. Que haveria atrás dela, ou dentro dela? Um brutal torpor de altar ou a opacidade de nuvem trovejante, carregada de intelecção e capaz da escuridão de Deus?

— Referia-me a uma outra espécie de lâmpada, senhor — disse Stephen.

— Indubitavelmente — disse o deão.

— Uma das dificuldades — disse Stephen — na discussão estética é saber se as palavras estão sendo empregadas de acordo com a tradição literária ou de acordo com a tradição do mercado do dia. Lembro-me duma das sentenças de Newman, na qual diz da Virgem Maria que ela foi detida na total companhia dos santos. O uso da palavra no mercado do dia é inteiramente diferente. *Espero não estar detendo o senhor.*

— De modo algum — disse o deão, polidamente.

— Não, não — disse Stephen, sorrindo. — Refiro-me...

— Ah! Sim, sim. Compreendo — disse o deão logo. — Apanhei a questão no seu todo: *deter.*

Deu um jeito para a frente com o maxilar inferior e articulou uma tosse seca e curta.

— Voltando à lâmpada — disse ele —, a alimentação dela é também um lindo problema. Deve-se escolher um óleo puro e deve-se ter cuidado, ao entorná-lo, para que não se derrame por fora, não entornando mais do que um funil pode conter.

— Qual funil? — perguntou Stephen.

— O funil através do qual o senhor derrama o óleo dentro da lâmpada.

— Ah! Isso se chama funil? — perguntou Stephen. — Não é gargalo?

— Gargalo? Que é isso?

— Isso? É... o funil.

— Na Irlanda chama-se a isso de gargalo? — perguntou o deão. — Nunca ouvi essa palavra com tal significação na minha vida.

— Dão-lhe tal significado no baixo Drumcondra — disse Stephen, rindo —, onde falam o melhor inglês.

— Gargalo — disse o deão, refletindo. — É uma aplicação interessantíssima. Hei de voltar a pensar nessa palavra. Palavra de honra que hei de pensar nela.

A sua cortesia de maneiras soava um pouco falsa e Stephen encarou aquele inglês convertido com os mesmos olhos com que o irmão mais velho da parábola se deve ter voltado para o filho pródigo. Um simples continuador no despertar clamorosas conversões, um pobre inglês na Irlanda, parecia haver penetrado no palco da história jesuíta quando essa estranha peça de intriga, inveja, pertinácia, luta e indignidade, tendo dado tudo, acabou redundando pela entrada do último comparsa atrasado num espírito moroso. Donde teria vindo? Talvez tivesse nascido e tivesse sido educado entre sérios dissidentes, vendo apenas a salvação em Jesus e detestando as vãs pompas do estabelecimento. Teria ele sentido necessidade duma fé implícita no meio do rebuliço do sectarismo e da dialética dos seus turbulentos cismas, entre homens de mais de seis doutrinas, nessa variedade confusa e ondulante de seitas e mais seitas? Teria ele encontrado assim de repente a verdadeira Igreja como um fiapo de algodão cujos pontos se enrolam no ar ou um tenuíssimo fio de raciocínio, sobre a insuflação, a imposição das mãos ou a procissão do Espírito Santo? Ou lhe teria o Senhor Cristo tocado e convidado a segui-l'O, como aquele discípulo que estava sentado diante dum registro de alfândega como se estivesse sentado à porta dalguma capela de teto de zinco, bocejando e tratando dos dízimos da igreja?

O deão tornou a repetir a palavra:

— Gargalo. Já agora isso é interessante!

— A pergunta que o senhor me fez há pouco parece-me bem mais interessante. Que beleza é essa que o artista luta por exprimir nas lâmpadas de terracota? — disse Stephen friamente.

A pequena palavra parecia haver voltado a ponta de florete da sua sensibilidade contra esse cortês e vigilante antagonista. Sentiu como que com um laivo de melancolia que esse homem com quem estava falando fosse um compatriota de Ben Jonson. Pensou:

— A linguagem que estamos falando é dele antes de ser minha. Quão diferentes são as palavras *lar*, *Cristo*, *cerveja*, *mestre* nos seus lábios e nos meus! Não posso escrever nem pronunciar tais palavras sem perturbação de espírito. A sua linguagem, tão familiar e tão estrangeira, será sempre para mim uma língua adquirida. Nem fiz nem aceitei as suas palavras. Minha voz segura-as entre talas. A minha alma gasta-se na sombra da sua linguagem.

— E há que distinguir entre o belo e o sublime — acrescentou o deão —, distinguir entre beleza moral e beleza material. E investigar que espécie de beleza é peculiar a cada uma das várias artes. Ora, aí estão alguns pontos que devemos estabelecer.

Stephen, desencorajado, inesperadamente, pelo tom seco e firme do deão, ficou calado; e através do silêncio um ruído distante de calçados e de vozes confusas veio vindo escadas acima.

— E no perseguir tais especulações — disse o deão conclusivamente —, está, no entanto, o perigo de perecer de inanição. Primeiro que tudo deve uma pessoa se formar. Estabelecer isso diante de si como primeiro alvo. Depois então, pouco a pouco, acabará vendo o seu caminho. Refiro-me em todos os sentidos, no modo de vida e no modo de pensar. Poderá ser difícil pedalar no começo. Tome, por exemplo, o sr. Moonan. Levou muito tempo até chegar em cima. Mas acabou chegando lá.

— Posso não ter o talento dele — disse Stephen calmamente.

— Como o senhor há de saber? — disse o deão clarividentemente. — Jamais poderemos dizer o que há em nós. Eu, com muito mais razão, não devo ser um desanimado. *Per aspera ad astra.*

Deixou apressadamente o fogão e foi para a soleira para assistir à entrada da classe de primeiras artes.

Encostado ao fogão, Stephen escutava-o saudar viva e imparcialmente um por um dos estudantes da classe, e quase que podia até distinguir os risos francos dos estudantes mais espalhafatosos. Uma piedade desolada começou a cair como orvalho sobre o seu coração facilmente amargurável, uma piedade para com esse fervoroso servente do cavalheiresco Loyola, por esse meio-irmão do clero, mais venal do que eles na conversa, de alma mais resoluta do que eles, a quem jamais haveria de chamar seu pai espiritual; e pensava em como esse homem e seus companheiros tinham ganho o nome de mundanos nas mãos não só do espiritual, como também do mundano por terem pleiteado durante toda a sua história, no tribunal da justiça de Deus, pelas almas dos tíbios, dos indiferentes e dos prudentes.

A entrada do professor foi saudada por alguns golpes de entusiasmo à maneira de Kent pelas pesadas botas dos estudantes que estavam sentados na parte mais alta das arquibancadas do anfiteatro escuro, lá junto às janelas cinzentas cobertas de teias. A chamada dos alunos começou; e as respostas aos diversos nomes foram sendo dadas em todos os tons, até que chegou o nome de Peter Byrne.

— Presente!

Uma nota profunda, de resposta, veio lá da última fileira de cima, seguida por tosses de protestos nos demais bancos.

O professor fez uma pausa na leitura da lista, até que chamou o nome seguinte:

— Cranly!

Nenhuma resposta.

— Sr. Cranly!

Um sorriso perpassou pelo rosto de Stephen ao pensar no seu companheiro.

— Experimente mandar ver em Leopardstown! — disse uma voz dum banco, atrás.

Stephen virou-se imediatamente, mas a cara cínica de Moynihan, delineada na luz cinzenta, estava impassível. Uma fórmula foi dada. Aproveitando o barulho dos livros de notas, Stephen se voltou para trás outra vez e disse:

— Dá-me aí um pedaço de papel, pelo amor de Deus.

— Estás assim tão ruim? — perguntou Moynihan com uma cara arreganhada. Arrancou uma folha do seu bloco e a passou por baixo sussurrando:

— Em caso de necessidade, qualquer leigo ou mulher pode fazer isso.

A fórmula que ele escrevia obedientemente sobre a folha de papel, os cálculos dobrados e desdobrados do professor, os símbolos de força e de velocidade, como espectros, fascinavam e inflamavam o espírito de Stephen. Tinha ouvido dizer certa vez que o velho professor era um ateu franco-maçom. Oh! Mas que dia cinzento e opaco! Parecia um limbo de consciência paciente sem sofrimento através do qual as almas dos matemáticos podiam vagabundear, projetando longos tecidos esguios dum plano a outro plano de crepúsculo sempre mais raro e mais pálido, irradiando ágeis rotações para as últimas extremidades dum universo sempre mais vasto, mais afastado e mais impalpável.

— Devemos, portanto, fazer distinção entre o elíptico e o elipsoidal. Talvez algum dos senhores esteja familiarizado com as obras do sr. W. S. Gilbert. Numa das suas canções, fala ele do espertalhão de bilhar que está condenado a jogar:

Metido numa roupa inverossímil,
Sendo-lhe entregue um taco retorcido
Para carambolar bolas elípticas.

— Refere-se ele a bolas tendo a forma do elipsoide e sobre cujo principal eixo acabei de falar há pouco.

Moynihan virou-se meio agachado para o ouvido de Stephen e sussurrou:

— Bolas elipsoidais? Qual é o preço? Venham comigo, senhoras, que estou na cavalaria!

O rude humor do seu colega perpassou como uma aragem pelos pórticos do espírito de Stephen, sacudindo para a vida alegre as fofas vestimentas sacerdotais pendentes das paredes, fazendo-as flutuarem e saltarem num Sabá de desregramentos. As formas da comunidade emergiram daquelas vestes flaflando ao vento: o deão dos estudos, o corpulento e vistoso tesoureiro com o seu peludo barrete cinzento, o presidente, o padreco com cabelo feito penugem que escrevia versos piedosos, a forma pesadona de camponês do professor de economia, a figura dobrada do jovem professor de ciência mental a discutir sob as abóbadas, com a sua classe, um caso de consciência, mais parecendo uma girafa colhendo folhagem alta no meio dum rebanho de antílopes, o grave e circunspecto monitor do sodalício e empertigado professor de italiano com a cabeçorra quadrada e aqueles olhos de maroto. Vinham marchando e corcoveando, tropeçando e dando saltinhos, arregaçando as vestimentas como a apanharem rãs, uns sustendo os outros por detrás, sacudidos por umas risadas profundas e falsas, dando estalidos um atrás do outro e rindo, achando muita graça em suas malícias, uns chamando os outros com apelidinhos de jeito familiar protestando com súbita dignidade a qualquer liberdade grosseira, sussurrando, dois a dois, tapando seus ditinhos com as mãos.

O professor dirigia-se para as caixas de vidro, na parede ao lado, tendo descido duma das prateleiras uma série de bobinas. Soprou delas o pó que havia, e carregando aquilo cuidadosamente para a mesa, ergueu um dedo sobre elas, enquanto prosseguia com a sua exposição. Explicou que os fios nas modernas bobinas eram um composto chamado platinoide, ultimamente descoberto por um tal F. W. Martino.

Pronunciou distintamente as iniciais e o sobrenome do descobridor. Lá detrás, Moynihan sussurrou:

— Que bom velho *Fresh Water Martin*!

— Pergunta a ele — ciciou Stephen, voltando-se com um ar entediado — se está precisando dum sujeito para eletrocução. Pode servir-se de mim.

Moynihan, vendo que o professor se abaixara entretido com as bobinas, levantou-se do seu banco e fazendo castanholas sem ruído com os dedos da mão direita, começou a chamar com uma voz de garoto babão: Faz favor, professor! Este rapaz aqui está dizendo nome feio, professor.

— O platinoide — disse o professor solenemente — é preferido à prata alemã porque tem um coeficiente mais baixo de resistência às trocas de temperatura. O fio de platinoide é isolado e a camada de seda que o isola toca as bobinas de ebonite justamente aqui onde está o meu dedo. As bobinas estão saturadas em parafina derretida...

— Vão fazer perguntas sobre ciência aplicada?

Tal pergunta foi feita pela voz aguda, com o acento do Ulster, dalguém que estava num banco abaixo de Stephen.

O professor começou a fazer malabarismos, com ar grave, servindo--se dos termos ciência pura e ciência aplicada. Um estudante pesadão, que usava óculos com aros de ouro, ficou embasbacado a encarar o que fizera aquela interrogação. Moynihan murmurou, lá detrás, com voz natural:

— Com toda essa banha, MacAlister não passa dum diabo!

Stephen lançou um olhar para baixo, um olhar frio, para aquele crânio oblongo embaixo dele, aumentado ainda mais com uma cabeleira crespa cor de retrós. A voz, o timbre, o espírito do perguntador ofendeu-o. E serviu-se de se sentir ofendido para se levar até uma proposital grosseria, deixando o seu espírito pensar que o pai desse estudante bem que podia ter feito coisa melhor remetendo o filho a estudar em Belfast, gastando até um pouco menos com a passagem do trem, se o tivesse feito.

O crânio oblongo, ali embaixo, nem sequer se virou para ir ao encontro desse arremesso de pensamento tendo até tal seta voltado a se fixar no arco donde fora desferida: e isso porque, de repente, prestou atenção na cara pálida de pânico do estudante.

— Não fui eu quem pensou isso — disse imediatamente a si mesmo. — Isso veio do banco de trás, daquele irlandês metido a engraçado. Paciência. Poderás com certeza dizer por qual dos dois foi a alma da tua raça mercadejada — pelo que fez a pergunta ou pelo que o debochou? Paciência. Lembra-te de Epicteto. Provavelmente está no caráter desse rapaz fazer tal pergunta em tal momento, em tal timbre e pronunciar a palavra ciência como se fosse um monossílabo.

A voz ociosa do professor continuava a voejar vagarosamente rodeando as bobinas sobre que estava falando, dobrando, triplicando, quadruplicando sua sonolenta energia assim como a bobina multiplicava seus ohms de resistência.

A voz de Moynihan fez eco, lá de trás, a uma distante sineta:

— Acabou a aula, rapaziada!

O vestíbulo de entrada ficou entupido e ressonante de conversas e falatórios. Sobre uma mesa, perto da porta, estavam duas fotografias emolduradas e entre elas uma longa tira de papel deixando ver uma lista irregular de assinaturas. MacCann ia e vinha espalhafatosamente por entre os estudantes, falando às pressas, respondendo às recusas e conduzindo um após outro até a mesa. No vestíbulo interior permanecia o deão dos estudos, em conversa com um jovem professor, rangendo o maxilar gravemente e meneando a cabeça.

Stephen, assustado pelo ajuntamento na porta, parou, sem saber que resolução tomar. Por debaixo das abas largas e caídas dum chapéu mole, os olhos de Cranly o vigiavam.

— Assinaste? — perguntou-lhe Stephen.

Cranly apertou a boca de lábios delicados, recolheu-se em si mesmo por um momento e respondeu:

— *Ego habeo.*

— Para que é isso?

— *Quod?*

— Isso aí, para que é?

Cranly virou a cara macerada para Stephen e disse com brandura e com amargura:

— *Per pax universalis.*

Stephen apontou para o retrato do czar e disse:

— Ele tem é uma cara de Cristo embasbacado.

O escárnio e a raiva na voz foi o que fez Cranly retirar o olhar das paredes do vestíbulo que encarava com ar de vigilância.

— Estás aborrecido? — perguntou.

— Não — respondeu Stephen.

— Estás de mau humor?

— Não.

— *Credo ut vos sanguinarius mendax estis* — disse Cranly —, *quia facies vostra monstrat ut vos in damno malo humore estis.*

Encaminhando-se para a mesa, Moynihan disse ao ouvido de Stephen:

— MacCann está em excelente forma. Pronto a derramar a última gota. Ferreteando o novo mundo. Estimulantes e votos para as cadelas? Absolutamente!

Stephen sorriu da maneira da sua confidência e, quando Moynihan passou, voltou-se de novo para procurar os olhos de Cranly.

— Talvez saibas e me possas dizer por que derrama ele, assim, a alma dentro do meu ouvido. És capaz?

Uma sinistra ruga surgiu na testa de Cranly. Ficou encarando a mesa sobre a qual Moynihan se abaixara para inscrever seu nome na lista; e em seguida disse, chãmente:

— Um meloso!

— *Qui est in malo humore* — disse Stephen — *ego aut vos?*

Cranly não ligou ao debique. Reconsiderou azedamente o seu julgamento e repetiu com a mesma força taxativa:

— Um meloso, é o que ele é! Um excomungado dum meloso!

Esse era o seu epitáfio para todas as suas amizades mortas, e Stephen se perguntava se ele viria a falar nesse mesmo tom, a seu respeito, algum dia. A frase pesada e maciça mergulhou vagarosamente nos ouvidos como uma pedra jogada através dum brejo. Stephen viu mergulhar como já vira muitas outras, sentindo o seu peso deprimir seu coração. A fala de Cranly, ao contrário da de Davin, não tinha nem frases raras dum inglês elizabetano nem a chapada versão revirada do idioma irlandês. Pronunciava-se e era um eco dos cais de Dublin devolvido por um decadente e frio porto de mar, sua energia sendo um eco da sagrada eloquência de Dublin devolvida chãmente por um púlpito de Wicklow.

A pesada carranca de Cranly se desfez quando MacCann embarafustou apressado na direção deles lá do outro lado do vestíbulo.

— Ora, aí estão vocês — disse MacCann amistosamente.

— Eis-me aqui! — disse Stephen.

— Atrasado, como sempre. Não poderá você jamais combinar a tendência progressista com respeito pela pontualidade?

— Essa pergunta não vem ao caso — disse Stephen —; vamos ao que interessa.

Os seus sorridentes olhos estavam fixos num tablete de chocolate com leite envolto em papel prateado e que apontava para fora do bolso do peito do propagandista. Um pequeno círculo de ouvintes comprimia-se para ouvir o torneio de gracejos. Um estudante magricela de pele azeitonada e cabelo preto e ralo meteu a cara entre os dois, olhando ora um, ora outro, a cada frase, e com o ar de quem pretendia apanhar o voo de cada uma delas com a sua boca aberta e úmida. Cranly tirou do bolso uma pequena bola de mão e começou a examiná-la de perto, girando-a sem parar.

— E o que mais? — disse MacCann. — Hum?

Deu uma risada, rindo escancaradamente, e puxou duas vezes com dois repelões a barbicha cor de palha que lhe pendia do queixo rombudo.

— O que mais importa é assinar agora a lista.

— Se eu assinar você me paga alguma coisa por isso? — perguntou Stephen.

— E eu que pensava que você era um idealista — disse MacCann.

O estudante com cara de cigano olhou-o e se dirigiu aos circunstantes com voz indistinta que parecia um balido.

— Mas que diabo, isso é que se pode chamar uma noção extravagante. E tal noção, eu a considero uma noção mercenária.

Sua voz tombou no silêncio. Atenção alguma foi dada às suas palavras.

Virou aquela cara de oliva, de expressão equina, para Stephen, como que o compelindo a dizer qualquer coisa mais.

MacCann pôs-se a falar com uma energia muito fluente sobre o rescrito do czar, sobre o auxílio, o desarmamento geral, a arbitragem em caso de disputas internacionais, sobre os sinais dos tempos, sobre a nova humanidade e sobre o novo evangelho de vida que teria como escopo os interesses da comunidade, assegurando o mais barato possível a maior felicidade possível do maior número possível.

O estudante cigano respondeu ao pé da letra do período, exclamando:

— Três vivas à fraternidade universal!

— Continua, Temple — disse um estudante reforçado, vermelhão, ao seu lado. — Pago-te um copo, depois.

— Eu sou um crente da fraternidade universal — disse Temple, olhando à sua volta com uns olhos negros e ovais. — Marx não passa dum estuporado borra-botas!

Cranly segurou-o com força pelo braço, para que contivesse a língua, e sorrindo com dificuldade repetiu:

— Devagar, devagar, devagar com isso!

Temple fez força para libertar o braço, mas continuou, com a boca salpicada por uma espumazinha:

— O socialismo foi fundado por um irlandês, e o primeiro homem na Europa que pregou a liberdade de pensamento foi Collins. E isso há duzentos anos. Foi ele quem denunciou o clericalismo, o filósofo de Middlesex. Três vivas a John Anthony Collins!

Lá da extremidade do grupo, uma voz fina retrucou:

— Pip! Pip!

Moynihan murmurou rente ao ouvido de Stephen:

— E que fim teria levado a pobre irmã de John Anthony?

Lottie Collins perdeu suas calcinhas;
Oh! Empresta-lhe gentilmente as tuas!

Stephen deu uma risada e Moynihan, satisfeito com o resultado, continuou a dizer, baixinho:

— De qualquer maneira, poremos cinco iscas em John Anthony Collins.

— Estou à espera da sua resposta — disse MacCann sucintamente.

— Esse negócio não me interessa nem um pouco — respondeu Stephen com enfado. — Você sabe disso muito bem. Por que há de estar fazendo uma cena?

— Bom — disse MacCann, estalando os lábios. — Você é, então, um reacionário?

— Você está pensando que me impressiona — perguntou Stephen — quando brande a sua espada de pau?

— Deixe de metáforas! — disse MacCann, rudemente. — Venha direto aos fatos.

Stephen enrubesceu e se virou para um lado. MacCann pôs-se-lhe no caminho e disse com humor hostil:

— A meu ver, os poetas menores estão acima de questões triviais como esta da paz universal.

Cranly ergueu a cabeça antepondo a bola entre os dois estudantes, à guisa de oferta de paz, dizendo:

— *Pax super totum sanguinarium globum.*

Stephen, encaminhando-se por entre os circunstantes, fez um movimento com o ombro na direção da imagem do czar, dizendo:

— Fique com o seu ícone. Se temos que ter um Jesus, tenhamos um legítimo, então.

— Com a breca, esta foi boa! — disse o estudante cigano aos que estavam com ele. — Gostei dessa expressão. Gostei mesmo.

Engoliu a saliva da garganta, como se estivesse a engolir a frase, e segurando a ponta do barrete usado voltou-se para Stephen, dizendo:

— Perdoe-me, senhor, que quis dizer com essa expressão que articulou agora mesmo?

Sentindo-se acotovelado pelos estudantes que estavam rente dele, disse-lhes:

— Agora estou curioso por saber que é que ele quer significar com essa expressão.

Voltou-se outra vez para Stephen e disse bem baixo:

— Acredita você em Jesus? Eu acredito no homem. É claro que não sei se você crê no homem. Eu o admiro, meu caro. Eu admiro o espírito do homem independente de todas as religiões. É essa opinião a respeito do espírito de Jesus?

— Continua, Temple — disse o estudante grandalhão e avermelhado, voltando como desejava à sua primeira ideia —, o gole está à tua espera.

— Aquele ali acha que eu sou um imbecil — explicou Temple a Stephen — porque acredito no poder do espírito.

Cranly apoiou os seus braços no de Stephen e no do seu admirador, e disse:

— *Nos ad manun ballun jocabimus.*

Stephen, ante o fato de ser levado para fora, procurou a cara fechada de MacCann, que ainda estava corado.

— A minha assinatura não vale nada — disse polidamente. — Você está certo, seguindo o seu caminho. Mas deixe que eu siga o meu.

— Dedalus — disse MacCann, um tanto hirto —, eu acredito que você seja um bom sujeito, mas você ainda tem que aprender a dignidade do altruísmo e a responsabilidade individual humana.

Disse uma voz:

— O equilíbrio intelectual é melhor fora do que dentro desse movimento.

Reconhecendo a voz de MacAlister, pelo timbre áspero, não se voltou na direção dessa voz. Cranly enveredou por entre o bloco dos estudantes, solenemente, agarrando Stephen e Temple, como um celebrante acolitado por seus ministros a caminho para o altar.

Temple inclinou-se vivamente através do peito de Cranly e disse:

— Ouviste o que MacAlister disse? Essa rapaziada tem inveja de ti. Viste isso? Aposto como Cranly nem reparou. Raios os partam, eu vi imediatamente.

Quando atravessaram o vestíbulo interno, o deão dos estudos estava a ponto de escapar do estudante com quem estivera a conversar. Estava diante da escada, com um pé já no primeiro degrau, a sotaina coçada meio erguida à sua volta, com aquele cuidado com que as mulheres ao subirem soerguem a barra da roupa, meneando a cabeça muitas vezes e repetindo:

— Nem há dúvidas, sr. Hackett! Perfeitamente! Quanto a isso, nem há dúvida!

Bem no meio do vestíbulo o monitor do sodalício do colégio estava conversando, muito interessadamente, com aquela sua voz macia e plangente, com um pensionista. E, falando, enrugava um pouco a testa sardenta e mordia, entre as frases, a ponta fina dum lápis.

— Espero que os homens matriculados hão de vir. Quanto aos homens das primeiras artes tenho a certeza. Os das secundárias, também. Temos que ter confiança nos novatos.

Temple inclinou-se, outra vez, por entre Cranly, ao passarem pela saída, e disse num sussurro rápido:

— Você sabe que ele é um homem casado? Era casado antes de o havermos convertido. Tem mulher e filhos, não sei onde. Diabos, acho que é o fato mais esquisito que jamais ouvi. Puxa!

O seu sussurro resultou numa gargalhada abafada, feito cacarejo. Bem na hora que atravessaram a saída, Cranly o segurou com força pelo pescoço e o sacudiu, dizendo:

— Seu maluco! Seu trapalhão! Seu estupor! Nem mesmo na minha esbodegada bíblia não existe um macaco mais estuporado do que tu, estás ouvindo? Nem em todo este flamejante e excomungado mundo!

Temple debatia-se no punho dele, rindo com disfarçada alegria, enquanto Cranly repetia lentamente, cada vez que lhe dava tremendas sacudidelas:

— Seu idiota flamejante! Seu excomungado! Estupor!

Atravessaram juntos o jardim coberto de mato. O presidente, envolto numa pesada capa fofa, vinha na direção deles, por um dos passeios, lendo o seu ofício. No fim do passeio parou, voltando-se, e ergueu os olhos. Os estudantes saudaram-no, soerguendo Temple, como pouco antes, a ponta do gorro. Prosseguiram, calados. Ao se aproximarem da alameda, já Stephen ouvia o golpe das mãos dos jogadores e os estalos úmidos da bola, assim como a voz de Davin berrando excitadamente a cada golpe.

Os três estudantes detiveram-se junto à caixa sobre a qual Davin estava sentado seguindo a partida. Quase imediatamente, Temple enviesou-se na direção de Stephen e disse:

— Com licença, preciso perguntar-lhe uma coisa, acredita você que Jean-Jacques Rousseau era um homem sincero?

Stephen deu uma risada gostosa. Cranly agarrou um pedaço de aduela dum barril que estava na relva, aos seus pés, virou-se logo para Temple e lhe disse sério:

— Escuta aqui, Temple, eu te juro por Deus vivo que se disseres mais uma só palavra, estás ouvindo, a quem quer que seja e sobre seja o que for, eu te mato *super spottum*.

— Eu já fui como tu — disse Stephen —, um homem emotivo.

— Ele que se dane, que vá para o diabo — disse Cranly categoricamente. — Não lhe dês sequer resposta. Palavra de honra, falares com um flamejante urinol ou falares com Temple é a mesma coisa. Vá para casa, Temple. Pelo amor de Deus, vá para casa.

— Não ligo a mínima a ti, Cranly — respondeu Temple, fugindo de ser alcançado pela aduela erguida e apontando, agora, para Stephen. — Ele, sim, é o único homem que eu vejo nesta instituição que tem um espírito individual.

— Instituição! Individual! — berrou Cranly. — Vá-te embora, dana-te, pois não passas dum excomungado estupor, sem que te valha.

— Sou, sim, um homem emotivo — disse Temple. — Ele se expressou perfeitamente certo. E tenho orgulho de ser um emocional!

Saiu para um lado do caminho, rindo com astúcia. Cranly provocava-o, ameaçando-o com uma cara lívida e hirta.

— Olha só! — disse. — Onde já se viu andar alguém com a cara pelo muro?

Essa sua frase foi saudada com uma estranha gargalhada por um estudante que vinha rente ao muro, com os olhos metidos no gorro.

A gargalhada desferida em clave alta e vindo duma armação assim tão muscular parecia mais o relincho dum elefante. O corpo do estudante sacudia todo; e para rir mais à vontade friccionava com ambas as mãos, com imenso prazer, as virilhas.

— Lynch está acordado — disse Cranly.

Lynch, como resposta, endireitou-se todo e empertigou o peito para a frente.

— Lynch está pondo o peito para a frente — disse Stephen —, como um desafio à vida.

Lynch começou a dar palmadas sonoras no próprio peito, e disse:

— Há aí alguém que tenha alguma coisa a dizer sobre a minha efígie saliente?

Cranly pegou-o ao pé da letra e os dois começaram a lutar. Só depois que seus rostos ficaram rubros com a luta foi que se jogaram cada um para um lado, ofegantes. Stephen inclinou-se para a frente, onde Davin estava tão atento à partida que não prestara a menor atenção à conversa dos outros.

— E como vai o meu gansinho domesticado? — perguntou. — Teria ele também assinado?

Davin fez que sim e disse:

— E tu, Stevie?

Stephen sacudiu a cabeça.

— Que homem terrível que tu és, Stevie — disse Davin, tirando o cachimbo curto da boca —, sempre isolado.

— Já agora que assinaste a petição em favor da paz universal — disse Stephen —, creio que irás queimar aquele livrinho que vi no teu quarto.

Como Davin não respondesse, Stephen começou a citar:

— Paz perpétua, feniano! Decisão acertada, feniano! Feniano, conforme os números! Salve, um, dois!

— Essa é uma questão bem diferente — disse Davin. — Eu sou, antes de mais nada, primeiro que tudo, um nacionalista irlandês. E tu estás completamente fora disso. Mas tu, Stevie, és um zombador congênito.

— Quando tiveres que fazer a primeira rebelião com paus de jogar pela — disse Stephen — e desejares o indispensável informante, chama-me. Saberei encontrar uns poucos, aqui neste colégio.

— Não há meio de eu te compreender, Stevie. Uma hora ouço-te falares contra a literatura inglesa. Outra hora, como agora, falas contra os agentes irlandeses. Que relação há entre o teu nome e as tuas ideias... És irlandês de todo?

— Vem comigo até a sala de armas e eu te mostrarei a árvore da minha família — disse Stephen.

— Então sê um dos nossos — disse Davin. — Por que não aprendes irlandês? Por que abandonaste a aula da liga depois da primeira lição?

— Bem que sabes uma das razões por que fiz isso — respondeu Stephen.

Davin sacudiu a cabeça e deu uma risada.

— Então vem agora — disse ele. — Foi por causa duma certa jovem e por causa do Pe. Moran? Mas foi tudo imaginação tua, Stevie! Estávamos apenas conversando e rindo.

Stephen ficou calado por pouco, com a mão amistosamente sobre o ombro de Davin.

— Tu te recordas ainda da primeira vez que nos vimos? Aquela primeira manhã em que nos encontramos pela primeira vez, tu me pediste para te mostrar o caminho para a matrícula nas classes, pondo um fortíssimo acento na primeira sílaba. Lembras-te? Depois tinhas o hábito de quando te dirigias aos padres dizer padre lembras-te? Perguntei a mim mesmo, reparando em ti: "Será ele tão inocente quanto a sua fala?"

— Eu sou uma pessoa simplória — disse Davin. — Bem sabes disso. Quando me contastes aquela noite, na Harcourt Street, certas coisas sobre a tua vida particular, juro por Deus, Stevie, eu quase não pude comer o meu jantar. Sentia-me mal e muito. Passei acordado muito tempo aquela noite. Por que me contaste aquelas coisas?

— Obrigado — disse Stephen. — Queres dizer, com isso, que sou um monstro.

— Não — disse Davin. — Mas desejaria que não mas tivesses contado.

Qualquer coisa começou a surgir debaixo da superfície calma da amizade de Stephen.

— Foi esta raça, foi este país, foi esta vida que me produziram — disse ele. — Devo expressar-me como sou.

— Experimenta ser um dos nossos — repetiu Davin. — No coração és um irlandês, mas o teu orgulho é poderoso demais.

— Os meus antepassados jogaram fora a sua língua e tomaram uma outra — disse Stephen. — Consentiram que uma porção de estrangeiros os subjugassem. Imaginas então que eu vou pagar com a minha própria vida e pessoa as dívidas que contraíram? Para quê?

— Para a nossa liberdade — disse Davin.

— Homem algum, honrado e sincero — disse Stephen —, desistiu da sua vida, da sua mocidade e das suas afeições, desde os dias de Tone aos de Parnell, mas vós outros o vendestes ao inimigo, não o acudistes na necessidade, o vilipendiastes e o deixastes por um outro. E agora tu me convidas para ser de vós outros. Preferiria, antes, ver-nos no inferno.

— Eles morreram por seus ideais, Stevie — disse Davin. — O nosso dia ainda virá, podes crer.

Stephen seguindo o seu próprio pensamento, ficou algum tempo calado.

— A alma nasceu primeiro — disse ele vagamente —, naqueles momentos de que te falei. Foi um nascimento vagaroso e sombrio, mais misterioso do que o nascimento do corpo. Quando a alma dum homem nasce neste país, há redes atiradas sobre ela para a arrastarem da luz. Falas-me sobre nacionalidade, língua, religião. Hei de tentar voar através de tais malhas.

Davin sacudiu a cinza do seu cachimbo.

— Isso é profundo demais para mim, Stevie — disse ele. — Mas o país dum homem está em primeiro lugar. Em primeiro lugar a Irlanda, Stevie. Depois, sim, podes ser um poeta ou um místico.

— Queres saber o que é que a Irlanda é? — perguntou Stephen com uma violência fria. — A Irlanda é uma porca velha que come a sua ninhada.

Davin pulou da caixa para o chão e caminhou na direção dos jogadores, meneando a cabeça com tristeza. Mas logo a tristeza o deixou e se pôs a disputar com Cranly e com os dois jogadores que tinham acabado a partida. Uma outra, de quatro pessoas, foi logo arranjada e Cranly insistiu que fosse feita com a sua bola. Deixou-a pular e vir ter duas ou três vezes à sua mão, e a jogou com força e rapidez para o fim da alameda, exclamando em resposta ao ruído do seu baque lá longe:

— A tua alma!

Stephen permaneceu com Lynch até que a contagem começasse a aumentar.

Depois o puxou pela manga para se irem. Lynch obedeceu, dizendo:

—Vamos indo já, enquanto Cranly está com a bola.

Stephen sorriu da sua escapada.

Vieram de novo pelo jardim e tornaram a entrar no vestíbulo onde o circunspecto porteiro estava pregando na tábua de expediente um aviso qualquer. Junto aos degraus pararam, e Stephen tirou uma carteira de cigarros do bolso, oferecendo-os ao seu companheiro.

— Sei que és pobre. Toma — disse ele.

— Vá-te para o diabo com a tua insolência amarela — respondeu-lhe Lynch.

Esta segunda demonstração comprovando a cultura de Lynch fez Stephen sorrir outra vez.

— Grande dia para a cultura europeia foi esse em que te resolveste a blasfemar e jurar em amarelo.

Acenderam seus cigarros e dobraram para a direita. Depois duma pausa, Stephen começou:

— Aristóteles não definiu a piedade e o terror. Eu defini. Escuta...

Lynch parou e disse de supetão:

— Para! Não quero escutar. Estou doente. Passei toda esta última noite fora, numa bebedeira amarela, com Horan e Goggins.

Stephen prosseguiu:

— A piedade é o sentimento que faz parar o espírito na presença de algo que seja grave e constante no sofrimento humano e o une com o sofredor humano. O terror é o sentimento que detém o espírito na presença de seja lá o que for que seja grave e constante no sofrimento humano e o liga à sua causa secreta.

— Repete lá isso — disse Lynch.

Stephen repetiu as definições, pausadamente.

— Certa moça tomou um carro, dias atrás — continuou ele —, em Londres. Ia se encontrar com a mãe que não via há muitos anos. Na esquina duma rua, a lança dum carroção estilhaçou o vidro da janela do carro, em forma de estrela. Uma agulha finíssima de vidro estilhaçado traspassou-lhe o coração. Ela morreu imediatamente. O repórter chamou a isso morte trágica. Mas não foi. Tal morte dista do terror e da piedade de acordo com os termos das minhas definições.

— De fato, a emoção trágica é uma face olhando para dois lados, para o terror e para a piedade, pois que ambos são faces dela. Repara bem que emprego o termo *deter*, ficar parado. Quero com isso significar que a emoção trágica é estática. Ou, antes, a emoção dramática é que o é. Os sentimentos excitados pela arte imprópria são cinéticos, desejo, ou repulsa. O desejo nos compele a possuir, a ir para alguma coisa; a repulsa nos compele a abandonar, a partir duma dada coisa. As artes que o excitam, pornográficas ou didáticas, são, por conseguinte, artes impróprias. A emoção estética (sempre emprego o termo geral) é, por conseguinte, estática. O espírito fica detido e suspenso acima do desejo e da repulsa.

— Segundo tu, pois, a arte não deve excitar desejo — disse Lynch. — Pois, olha, uma vez escrevi o meu nome, a lápis, nas costas da *Vênus* de Praxíteles, no museu. Não foi isso desejo?

— Estou falando de naturezas normais — explicou Stephen. — Já uma vez me disseste também que quando eras garoto, naquele inefável colégio dos carmelitas, comias pedaços de bosta de vaca, seca.

Lynch não pôde conter-se, desandou outra vez em grunhidos de gargalhadas esfregando, como pouco antes, as mãos nas virilhas, mas sem as tirar dos bolsos das calças.

— Se comi! Comi, sim! — exclamava ele.

Stephen voltou-se para o seu companheiro e o encarou bem nos olhos, algum tempo, dominando-o. Lynch, refeito do acesso de gargalhada, respondeu àquele olhar com olhos humilhados. Aquele crânio comprido e achatado debaixo do gorro muito pontudo trouxe ao espírito de Stephen a imagem dum réptil encapuzado. Os olhos, também eles eram como de réptil, tanto no brilho como na expressão. Naquele instante, porém, humilhados e alertas na sua expressão, estavam acesos, com um ponto insignificante mas humano, que era como que a janela duma alma estilhaçada, acerba e amargurada.

— Quanto a isso — disse Stephen num parêntese polido —, somos todos animais. Eu também sou um animal.

— És, sim — disse Lynch.

— Mas neste momento, agora, estamos no mundo mental — continuou Stephen. — O desejo e a repulsa excitados por meios estéticos impudicos não são realmente emoções estéticas, não só porque são cinéticas em caráter, como também porque não são senão físicas. A nossa alma contrai-se ante aquilo que teme e responde ao estímulo daquilo que deseja por uma ação puramente reflexa do sistema nervoso. Nossas pálpebras fecham-se antes que estejamos cônscios de que a mosca está a ponto de entrar no nosso olho.

— Nem sempre — criticou Lynch.

— Da mesma maneira — prosseguiu Stephen —, a tua carne respondeu ao estímulo duma estátua nua; mas isso foi, escuta, simplesmente uma ação reflexa dos nervos. A beleza expressa pelo artista não pode despertar em nós uma emoção que é cinética, ou uma sensação que é puramente física. Ela desperta ou deve despertar, ou induz, ou deve induzir, um êxtase estético, uma piedade ideal ou um terror ideal, um êxtase que perdura, que se prolonga e que acaba, por fim, dissolvido pelo que chamo de ritmo de beleza.

— A bem dizer, que é isso, propriamente? — perguntou Lynch.

— O ritmo — disse Stephen — é a primeira relação formal estética duma parte com outra parte, em qualquer conjunto ou todo estético, ou dum todo estético para a sua parte ou para as suas partes, ou duma parte para o todo estético do qual é parte.

— Se isso é que é ritmo, deixa-me ouvir o que chamas beleza; e, por favor, lembra-te, muito embora eu tivesse comido um bolo de estrume de vaca uma vez, só admiro a beleza.

Stephen levantou o gorro, como numa saudação. Depois, enrubescendo um pouco, descansou a mão na manga de casimira grossa de Lynch.

— Nós estamos com a razão — disse ele —, e os outros estão errados. Falar destas coisas, tentar compreender-lhes a natureza, e, tendo-a compreendido, procurar lenta, humilde e constantemente expressar (tornar a extrair da terra bruta ou do que dela procede, do som, da forma e da cor, que são as portas da prisão de nossa alma) uma imagem da beleza que chegamos a apreender — isto é arte.

Tinham chegado à ponte do canal e, desviando-se de seu curso, seguiram por entre as árvores. Uma luz cinzenta crua refletia-se na água indolente e um cheiro de ramos molhados, sobre suas cabeças, parecia batalhar contra a corrente de pensamentos de Stephen.

— Mas não respondeste à minha pergunta — disse Lynch. — Que é a arte? Que é que a beleza exprime?

— Pois essa foi a primeira definição que te dei, pobre-diabo dorminhoco — disse Stephen —, quando comecei a tentar pensar na questão por mim mesmo. Lembras-te daquela noite? Cranly perdera a disposição e se pusera a conversar sobre toucinho Wicklow.

— Lembro-me, sim — disse Lynch. — Fartou-se de nos falar sobre uns flamejantes leitões excomungados, bem gordos.

— A arte — disse Stephen — é a disposição humana de matéria sensível ou inteligível para um fim estético. Mas tu te lembras dos leitões, e disto, porém, esqueceste. Tu e Cranly não passam dum par de infelizes.

Lynch fez uma careta para o nevoento céu cinzento e disse:

— Se tenho que ficar ouvindo a tua filosofia estética, passa-me, pelo menos, um outro cigarro. Não ligo para isso. Não ligo nem mesmo para mulheres. Vá-te para o diabo tu e tudo o mais. O que eu quero é um emprego de quinhentas libras por ano. E não és tu quem me há de dar um.

Stephen estendeu-lhe o maço de cigarros. Lynch tirou o último que restava, dizendo simplesmente:

— Prossegue!

— Santo Tomás de Aquino — disse Stephen — diz que o belo é a apreensão do que agrada.

Lynch sacudiu a cabeça.

— Lembro-me disso — disse. — *Pulcra sunt quae visa placent.*

— Ele emprega a palavra *visa* — disse Stephen — para revestir as apreensões estéticas de todas as maneiras, seja através da vista ou do ouvido, seja através de qualquer outra perspectiva de apreensão. Esta palavra, conquanto seja vaga, é clara o suficiente para discernir o que haja de bom e de mau que excite o desejo e a repulsa. Significa certamente uma estase e não uma cinese. E relativamente ao real? Também produz uma estase do espírito. Não escreverias o teu nome a lápis através da hipotenusa dum triângulo retangular.

— Não — disse Lynch —, dá-me, porém, a hipotenusa da *Vênus* de Praxíteles.

— Por conseguinte, estático — disse Stephen —, Platão, creio eu, disse que a beleza é o esplendor da verdade. Não acho que isso tenha um sentido, mas a verdade e a beleza são aparentadas. A verdade é contemplada pelo intelecto que é acalmado pelas mais satisfatórias relações do inteligível; a beleza é contemplada pela imaginação que é acalmada pelas mais satisfatórias relações do sensível. O primeiro passo na direção da verdade é compreender o escopo e o encaixe do intelecto mesmo, compreender o ato mesmo de intelecção. Todo o sistema de filosofia de Aristóteles repousa no seu livro de psicologia, e esta, penso eu, no seu princípio de que o mesmo atributo não pode ao mesmo tempo e com a mesma conexão pertencer e não pertencer ao mesmo objeto. O primeiro passo na direção da beleza é compreender o limite e o escopo da imaginação, compreender o ato mesmo da apreensão estética. Ficou isso bem claro?

— Mas que é a beleza? — perguntou Lynch, impacientemente. — A definição tem que ser uma outra. Algo que vemos e de que gostamos! É isto o melhor que Aquino e tu podem arranjar?

— Tomemos como exemplo a mulher — disse Stephen.

— Tomemo-la! — disse Lynch, com ardor.

— Os gregos, os turcos, os chineses, os coptas, os hotentotes — disse Stephen —, todos eles admiram um tipo diferente de beleza feminina. Isso parece uma confusão da qual não podemos escapar. Vejo, no entanto, duas saídas. Uma é a seguinte hipótese: que todas as qualidades físicas admiradas pelos homens nas mulheres estão em conexão direta com as múltiplas funções das mulheres para a propagação da espécie. Deve ser assim. O mundo, é evidente, é mais monótono do que tu mesmo, Lynch, imaginas. Por minha parte desagrada-me esta saída. Ela conduz antes à eugenia do que à estética. Conduz-te, através da confusão, para dentro duma nova e aparatosa sala de leitura onde MacCann, com uma das mãos sobre *A origem das espécies* e a outra sobre o Novo Testamento, te dirá que tu admiraste os grandes flancos da Vênus porque sentes que ela deve dar à luz uma geração, e lhe admiravas os seus grandes seios porque sentes que ela deve dar bom leite a seus filhos e aos teus.

— Então MacCann é um mentiroso amarelo sulfuretado — disse Lynch, com energia.

— Resta ainda uma outra saída — disse Stephen, rindo.

— A saber?

— É uma hipótese, esta agora — começou Stephen.

Uma longa pancada de bronze antigo veio vindo lá da esquina do hospital de Sir Patrick Dun, cobrindo o fim das palavras de Stephen com o estrépito austero do metal soando e retumbando. Lynch tapou os ouvidos e se pôs a esconjurar até que o clangor passasse. Depois voltou a prestar atenção, rudemente. Stephen também se voltou e esperou alguns momentos até que o mau humor do seu companheiro tivesse sido descarregado.

— Esta hipótese é a outra saída — repetiu Stephen — que, embora o mesmo objeto possa não ser bonito para toda a gente, toda gente pode admirar um objeto bonito, encontrar nele certas relações que satisfaçam e coincidam com os estágios próprios mesmos de toda apreensão estética. Tais relações do sensível, visíveis para mim através duma forma e para ti através doutras, devem ser, por conseguinte, as necessárias qualidades da beleza. Já agora podemos voltar ao nosso velho amigo santo Tomás para outros dez vinténs de sabedoria.

Lynch riu.

— Agrada-me sobremodo — disse ele — ouvir-te fazer citações de tempos em tempos, como um jovial frade rotundo. Por que tapas teu riso com a manga?

— MacAlister — respondeu Stephen — chamaria a minha teoria estética uma aplicação de santo Tomás. Até onde este lado de filosofia abrange santo Tomás me levaria de trambolhão. Quando chegamos aos fenômenos de concepção artística, de gestação artística e de reprodução artística, eu exijo uma nova terminologia e uma nova experiência pessoal.

— Naturalmente — disse Lynch. — Afinal de contas, Aquino, a despeito do seu intelecto, foi exatamente um jovial frade rotundo. Mas, quanto à nova experiência pessoal e à nova terminologia, me falarás um outro dia. Apressa-te e acaba a primeira parte.

— Quem sabe? — disse Stephen, sorrindo. — Talvez Aquino me entendesse melhor do que tu. Ele era um poeta, além do mais. Escreveu um hino para a quinta-feira santa. O hino começa com as palavras *Pange lingua gloriosi*. Há quem diga que é a glória mais alta do hinário. É um hino complicado e acariciador. Gosto dele; mas não há hino algum que possa ser posto ao lado desta canção majestosa, melancólica e processional, o *Vexilla Regis*, de Venantius Fortunatus.

Lynch começou a entoar suavemente, solenemente, com uma voz de baixo profundo:

Impleta sunt quae concinit
David fideli carmine
Dicendo nationibus
Regnavit a ligno Deus.

— Que grande que isso é! — disse ele, satisfeito. — Grande música.

Viraram para o Lower Mount Street. A alguns passos da esquina um rapaz gordo, com um cachecol de seda, cumprimentou-os e parou.

— Já ouviram falar no resultado dos exames? — perguntou. — Griffin levou bomba. Halpin e O'Flynn passaram em direito privado. Moonan tirou o quinto lugar em indiano. O'Shaughnessy tirou o décimo quarto. Os colegas irlandeses deram-lhes uma ceia a noite passada. Todos eles comeram curry.

A sua cara pálida e balofa expressava uma benevolente malícia e, à medida que ia propalando suas notícias alvissareiras, os seus olhinhos circunscritos em gordura tornavam-se quase invisíveis e aquela sua voz fraca e como que de asmático tornava-se quase inaudível.

Em resposta a uma pergunta de Stephen, a sua voz e os seus olhos saíram outra vez de seus esconderijos.

— Ah! Sim. MacCullagh e eu — disse. — Ele está cursando matemática pura; e eu história constitucional. São vinte pontos. Também estou cursando botânica. Vocês sabem que sou um dos membros do clube campestre.

Meteu-se entre os dois, dum modo patético, e pôs uma roliça mão enluvada em lã sobre o peito donde saiu uma risada chiada quase que instantânea.

— Não te esqueças de nos trazer uns nabos e umas cebolas de outra vez que vieres do campo — disse Stephen, secamente — para fazermos um guisado.

Rindo indulgentemente, o estudante gorducho respondeu:

— No clube campestre só há gente respeitável, como nós. Só. No sábado passado fomos a Glenmalure. Éramos sete.

— Com mulheres, Donovan? — perguntou Lynch.

Tornando a pôr a mão sobre o peito, Donovan disse:

— Nosso intuito é a aquisição de conhecimentos.

E em seguida lhe disse, às pressas:

— Falaram-me que estás escrevendo um ensaio sobre estética. — Stephen fez um gesto vago de negativa.

— Goethe e Lessing — disse Donovan — escreveram bastante sobre esse assunto, a escola clássica, a escola romântica e tudo o mais. O Laocoonte interessou-me muito quando o li. É claro que é idealista, alemão, ultraprofundo.

Nenhum dos outros dois disse nada. Donovan despediu-se deles com a maior urbanidade.

— Preciso ir — disse de manso, com ar benevolente. — Estou com uma forte desconfiança, que quase se objetiva em convicção, de que minha irmã se propôs fazer panquecas hoje, para o jantar da família Donovan.

— Adeus — disse Stephen, com cara de bocejo. — Não te esqueças dos nabos para mim e para o meu colega.

Lynch deu-lhe uma olhadela, contraindo o lábio num escárnio vagaroso até a sua cara ficar parecendo a máscara dum demônio:

— E pensar que esse excrementício comedor amarelo de panqueca pode arranjar um bom emprego — disse, muito depois —, ao passo que eu tenho que fumar cigarros ordinários!

Viraram de cara para o Merrion Square e andaram algum tempo em silêncio.

— Concluindo o que eu estava falando sobre a beleza — disse Stephen —, as mais satisfatórias relações do sensível devem, por conseguinte, corresponder às fases necessárias da apreensão artística. Descobre-as e terás descoberto as qualidades da beleza universal. Santo Tomás de Aquino diz: *Ad pulcritudinem tria requiruntur integritas, consonantia, claritas*. Eu traduzo isso assim: *Três coisas são necessárias para a beleza: inteireza, harmonia e radiação*. Correspondem essas três às fases da apreensão? Estás me seguindo?

— Naturalmente que estou — disse Lynch. — Se achas que eu tenho uma inteligência excrementícia, corre atrás de Donovan e pede-lhe para te ficar escutando.

Stephen apontou para um cesto que um entregador de açougue trazia enfiado na cabeça.

— Olha para aquele cesto lá — disse.

— Estou vendo — respondeu Lynch.

— Para ver aquele cesto — prosseguiu Stephen —, o teu espírito, antes de mais nada, separa o cesto do resto do universo visível que não é o cesto. A primeira fase de apreensão é uma linha limitando, contornando o objeto a ser apreendido. Uma imagem estética se nos apresenta seja no espaço ou no tempo. O que é audível apresenta-se no tempo, o que é visível apresenta-se no espaço. Mas, tanto temporal como espacial, a imagem estética é em primeiro lugar luminosamente apreendida como autolimitada e autocontida sobre o incomensurável segundo plano do espaço ou do tempo, que não o são. Tu a apreendes como *uma* coisa. Tu a enxergas como um todo. Apreendes o seu todo. Eis o que é *integritas*.

— Bem no centro do alvo! Adiante! — disse Lynch.

— Então, depois, tu passas dum a outro ponto, conduzido por suas linhas formais; apreendes cada ponto como parte em função de outra parte dentro dos seus limites; sentes o ritmo de sua estrutura. Em outras palavras, a síntese da percepção imediata é seguida pela análise de apreensão. Tendo, primeiramente, sentido que é *uma* coisa, sentes, agora, que é uma *coisa*. Tu a apreendes como complexa, múltipla, divisível, separável, inteirada pelas suas partes, o resultado de suas partes e a soma harmoniosa. Eis o que é *consonantia*.

— Acertaste outra vez no centro do alvo! — disse Lynch, por brincadeira. — E agora dize-me lá o que é *claritas* e ganharás um charuto.

— A conotação desta palavra é um tanto vaga — disse Stephen. — Santo Tomás de Aquino emprega um termo que parece ser inexato, que me iludiu durante muito tempo. Tal termo te levaria a crer que ele tinha em mente simbolismo ou idealismo, a suprema qualidade da beleza sendo uma luz como que dum outro mundo, a ideia de que a matéria não era senão a sombra, a sua realidade não sendo senão o símbolo. Penso que ele cuidaria que *claritas* fosse a descoberta e a representação artística da intenção divina nalguma coisa, ou a força da generalização que faria da imagem estética uma imagem universal, que a faria irradiar as suas próprias condições. Mas isso não passa de linguagem literária. Pelo menos assim a tomo eu. Quando apreendeste aquela cesta como uma coisa e a analisaste, depois, de acordo com a sua forma e a apreendeste como coisa, fizeste a única síntese que lógica e esteticamente é permissível. Viste que é a coisa que de fato é, e não uma outra coisa. A radiação de que ele fala na escolástica *quidditas*, o *quê* de uma coisa. Tal qualidade suprema é sentida pelo artista quando primeiro a imagem estética é concebida em sua imaginação. O espírito, nesse misterioso instante, Shelley comparou-o lindamente a um carvão se apagando. O instante em que essa suprema qualidade de beleza, a radiação clara da imagem estética, é apreendida luminosamente pelo espírito que foi surpreendido por sua inteireza e fascinado por sua harmonia é o luminoso êxtase silencioso de prazer estético, um estado espiritual muito similar à condição cardíaca que o fisiologista italiano Luigi Galvani, servindo-se duma frase quase tão bonita quanto a de Shelley, chamou de encantamento do coração.

Stephen fez uma pausa e, apesar de seu companheiro não dizer nada, sentiu que as suas palavras tinham provocado em volta de ambos um atento silêncio encantado.

— O que eu disse — comentou ele, de novo — se refere à beleza no mais lato sentido da palavra, no sentido que tal palavra possui na tradição literária. No mercado da bolsa, se bem me exprimo, ela tem outro sentido. Quando falamos em beleza, no segundo sentido do termo, o nosso julgamento é influenciado em primeiro lugar pela arte mesma, bem como pela forma dessa arte. A imagem, é claro, deve ser posta entre o espírito ou os sentidos do artista pessoalmente e o espírito e os sentidos dos demais. Se fixares bem isso na tua memória, verás que a arte, necessariamente, se divide em três formas ligadas progressivamente uma à outra. Tais formas são: a forma lírica, isto é, a forma na qual o artista manifesta a sua imagem em imediata relação com ele próprio; a forma épica, isto é, a forma na qual ele manifesta a sua imagem em imediata relação consigo mesmo e com os outros; e a forma dramática, isto é, a forma na qual ele manifesta a sua imagem em imediata relação com os outros.

— Já me disseste isto uns dias atrás — disse Lynch — e até começamos a famosa discussão.

— Tenho um livro em casa — disse Stephen — no qual anotei embaixo perguntas bem mais interessantes do que as que me vens fazendo. No achar as respostas para todas elas encontrei a teoria de estética que estou tentando explicar. Eis aqui algumas das perguntas que fiz a mim próprio: *É uma cadeira bem-feita, trágica ou cômica? É o retrato de Mona Lisa bom, se o desejo ver? O busto de Sir Philip Crampton é lírico, épico ou dramático? Se não é, por que não o é?*

— Por que não, de fato? — perguntou Lynch, dando uma risada.

— *Se um homem, trabalhando com fúria um bloco de madeira* — continuou Stephen —, *faz aí a imagem duma vaca, é essa imagem uma obra de arte? Se não, por que não?*

— Ah! Mas essa é formidável — disse Lynch, dando outra risada. — Essa tem o verídico aguilhão escolástico.

— Lessing — disse Stephen — não devia ter tomado um grupo de estátuas para sobre elas escrever. A arte, sendo inferior, não apresenta as formas, de que falei, distintamente claras umas das outras. Mesmo em literatura, a arte mais alta e mais espiritual, as formas são muitas vezes confusas. A forma lírica é, de fato, a veste verbal mais simples dum instante de emoção, uma exclamação rítmica, dessas que, há muitos anos, são gratas ao homem que empunhava um remo ou que rolava pedras numa ladeira. Aquele que a profere está mais cônscio do instante de emoção do que de si mesmo ao sentir a emoção. A forma épica mais simples é vista emergindo da literatura lírica quando o artista prolonga e se põe a se examinar como centro dum fato épico e essa forma progride até que o centro de gravidade emocional fique equidistante do artista propriamente e dos outros. A narrativa tampouco é meramente pessoal. A personalidade do artista passa para a narração mesma, enchendo, enchendo de fora para dentro as pessoas e a ação como um mar vital. Tal progressão vê-la-ás facilmente nessa antiga balada inglesa, *Turpin Hero*, que começa na primeira pessoa e acaba na terceira. A forma dramática é atingida quando a vitalidade que encheu e turbilhonou em volta de cada pessoa enche todas as pessoas com uma força vital tal que ele ou ela acaba assumindo uma vida própria estética e intangível. A personalidade do artista, no começo um grito, ou uma cadência, ou uma maneira, e depois um fluido e uma radiante narrativa, acaba finalmente se clarificando fora da existência, despersonalizando-se por assim dizer. A imagem estética, na forma dramática, é a vida purificada nela e tornando a se projetar para fora da imaginação humana. O mistério da criação estética, assim como o da criação material, então se realiza. O artista, como o Deus da criação, permanece dentro, junto, atrás ou acima da sua obra, invisível, clarificado fora da existência, indiferente, raspando as unhas dos seus dedos.

— A ver se consegue clarificá-las também, fora da existência — disse Lynch.

Uma chuva miúda começou a cair do céu muito alto e velado; e os dois tiveram que atravessar a relva da casa do duque para chegarem à biblioteca pública antes que as bátegas viessem.

— Qual é o teu intento em tagarelar a propósito da beleza e da imaginação nesta miserável ilha esquecida de Deus? Não admira que o artista se retirasse para dentro ou para trás de sua obra depois de haver perpetrado esta terra.

A chuva caía mais forte. Quando passaram através das arcadas, ao lado da Real Academia Irlandesa, encontraram vários estudantes que se tinham refugiado sob a arcada da biblioteca. Cranly, encostado a um pilar, estava esgravatando os dentes com um fósforo afilado, escutando alguns colegas. Algumas moças estavam perto da porta de entrada. Lynch sussurrou para Stephen:

— A tua amada está ali.

Stephen, calado, procurou um lugar no degrau, abaixo do grupo de estudantes, indiferente à chuva que caía mais forte, volvendo os olhos de vez em quando para ela. Também ela estava calada entre as suas companheiras. Não tinha padre nenhum com quem namorasse, pensou ele com uma consciente amargura, recordando a última vez em que a vira. Lynch tinha razão. O seu espírito, esvaziado de teoria e de coragem, ia tombando numa paz desinteressada.

Ouvia os estudantes conversarem entre si. Falavam a respeito de dois amigos que tinham concluído os exames finais de medicina, de suas probabilidades de arranjarem lugares em transatlânticos, de obterem clínica fosse de ricos ou de pobres.

— Isso tudo é bobagem. Uma clínica no interior irlandês seria muito melhor.

— Pois Hynes esteve dois anos em Liverpool e diz o mesmo. Diz ele que aquilo para ele foi um terrível buraco. Só arranjava um ou outro caso de parto.

— Quer dizer que achas preferível obter um emprego aqui no campo do que numa cidade rica como aquela? Pois eu conheço um antigo colega que...

— Hynes não tem a cabeça no lugar. Pensa só em servir a bordo, não pensa em outra coisa.

— Deixa-o. Há muito, mas muito dinheiro a ganhar numa grande cidade comercial.

— Depende da prática.

— *Ego credo ut vita pauperun est simpliciter atrox, simpliciter sanguinarius atrox, im Liverpoolio.*

A voz deles chegava aos seus ouvidos como duma distância, em pulsações interrompidas. Ela estava se preparando para ir embora com as suas companheiras.

A rápida pancada d'água tinha passado, permanecendo apenas com cachos de diamantes entre os arvoredos de retângulo donde uma exalação de terra escurecida vinha até os pulmões. Os sapatos delas, tão bonitos, faziam ruídos típicos, enquanto elas lá permaneciam nos degraus da colunata, conversando muito calmas ou muito alegres, olhando de vez em quando para as nuvens, de soslaio, erguendo seus guarda-chuvas com inclinações sensatas contra os últimos pingos de chuva, tornando a fechá-los, segurando a orla das saias com recato.

E se a tivesse julgado severamente demais? Se a vida dela não fosse mais do que um simples rosário de horas, uma vida simples e estranha como a vida dum pássaro, alegre de manhã, inquieta durante todo o dia, fatigada ao pôr do sol? Vida simples mas voluntariosa como o coração duma avezinha?

Lá pela aurora, acordou. Oh! Que doce música! A sua alma estava toda molhada de orvalho. Por sobre os seus membros adormecidos haviam passado frias ondas, muito pálidas, de luz. Estava deitado, quieto, como se a sua alma jazesse entre águas frígidas, consciente duma leve e doce música. O seu espírito ia acordando vagarosamente para um trêmulo conhecimento da manhã, para a inspiração da manhã. Tomava-o todo um espírito, puro como a mais pura água, brando como o orvalho, movediço como a música. Mas como isso era meigamente inalado, tão apaixonadamente como se os serafins mesmo é que estivessem respirando sobre ele! A sua alma estava acordando devagarinho, com receio de acordar de todo. Era essa aquela hora soporosa da madrugada em que a loucura desperta, em que estranhas plantas se abrem à luz e a mosca foge voando silenciosamente.

Que encantamento no coração! A noite tinha sido encantada. Num sonho, ou numa visão tinha conhecido o êxtase da vida seráfica. Teria sido apenas um instante de encantamento, ou longas horas e anos e tempos?

O instante de inspiração parecia agora estar refletido de todos os lados duma só vez, vindo duma multidão de circunstâncias nevoentas do que tinha acontecido ou do que podia ter acontecido. Aquele instante irradiava-se como um ponto de luz e agora, subindo duma a outra nuvem de vaga circunstância, uma forma confusa estava velando suavemente aquelas brasas. Oh! No seio virginal da imaginação o verbo fora feito carne. Gabriel, o serafim, tinha entrado na câmara da virgem. Um deslumbramento aprofundava-se dentro do seu espírito, lá onde a flama branca tinha passado, aprofundando-o para uma luz rosa e ardente. Essa luz rosa e ardente era o coração estranho e singelo dela, tão estranho que homem algum tinha conhecido ou viria a conhecer, tão singelo de antes do começo do mundo; e, fascinados por esse fulgor de rosa assim tão ardente, os coros do serafim estavam caindo dos céus.

Tu, ó Fascinação do serafim expulso.
Não te cansaste já dos ardentes caminhos?
Ah! Não me falem mais dos dias encantados.

Os versos passavam do seu espírito para os seus lábios; e murmurando-os, tornando a murmurá-los, sentia o movimento rítmico dum vilancete passar através deles. O róseo fulgor dardejava os seus raios de palavras e ritmos: caminhos, dias, chamas, louvores, ascensões. Os seus raios queimavam o mundo, consumiam os corações dos homens e dos anjos; os raios daquela rosa que era o coração dela, aquele coração obstinado!

Teu olhar incendiou meu coração humano
Meu coração te deu até mesmo a vontade.
Não te cansaste já dos ardentes caminhos?

E depois? O ritmo perdia-se, cessava, recomeçava a mexer e a pulsar. E depois? Fumaça, incenso a subir do altar do mundo.

Subindo duma ponta à outra dos oceanos
Vão demandando a altura os fumos do louvor.
Ah! Não me falem mais dos dias encantados.

Fumo subia de toda a terra, dos oceanos vaporosos. O fumo do seu louvor! A terra era como um turíbulo oscilando e balouçando, uma bola de incenso, uma bola elipsoidal. O ritmo morreu de vez; o grito do seu coração estava quebrado. Os seus lábios começavam a murmurar os primeiros versos, sempre, sempre; e foram até os versos médios, desatinadamente, gaguejando e errando: depois, pararam. O grito do seu coração estava quebrado.

A hora velada e imota tinha passado e atrás dos vidros da janela nua a luz da manhã estava incidindo. Um sino bateu, muito de leve, ao longe. Um pássaro gorjeou; dois pássaros, três. O sino e o pássaro calaram-se; e a luz branca, opaca, se derramou, do oriente ao ocidente, cobrindo o mundo, cobrindo a luz rósea que estava no seu coração.

Temendo perder tudo, de súbito se ergueu apoiado num cotovelo em busca de papel e lápis. Não achou nem um nem outro, sobre a mesa; apenas o prato da sopa que ele tinha tomado, o arroz da ceia e o castiçal com o seu coto de vela e o seu calço de papel chamuscado pela última chama. Estendeu o braço molemente para os pés do leito, vasculhando com a mão os bolsos do casaco que estava pendurado lá. Os seus dedos deram com um lápis e depois com um maço de cigarros. Estirou-se outra vez e, rasgando o maço já aberto, colocou o último cigarro na beirada da janela e se pôs a escrever as estâncias do vilancete com uma letrinha caprichada sobre a superfície do cartão do maço todo aberto.

Depois que escreveu, continuou estirado sobre o travesseiro cheio de calombos, repetindo as cadências. Os nós encaroçados de lã, debaixo da sua cabeça, faziam-no recordar os caroços de pelo de cavalo do sofá da sala de visitas dela onde ele costumava se sentar, ora risonho, ora sério, a perguntar a si mesmo por que tinha vindo, implicando com ela e consigo mesmo, todo confuso ante o quadro do Sagrado Coração em cima do aparador sem mais nada. Viu-a aproximar-se dele, num lance da conversa, e lhe pedir para cantar uma de suas curiosas canções. Depois viu a si mesmo sentado diante do velho piano, ferindo as cordas mansamente, com a pressão sobre o teclado e cantando, por entre a conversa que se estabelecera na sala outra vez, mas cantando para ela que estava apoiada contra a cômoda, uma canção delicada dos elizabetanos, um triste e doce convite à partida, e o canto vitorioso de Agincourt, a ária feliz dos Greensleeves. Enquanto cantava e ela escutava ou fingia escutar, o seu coração estava tranquilo; mas depois que as velhas canções tinham acabado, e ouvia, de novo, as vozes na sala, então ele se punha a recordar o seu próprio sarcasmo: a casa onde os rapazes são chamados por seus nomes de batismo, um pouco cedo demais.

Em dados momentos os olhos dela pareciam ter confiança nele, mas ele tinha esperado em vão. E agora passava dançando através da sua memória como se essa noite tivesse estado num baile de carnaval, e seu vestido branco um pouco erguido, um revérbero branco fulgindo em seus cabelos. Ela dançava de leve, em volta. E vinha dançando até ele e, ao se aproximar, os seus olhos se tinham desviado um pouco, e um leve fulgor brilhava na sua face. Durante o intervalo, ao fazerem todos cadeias com as mãos, a sua mão descansou um instante na dele, tal qual um suave objeto.

— Estás um tanto esquisito, agora.

— Estou, sim. Eu nasci para ser um monge.

— Receio mas é que sejas um herege.

— Deveras?

Como resposta ela foi dançar longe dele, por entre a cadeia de mãos, dançando de leve e com discrição, não se dando a ninguém. O reflexo branco sacudia enquanto ela dançava, e quando acontecia estar na sombra o reflexo então se tornava mais visível no seu rosto.

Um monge! A sua própria imagem punha ali diante dele um profanador do claustro, um franciscano herético, querendo e não querendo servir, tecendo, como Gherardino da Borgo San Donnino, a sussurrar, no ouvida dela, uma teia rala de sofismas.

Não, essa não era a sua imagem. Era, sim, a imagem do jovem clérigo em cuja companhia ele a tinha visto ultimamente, olhando-o com olhos de pomba, brincando com as páginas do seu livro de frases irlandesas.

— Sim, sim, as senhoras estão vindo para junto de nós. Constato isso todos os dias. As moças estão conosco. As melhores auxiliares que a linguagem possui.

— E a igreja, Pe. Moran?

— A igreja também. Rodeando-nos também. O trabalho, lá, vai indo adiante também. Quanto a isso, não se preocupem com a igreja.

Ah! Bem fizera ele em ter deixado a sala com desdém. Fizera muito bem de a não ter saudado lá nos degraus da biblioteca. Fizera muito bem deixar que ficasse a namorar o padre, a brincar com uma igreja que era a copeira da cristandade.

Uma raiva brutal estragou o último instante de demorado êxtase da sua alma. Tal instante quebrou violentamente a linda imagem dela e atirou os fragmentos para todos os lados. Por todos os lados reflexões distorcidas dessa imagem recuavam da sua memória: a jovem florista de vestido em trapos e de cabelos molhados tão vulgares que tinha uma cara de menina e que chamara a si mesma de sua garota e que lhe pedira sua ajuda; a serventezinha de cozinha na casa ao lado que cantava com o tinir dos pratos, com uma pronúncia duma cantora do campo, os primeiros compassos de "Pelos lagos e cachoeiras de Killarney"; uma moça que havia rido ao vê-lo tropeçar quando o ralo de ferro na sarjeta perto de Cork Hill tinha prendido a sola rasgada do seu sapato; e aquela outra moça que havia visto de relance e, atraído por sua pequenina boca madura ao passar pela fábrica de biscoitos Jacob, lhe replicara por cima do ombro:

— Está gostando do que vê em mim? Cabelos lisos e pestanas crespas?

E no entanto sentia que, embora pudesse ultrajar e zombar da sua imagem, sua raiva era também uma forma de homenagem. Tinha abandonado a sala da classe com desdém que não era de todo sincero, sentindo que talvez o segredo da raça dela estivesse atrás daqueles olhos negros sobre os quais os seus longos cílios derramavam uma sombra penetrante. Amargamente a si mesmo dissera enquanto fora caminhando através das ruas que ela afinal era a figura mesma do modo de ser da mulher do seu país, uma alma de coruja acordando para a consciência de si própria na treva, no mistério e na solidão, demorando-se por um momento, sem amor e sem pecado, com seu compassivo amante e o deixando para ciciar inocentes transgressões no ouvido rotulado dum clérigo. O seu ódio para com ela achou saída num como que caminho de desvio grotesco para o seu querido, cujo nome, voz e traços ofendiam o seu iludido orgulho: um camponês feito prelado, com um irmão policial em Dublin e um outro irmão caixeiro de taverna em Meycullen. Para esse desvendaria ela a nudez arisca da sua alma, para esse que não era senão um prático na descarga dum rito formal, bem mais do que ele, um sacerdote da imaginação eterna, que transmudava o pão de cada dia da experiência no corpo radiante duma vida eterna.

A imagem radiante da eucaristia ligava outra vez, num instante, seus amargos e desesperados pensamentos, cujos gritos se erguiam intatos num hino de ação de graças.

Meu sôfrego clamor e meus lúgubres cânticos
Erguem-se dum altar de eucarísticas chamas.
Não te cansaste já dos ardentes caminhos?

Durante o sacrifício as minhas mãos levantam
O cálice dourado a transbordar repleto.
Ah! Não me falem mais dos dias encantados.

Dizia os versos aparatosamente, desde as primeiras linhas até que a música e o ritmo cobriram o seu espírito, fazendo-o voltar a uma calma indulgência; copiou-os então com todo o empenho, para os sentir melhor, vendo-os; depois ficou estirado em seu travesseiro.

A luz cheia da manhã tinha chegado. Ruído algum havia para ser ouvido; ele sabia, no entanto que, à sua volta, a vida estava para despertar em ruídos vulgares, vozes rudes, orações sonolentas ainda. Encolhendo-se dessa vida, virou para a parede, fazendo um capuz com a colcha e fixando as grandes flores escarlates muito abertas do papel rasgado da parede. Experimentou reaquecer sua alegria esmaecida com todo esse fulgor escarlate, imaginando um caminho de rosas desde donde ele jazia até em cima, no céu, um caminho todo juncado de flores escarlates. Exausto! Exausto! Também ele estava exausto dos caminhos ardentes.

Pouco a pouco um calor, uma langorosa lassidão tomou posse dele, descendo ao longo da sua espinha desde a cabeça completamente enrolada na colcha. Sentia isso ir descendo, e, vendo-se a si mesmo do modo por que estava deitado, sorriu. Em breve adormecia. Dera em escrever versos para ela novamente, depois de dez anos. Dez anos antes, estava ela com o seu xale à maneira de cogula em volta da cabeça, enviando atomizações da sua tépida respiração para o ar noturno, os pés batendo sobre a estrada vidrada. Aquele era o último bonde, os cavalos magricelas e pardos sabiam disso e agitavam suas campainhas para a noite clara, como aviso. O condutor conversava com o cobrador, ambos concordando com a cabeça a todo intante à luz verde da lanterna. E eles dois estavam em pé nos degraus do bonde, ele no de cima, ela no de baixo. Ela subira várias vezes para o degrau dele, por entre as suas frases; e tornava a descer, sendo até que, uma vez ou duas, permanecera ao lado dele, bem junto, esquecendo de descer, até que o fizera. Deixa estar! Deixa estar!

Dez anos, desde essa sabedoria de crianças até a sua doidice de agora. Se lhe mandasse os versos? Haviam de ser abertos e lidos no desjejum, por entre o quebrar dos ovos quentes. Doidice sim, de feito! Os irmãos dela rir-se-iam e tentariam arrancar a página um do outro, com aqueles seus dedos fortes e rudes. O suave clérigo, seu tio, sentado lá na sua poltrona, teria que afastar a folha até o comprimento dos braços, para conseguir ler aquilo, a rir e a dizer que sim, que a forma literária estava certa.

Não, não, isso era doidice. Mesmo que lhe mandasse os versos, ela não os mostraria aos outros. Não, não; não poderia fazer isso.

Começou a sentir que estava pensando mal dela. A sensação da sua inocência fez que sentisse pena dela; uma inocência que jamais compreendera enquanto não chegara ao conhecimento dela através do pecado; uma inocência que ela também não compreendera enquanto ela fora inocente ou antes que a estranha humilhação da sua natureza tivesse vindo. Depois, no princípio, a sua alma tinha começado a viver tal como a alma dele também tinha quando pecara pela primeira vez; e uma terna compaixão encheu o seu coração ao recordar a sua palidez tão frágil e aqueles seus olhos humilhados e entristecidos pela negra vergonha da sua condição de mulher.

Enquanto a sua alma passava do deslumbramento para o langor, onde teria ela estado? Poderia acontecer que nos misteriosos caminhos da vida espiritual, a alma dela, naqueles mesmos instantes, tivesse tido consciência da homenagem dele. Era bem possível.

Um fulgor de desejo inflamou outra vez a sua alma, acendendo e enchendo todo o seu corpo. Consciente do desejo dele, estaria ela acordando dum odoroso sono, ela, a tentadora do seu vilancete? Os seus olhos, negros e com uma expressão de langor, estariam se abrindo para os seus olhos. A nudez dela clamaria por ele, radiante, como aqueles seus membros ardorosos e pródigos, envolvendo-o como uma cintilante nuvem, envolvendo-o como água com uma vida líquida; e como uma nuvem de vapor, ou como águas circunfluentes no espaço, as letras líquidas do poema, símbolos do elemento do mistério, emanariam por sobre o seu cérebro.

Tu, ó Fascinação do serafim expulso,
Não te cansaste já dos ardentes caminhos?
Ah! Não me falem mais dos dias encantados.

Teu olhar incendiou meu coração humano,
Meu coração te deu até mesmo a vontade.
Não te cansaste já dos ardentes caminhos?

Subindo duma ponta à outra dos oceanos
Vão demandando a altura os fumos dos louvores.
Ah! Não me falem mais dos dias encantados.

Meu sôfrego clamor e meus lúgubres cânticos
Erguem-se dum altar de eucarísticas chamas.
Não te cansaste já dos ardentes caminhos?

Durante o sacrifício as minhas mãos levantam
O cálice dourado a transbordar repleto.
Ah! Não me falem mais dos dias encantados.

A pródiga expressão do teu corpo indolente
Todavia retém meu langoroso olhar!
Não te cansaste já dos ardentes caminhos?
Ah! Não me falem mais dos dias encantados.

Que pássaros eram aqueles? Ficou em pé sobre os degraus da biblioteca, a olhá-los, recostado fatigadamente na sua bengala de freixo.

Eles voavam, voavam em volta do beiral saliente duma casa da Molesworth Street. O ar da tarde vagarosa de março tornava-lhes mais claro o voo, os seus corpos negros, em flecha, palpitando, nitidamente visíveis contra o céu, tal como contra um pano suspenso de cor azul tenuamente esfumada.

Ficou a observar o voo; um pássaro após outro pássaro: um relâmpago negro, um declive, um bater de asas. Tentou contá-los antes que seus corpos palpitantes, em flecha, acabassem de passar: seis, dez, onze: e se perguntou se seriam raros ou em grande número. Doze, treze: pois dois lá vinham rodando dum lado mais alto do céu. Ora voavam alto, ora voavam baixo, mas sempre à mostra, em linhas retas ou curvas e sempre voando da esquerda para a direita, fazendo círculos em torno dum templo de ar.

Escutava-lhes os gritos: como o guincho de ratos atrás do forro duma casa; uma nota dobrada agudíssima. Mas tais notas eram longas, agudas e vibrantes, diferentes do grito da vérmina, caindo uma terça ou uma quarta, e gorjeando, como se ao voarem os seus bicos rompessem o ar. Era um grito penetrante, claro e belo; e caía como fios de luz sedosa desenrolando-se de estrídulos carretéis.

Aquele clamor, que nada tinha de humano, acalmava os seus ouvidos, onde os soluços e as admoestações maternas eram murmuradas insistentemente; e os delicados corpos, palpitantes e negros, rodando, farfalhando e arremetendo à volta dum templo aéreo, vindos dum céu tênue, acalmavam os seus olhos que ainda continuavam a ver a imagem do rosto materno.

Por que estava ele a olhar para cima, lá dos degraus do pórtico, ouvindo aqueles gritos penetrantes de dois tons observando aqueles voos? Para um bom ou mau augúrio? Uma frase de Cornélio Agripa fluiu pelo seu espírito por onde, a seguir, fluíram daqui e dali pensamentos sem forma, de Swedenborg, sobre a correspondência das aves com as coisas do intelecto e em como as criaturas do ar têm sua sabedoria e conhecem seus tempos e estações, visto como, ao contrário do homem, estão em ordem com a sua vida e não perverteram essa ordem pelo raciocínio.

Desde tempos remotos tinham os homens olhado assim para o alto, tal como ele estava olhando, na vibração do voo das aves. A colunata, acima dele, fê-lo pensar vagamente num antigo templo e a haste de freixo sobre a qual se apoiava fatigadamente lhe sugeriu a lembrança do recurvo cajado dum adivinho. Uma sensação de medo ante o desconhecido foi ao âmago do seu enfado. Um medo de símbolos e de prodígios e do homem com cara de falcão — de quem ele usava o nome — remontando do seu cativeiro em velas sinuosas de vime. Thoth, o deus dos escritores, que escrevia com um junco sobre uma tabuinha e que carregava sobre a sua estreita cabeça de íbis a lua crescente.

Sorriu ao pensar na imagem do deus, pois isso o levou a pensar num juiz de narigão e de chinó a pôr vírgulas nos autos que lia, e Stephen estava certo de que não se lembraria do nome do deus apenas sabendo que era um nome assim como a dum palavrão em irlandês. Isso não passava de mera loucura. Mas não seria por causa de tal loucura que ele estava a ponto de deixar para sempre a casa de oração e de prudência onde tinha nascido, e aquela ordem de vida da qual promanava?

Os pássaros voltaram, com seus gritos agudos, por sobre o beiral saliente da casa, voando, muito negros, contra o ar que esmaecia. Que aves seriam aquelas? Talvez fossem andorinhas acabadas de chegar do sul. E ele, pois, estava para se ir, ao passo que elas eram pássaros indo e vindo, continuamente, edificando um lar perene sob as calhas das casas dos homens e sempre a deixarem o lar que tinham construído para vagabundarem.

Inclinai mais um pouco o rosto, dona e Aleel,
Para que eu fique assim, como a andorinha a olhar
Do ninho do telhado o resplendor de abril,
Antes que a chame a voz do tumultuoso mar.

Uma alegria líquida e macia, como o ruído de muitas águas, derramava-se por sobre a sua memória; sentia no coração a doce paz dos espaços silenciosos, tenuamente esmaecidos por sobre as águas. A doce paz do silêncio oceânico; a doce paz das andorinhas voando através do mar escuro, por cima das águas oscilantes.

Uma alegria líquida e macia derramava-se por sobre as palavras onde as vogais maleáveis, roçando sem ruído, se desmanchavam, enrolando-se e desfazendo-se, a sacudirem sempre suas brancas campainhas de ondas em mudas baladas, em mudos dobres e em exclamações suaves como desmaios; e sentia que o augúrio que havia discernido naquelas aves, vagando como flechas, e naquele céu de espaços claros acima dele, tinha vindo do seu coração como um pássaro que vem dum torreão, mansa e velozmente.

Símbolo de partida ou de isolamento? Os versos vinham como melopeia ao ouvido da sua memória; compunham vagarosamente, diante dos seus olhos evocadores, a cena do vestíbulo na noite de inauguração do teatro nacional. Ele estava sozinho, ao lado da varanda, olhando com uns olhos mortos para a cultura de Dublin nos balcões, para os espalhafatosos cenários e para os bonecos humanos emoldurados pelas lâmpadas ofuscantes do palco. Um burlesco policial suava atrás dele, prestes a entrar em cena. As vaias, a pateada e os gritos de apupos passavam como rudes rajadas pela portaria, vindo dos colegas estudantes.

— Um libelo contra a Irlanda!

— Importação alemã!

— Blasfêmia!

— Não vendemos nunca a nossa crença!

— Nenhuma mulher irlandesa jamais fez isso!

— Não queremos nenhum ateu amador!

— Chega de influências budistas!

Um instantâneo e rápido assobio caiu duma das janelas de cima, e percebeu que as lâmpadas elétricas tinham sido torcidas na sala de leitura. Voltou então pelo vestíbulo cheio de pilares, agora tranquilamente aceso, subiu a escadaria e atravessou o torniquete que rangeu.

Cranly estava calmamente sentado perto dos dicionários. Um grosso volume, aberto no frontispício, jazia diante dele no apoio de madeira. Ele estava todo recostado na sua cadeira, baixando a orelha, como um confessor, para o rosto dum estudante de medicina que lhe estava lendo um problema da página de xadrez do jornal. Stephen sentou-se à direita dele, e o padre, do outro lado da mesa, fechou o seu volume de *The Tablet* com um golpe zangado, levantando-se.

Cranly olhou maciamente, vagamente. O estudante de medicina continuou em voz mais baixa:

— Pela quarta vez, hoje, xeque ao rei!

— O melhor que temos a fazer é irmos embora, Dixon — disse Stephen, cauteloso. — Ele foi embora danado, foi fazer queixa.

Dixon dobrou o jornal e se levantou com dignidade, dizendo:

— Os nossos homens retiraram-se em boa ordem.

— Com espingardas e gado — acrescentou Stephen, apontando para o título da página do livro de Cranly, sobre o qual estava escrito: *Moléstias do boi.*

Ao passarem por um vão entre as mesas, Stephen disse:

— Cranly, quero falar contigo.

Cranly nem respondeu nem se voltou. Depôs o livro sobre o balcão e saiu, os seus pés bem-calçados fazendo um barulhão no assoalho. Na escada, parou e, contemplando Dixon como que distraidamente, repetiu:

— Pela quarta vez, hoje, xeque ao meu rei!

— Experimenta jogar de outra maneira.

Tinha uma voz tranquila, sem metal; maneiras urbanas; e num dedo da sua mão rechonchuda e limpa deixava ver, às vezes, um anel de sinete.

Ao atravessarem a portaria, um homem de estatura de anão veio ao encontro deles; sob a copa do seu chapéu mole a cara de barba por fazer se pôs a sorrir com prazer, e se percebia que vinha já falando. Os olhos eram melancólicos como os dum macaco.

— Boa noite, cavalheiros — disse a hirsuta cara de macaco.

— Tempo quente demais para março — disse logo Cranly. — Lá em cima estão com as janelas abertas!

Dixon sorriu e deu uma volta ao anel. O macaco enegrecido, de cara pregueada, pregueara mais aquela sua boca humana, torcida de prazer; e a sua voz esparziu:

— Delicioso tempo, para março. Simplesmente delicioso.

— Lá em cima estão duas deliciosas senhoritas, capitão, cansadas de esperar — disse Dixon.

Cranly sorriu, dizendo bondosamente:

— O capitão só tem um amor: Sir Walter Scott. Não é mesmo, capitão?

— Que é que o senhor está lendo agora, capitão? — perguntou Dixon. — *Lúcia de Lammermoor?*

— Gosto do velho Scott — disse aquela boca em ventosa. — A meu ver o que ele escreve é qualquer coisa de inefável. Não existe um único escritor que se aproxime de Sir Walter Scott.

E agitou a mão trêmula e pardacenta graciosamente no ar, esculpindo o seu louvor, enquanto as pálpebras várias vezes bateram sobre os seus olhos tristes.

Mais triste ainda, para os ouvidos de Stephen, era a sua fala: um acento cortês, baixo, azedo, borrado de erros; e, ouvindo-a, ficava sem saber se seria verídica a história que contavam, se seria mesmo nobre e proveniente dum incesto aquele sangue ralo que corria na sua encarquilhada estrutura.

As árvores do parque estavam pesadas da chuva e sobre o lago chovia ainda, o que dava à sua superfície um acinzentado de escudo. Um bando de cisnes correu para ele, e a água e a praia, embaixo, toldaram-se com um lodo verde-claro. Eles estavam abraçados, suavemente, instigados pela luz que a chuva acinzentada, pelas árvores silenciosas e molhadas, pelo lago que as testemunhava como um escudo e pelos cisnes. Estavam abraçados sem júbilo e sem paixão; o braço dele repousado sobre o pescoço de sua irmã. Um casaco cinzento de lã vinha do ombro dela à cintura; e estava com a linda cabeça um pouco baixa, em voluntária vergonha. Os cabelos ruivos dele eram revoltos; e as mãos fortes, esguias, bem-feitas, eram cobertas de sardas. E o rosto? Não viu o rosto. O rosto do irmão estava inclinado sobre o cabelo dela molhado ainda da chuva recente. Mas a mão sardenta, forte, alongada e acariciante era a mão de Davin.

Franziu a testa, zangada sob o seu pensamento e para o homúnculo enrugado que lhe apontava aquilo lá. A falta de compostura paterna no grupo, em Bantry, saltou-lhe à memória. Detendo-os a distância, tornou a examinar o seu pensamento, contrafeito. Por que aquelas não eram as mãos de Cranly? Tê-lo-ia a simplicidade, a inocência de Davin, secretamente chocado mais?

Atravessou a portaria com Dixon, deixando que Cranly se despedisse com todo o esmero do anão.

Debaixo da colunata viu Temple parado no meio dum grupo de estudantes. Um deles gritou:

— Dixon, vem escutar. Temple, hoje, está numa forma incrível.

Temple voltou para ele os seus negros olhos de cigano.

— Tu, O'Keefe, és um hipócrita — disse ele. — E Dixon é um chalaceiro. Diabos! Chalaceiro. É ou não é esta uma expressão bem literária?

Riu dissimuladamente, encarando Stephen, repetindo:

— Raios me partam, mas como gosto desta palavra: chalaceiro!

Um estudante grandalhão, que estava alguns degraus abaixo deles, disse:

— Continua aquela história da dona, Temple. Queremos ouvir o resto.

Temple, então, continuou, satisfazendo-o:

— O homenzinho tinha crença. E além do mais, ainda por cima, era casado. A padrecada toda costumava ir jantar lá. Acho que um por um, todos tiveram o seu contato.

— Chamaremos a isso montar um sendeiro para poupar o caçador — disse Dixon.

— Diz-nos cá uma coisa, Temple — disse O'Keefe. — Quantos quartos de carregador tens em ti?

— Toda a tua alma de intelectual está contida nessa frase, O'Keefe — disse Temple com franco desdém.

Moveu-se por entre o grupo, com ademã rebolado, e falou para Stephen:

— Sabias que os Forsters são reis da Bélgica? — perguntou-lhe.

Cranly surgiu, vindo da porta do vestíbulo, o chapéu caído quase que sobre a nuca, como sempre a palitar os dentes com cuidado.

— Cá está o sabe-tudo — disse Temple. — Sabias disso a respeito dos Forsters?

Parou um pouco, à espera duma resposta. Cranly removeu uma semente de figo dos dentes com a ponta do seu graúdo palito, encarando-a com ar atento.

— A família Forster — disse Temple — descende de Balduíno Primeiro, rei da Flandres. Era chamado o Forasteiro. Forasteiro, Forester, Forster, vem a dar no mesmo. Um descendente de Balduíno Primeiro, o capitão Francisco Forster, instalou-se na Irlanda e casou com uma filha do último chefe de Clanbrassil. Depois vieram os Blake Forsters, mas esse é um ramo diferente.

— De Baldhead, o Calvo, rei da Flandres — repetiu Cranly, esgravatando outra vez, meticulosamente, os dentes cuja carreira brilhava.

— Onde foste buscar toda essa história — perguntou O'Keefe.

— E queres saber mais? — disse Temple, voltando-se para Stephen. — Sei também a história da tua família. Sabes que é que Diraldus Cambrensis diz a respeito de tua família?

— Será que ele também descende de Balduíno? — perguntou um estudante muito espigado, com cara de tuberculoso e olhos muito negros.

— Baldhead, o Calvo — repetiu Cranly sugando uma fenda dos dentes.

— *Pernobilis et pervetusta familia.* — Citou Temple, para Stephen.

O estudante grandalhão que estava alguns degraus abaixo deles deu um traque, de leve. Dixon voltou-se imediatamente para ele, perguntando com voz blandiciosa:

— Falou aí algum anjo?

Cranly também se virou e disse energicamente, mas sem raiva:

— Goggins, tu és o demônio mais flamejantemente estuporado que até hoje encontrei, estás ouvindo?

— Eu estava com isso no meu espírito para dizer — respondeu prontamente Goggins. — Algum dos senhores se sente ofendido?

— Esperemos — comentou Dixon melifluamente — que não seja de classe conhecida em ciência como um *paulo post futurum.*

— Eu já não disse há pouco que este aqui é um chalaceiro? — observou Temple, virando-se para a direita e para a esquerda. — Já não lhe dei eu essa alcunha?

— Deu, sim. Não somos surdos — disse o magricela tuberculoso.

Cranly ainda encarava, carrancudo, o estudante grandalhão abaixo dele. Depois, com um ronco de nojo, empurrou-o violentamente pelos degraus abaixo.

— Vá-se embora daqui — disse, bravo. — Vá-se embora, seu estuporado penico fedido! Você não passa dum excomungado penico fedido!

Goggins deu um salto para o gramado e imediatamente voltou para o seu lugar com bom humor. Temple voltou-se bem para Stephen e lhe perguntou:

— Acreditas na lei da hereditariedade?

— Estás bêbado ou o quê? Que queres dizer com isso? — perguntou Cranly, virando-se e encarando-o com uma expressão de espanto.

— A sentença mais profunda até hoje escrita — disse Temple, com entusiasmo — é esta sentença, no fim da zoologia: A reprodução é o começo da morte.

Com uma espécie de timidez tocou Stephen, no cotovelo, e disse com seriedade:

— Tu podes sentir quanto isto é profundo, porque és um poeta!

Cranly apontou para ele com o dedo indicador:

— Olhem pra isto! — disse para os outros, com escárnio. — Olhem para esta esperança da Irlanda!

Riram-se das suas palavras e do seu gesto. Temple voltou-se para ele, vivamente, dizendo:

— Cranly, escuta aqui: tu estás sempre escarnecendo de mim. Estou farto de reparar. Mas sou tão bom quanto tu, hoje, ou ontem, ou amanhã. Queres saber qual é a minha opinião a teu respeito, comparado comigo próprio?

— Meu caro senhor — disse Cranly com o maior respeito —, você é incapaz, está ouvindo bem? Absolutamente incapaz de ter opinião.

— Está bem, mas sabes o que eu penso de ti e de mim, comparados um com o outro? — continuou Temple.

— Diz logo, Temple — gritou lá do seu degrau o estudante grandalhão. — Arrebente logo com isso!

Temple voltou-se para a direita e para a esquerda, fazendo, o que não era de esperar, uns gestos delicados, enquanto falava:

— Confesso que eu sou um escroto — disse, sacudindo a cabeça com desespero. — Sou e sei que sou. E admito que sou.

Dixon deu-lhe uma palmada no ombro e disse com meiguice:

— E isso te será levado a crédito, Temple!

— Mas este aqui — disse Temple, apontando para Cranly — também é um escroto, como eu. Só que ele não sabe. Essa é a única diferença. Apenas essa, digo-lhes eu.

Uma explosão de gargalhadas cobriu-lhe as palavras. Tornando, porém, a virar-se para Stephen, disse com inesperado ardor:

— Esta palavra é uma palavra interessantíssima. É a única, em certo vernáculo, cujo número é duplo. Não sabias?

— Ah! É? — disse Stephen, vagamente, pois estava observando o rosto de traços firmes demonstrando o incômodo de Cranly, rosto esse iluminado por um sorriso de falso comedimento. O palavrão passara naquele rosto como água imunda jogada sobre uma antiga imagem de pedra indiferente às injúrias. E, estando a observá-lo, viu Cranly tirar o chapéu para um cumprimento, descobrindo o cabelo negro; aquele cabelo em pé, duro, sobre a sua testa como uma coroa de ferro.

Era ela que passava do lado de fora do pórtico da biblioteca e correspondia à saudação de Cranly, inclinando a cabeça. Ele, então, também? Pois não era que havia um leve rubor na face de Cranly? Ou seria esse rubor por causa das palavras de Temple? A luz declinava. Não pôde perceber. Explicaria isso o silêncio desinteressado do amigo, seus comentários ásperos, as súbitas investidas de conversa rude com as quais esbodegava tantas vezes as ardentes e caprichosas confissões de Stephen? Stephen as perdoara de bom grado porque descobria tais estados disparatados em si mesmo. E se recordava duma tarde em que saltara duma bicicleta que rangia, uma bicicleta emprestada, por sinal, para quê? Para fazer uma oração a Deus num bosque, perto de Malahide. Tinha erguido os braços e falado, em êxtase, para a sombria nave das árvores, sabendo que estava num local sagrado e numa hora de santidade. E quando dois vigias do horto se aproximaram, e o viu dando a volta numa curva da estrada quase sem luz, interrompera a sua oração, pondo-se a assobiar uma ária duma pantomima em voga.

Pôs-se a bater com a extremidade raspada da sua bengala de freixo de encontro à base dum pilar. Tê-lo-ia Cranly ouvido? Apesar de tudo, pôde esperar. A conversa, à sua volta, cessou. E um assobio fino caiu, outra vez, duma das janelas de cima. Nenhum outro som havia no ar e as andorinhas, cujo voo seguira com olhos ociosos, estavam dormindo.

Ela passara por entre o crepúsculo. E, só por isso, o ar estava silencioso, rompido apenas por um assobio leve que já acabara. Ante o que, as línguas, à sua volta, tinham cessado sua tagarelice. A treva vinha caindo.

Caindo aos poucos, vem a treva, do ar.

Uma alegria trêmula, fúlgida como a luz leve, brincava como uma hóstia encantada em redor dele. Mas por quê? Por causa da passagem dela através do ar que escurecia ou por causa do verso com suas vogais negras e com aqueles seus sons abertos, ricos e como que de alaúde?

Foi caminhando, devagar, para as sombras mais profundas, até o fim da colunata, golpeando a pedra de manso, com a bengala, para esconder o seu devaneio de todos aqueles estudantes que ele tinha deixado; e ia consentindo que o seu espírito reavivasse de novo para si próprio a idade de Dowland, Byrd e Nash.

Aqueles olhos abriram-se lá das trevas do desejo; olhos que ofuscavam o agonizante poente. Donde provinha a sua graça lânguida, senão da doçura das câmaras fechadas? E donde provinha essa sua luz frouxa senão da frouxa luz da escuma que servia de manto à cloaca da corte duma derretida Stuart? E ele sentia na linguagem da memória vinhos cor de âmbar, quedas mortas de doces árias e orgulhosa pavana. E via, com os olhos da memória, amáveis fidalgas em Covent Garden namorando dos seus camarotes, com bocas de sucção, as criadas obscenas e bexigosas das tavernas e jovens donas de casa que alegremente condescendiam com seus conquistadores, revolutearem, revolutearem.

As imagens que evocara não lhe davam prazer algum. Eram secretas e abrasadoras, ao passo que a imagem dela não se emaranhava nessas outras. Esse não era o modo por que devia pensar nela. Não era nem sequer o modo por que já pensara nela. Não podia, então, o seu espírito ter confiança em si mesmo? Velhas frases, antigas, doces apenas como o gosto exumado, tal como as sementes dos figos que Cranly esgravatava dos seus dentes lustrosos.

Nem era pensamento nem visão, muito embora soubesse dum modo vago que a sua figura ia a caminho de casa, passando através da cidade. Primeiro dum modo vago, e depois mais nitidamente, sentiu o odor do seu corpo. Um alvoroço consciente fez fervilhar o seu sangue. Sim, estava aspirando o corpo dela. E dele promanava um cheiro selvagem e lânguido; dos membros tépidos, sobre os quais a sua música se tinha derramado cheia de desejos, e dos linhos macios e secretos sobre os quais a carne dela destilava aroma de orvalho.

Um piolho começou a se arrastar pela sua nuca acima e então, metendo o polegar e o indicador profundamente, por entre o colarinho mole, apanhou-o. Rolou-lhe o corpo, tenro, embora quebradiço como um grão de arroz, entre o polegar e o indicador, antes de o jogar para longe, sem saber se o devia matar ou deixar viver. Veio-lhe, então, ao espírito, uma curiosa frase de Cornelius, a frase duma lápide que dizia que os piolhos provenientes do suor humano não tinham sido criados por Deus, com os demais animais, no sexto dia. Mas a mordida da pele do seu pescoço tornou o seu espírito cruel e vermelho. A vida do seu corpo, mau tegumento, mau alimento, comida de piolhos, o fez cerrar as pálpebras num súbito espasmo de desespero; e, na escuridão, viu luminosos e frágeis corpos de piolho caindo do ar e virando outra vez, à medida que iam caindo. Sim. Não era a treva que caía do ar. Era a claridade.

A claridade vem caindo do ar.

Não se tinha, pois, antes, recordado direito da linha de Nash. Todas as imagens que tinha despertado tinham sido, pois, falsas. O seu espírito gerava vérmina. Os seus pensamentos eram piolhos nascidos do suor da preguiça.

Imediatamente voltou ao longo da colunata para o grupo dos estudantes. Afinal, deixá-la ir. Que se danasse! Que amasse qualquer atleta limpo, desses que se lavam todas as manhãs até a cintura, e que têm cabelos pretos no peito. Deixá-la.

Cranly tinha tirado um outro figo seco da reserva do seu bolso e o estava comendo devagar e com ruído. Temple estava sentado no frontão dum pilar, muito recostado, com o gorro puxado bem baixo por sobre os olhos sonolentos. Um rapazola arqueado veio pelo pórtico, com uma pasta de couro debaixo do braço em flexão. Encaminhava-se para o grupo, ferindo as lajes com os tacões das botinas e com a biqueira do seu pesado guarda-chuva. Depois, erguendo este último, em saudação, disse para todos:

— Muito boa tarde, senhores.

Fez soar outra vez as lajes e começou a fazer tiques, a cabeça a tremer com um discreto movimento nervoso. O estudante magricela com cara de tísico, mais Dixon e O'Keefe estavam falando em irlandês e não responderam. Ele voltou-se, então, para Cranly, e disse:

— Muito boa tarde, particularmente para você.

Mexeu com o guarda-chuva, como indicação, e atrapalhou-se com o tique, outra vez. Cranly, que ainda estava mastigando o seu figo, respondeu com movimentos ruidosos de suas mandíbulas:

— Vai bem? Ah! Sim. Está uma bonita tarde.

O estudante arqueado encarou-o com seriedade e sacudiu o guarda-chuva significando amabilidade e desaprovação.

— Estou a ver — disse — que você está a me fazer observações óbvias.

— Uhm! — respondeu Cranly, segurando fora da boca o que restava do figo já meio mastigado e o estendendo na direção da boca do estudante arqueado, como sinal de que podia comê-lo.

O estudante arqueado não o comeu, mas, condescendendo com um humor especial, disse com certa gravidade, ainda com tique, e marcando a frase com o guarda-chuva:

— Quer você dizer que...

Parou de falar, apontou bruscamente para a polpa devorada do figo e disse, quase vociferando:

— Estou aludindo a isso aí.

— Uhm! — disse Cranly, como antes.

— Quer você dizer que... — disse o estudante arqueado — como *ipso facto* ou, digamos assim, a bem dizer?

Dixon voltou-se lá do seu grupo, dizendo:

— Goggins estava à tua espera, Glynn. — Foi dar uma espiada no Adelphi para procurar Moynihan e tu. Que é que tens aí? — perguntou, batendo na pasta que estava debaixo do braço de Glynn.

— Papéis de exames — respondeu Glynn. — Entrego-lhes mensalmente exames a ver se estão aproveitando sob a minha jurisdição.

Bateu também ele na pasta, tossindo e sorrindo, cortesmente.

— Jurisdição? — disse rudemente Cranly. — Estará você, como me parece, se referindo às crianças descalças que estão sendo ensinadas por um estuporado macaco sanguinário como você? Que Deus tenha dó delas!

Mordeu e engoliu o resto do figo e atirou fora a polpa.

— Eu, me apraz que as criancinhas venham a mim — disse Glynn, amistosamente.

— Seu macaco estuporado! — repetiu Cranly com ênfase. — E ainda por cima um estupor dum macaco blasfemador!

Temple ergueu-se e, empurrando para um lado Cranly, se dirigiu a Glynn:

— Essa frase que você disse agora é do Novo Testamento, isso de "apraz-me que as criancinhas venham a mim".

— Senta-te e dorme outra vez, Temple — suplicou O'Keefe.

— Ora, muito bem, mas então — continuou Temple dirigindo-se ainda a Glynn — se aprazia a Jesus que as crianças fossem ter a Ele, por que é que a Igreja as manda todas para o inferno caso morram sem batismo? Por que é isso?

— E tu, sim, tu, Temple, foste batizado? — perguntou o estudante que parecia tísico.

— Mas por que são elas mandadas para o inferno, se Jesus disse que deviam todas elas virem a Ele? — disse Temple, investigando com os olhos de Glynn.

Glynn tossiu e disse cortesmente, prendendo o mais que pôde o tique nervoso e agitando o guarda-chuva a cada palavra:

— E, conforme bem notou você, se assim é, eu pergunto enfaticamente, como será então conosco?

— É porque a Igreja é cruel como todos os velhos pecadores — disse Temple.

— És tu tão ortodoxo assim sobre esse ponto, Temple? — perguntou Dixon, maneirosamente.

— Santo Agostinho diz, a respeito de crianças não batizadas, que vão para o inferno — respondeu Temple — porque também ele foi um cruel e velho pecador.

— Perante ti, eu me inclino — disse Dixon —, mas tenho a impressão de que o limbo existia para tais casos.

— Não te ponhas a argumentar com ele, Dixon — disse Cranly com um modo bruto. — Não fales com ele nem lhe prestes atenção. Conduze-o à casa da mesma maneira por que conduzirias um bode goelando.

— O limbo! Ahn! — exclamou Temple. — Não passa duma invenção bonita, também ele. Como o inferno.

— Mas, como tudo que é desagradável, deixado do lado de fora — disse Dixon.

Voltou-se, rindo, para os outros e disse:

— Está me parecendo que estou sendo eco das opiniões de todos os presentes aqui, chegando ao que cheguei.

— Lá isso estás — confirmou Glynn, com tom firme. — Sobre esse ponto a Irlanda está unida.

Bateu com a biqueira do guarda-chuva sobre os lajedos da colunata.

— Inferno. Ahn! — disse Temple. — Posso respeitar essa invenção quanto à esposa de Satanás. O inferno é romano; tão romano como os paredões dos romanos, feios e fortes. Mas o limbo, que é?

— Cranly, joga esse sujeito no perambulatório — interveio O'Keefe.

Cranly avançou um passo, imediatamente, para onde estava Temple, parou, bateu com o pé no chão, berrando como se se dirigisse a um galináceo:

— Puxa daqui pra fora!

Temple fugiu velozmente. E, de lá donde o provocava, dizia:

— Sabes o que é o limbo? Sabes que nome damos a uma definição dessa categoria em Roscommon?

— Já daqui pra fora! — gritou Cranly, batendo as mãos.

— Nem minha bunda nem meu cotovelo! — gritou Temple, com ar de escárnio. — Ora aí está o que é que eu chamo o limbo.

— ... me dá aí essa vara — disse Cranly.

Arrancou impetuosamente a bengala de freixo da mão de Stephen e desceu os degraus aos pinotes. Temple, porém, vendo-o e ouvindo-o vir em sua perseguição, saiu correndo pela escuridão como um selvagem, veloz e desabalado. As pesadas botinas de Cranly faziam um barulhão atravessando o quadrângulo com estrépito; e logo depois, ao voltar pesadamente, achatava e dava pontapés no macadame a cada passo.

O seu andar era de zangado; e com um gesto de ódio jogou a bengala na mão de Stephen. Este, porém, sentiu que o ódio dele tinha uma outra causa; fingindo, então, acomodar as coisas, tocou-lhe o braço, de leve, e disse com solicitude:

— Cranly, já te disse que precisava falar contigo. Escuta!

Cranly encarou-o por uns poucos momentos e perguntou:

— Agora?

— Sim, já — disse Stephen. — E o que tenho a dizer não posso falar aqui; vem comigo.

Atravessaram o retângulo juntos e calados. O apelo de pássaro de *Siegfried* assobiado docemente seguiu-os pelos graus do pórtico.

Cranly voltou-se e então Dixon, que era quem estava assobiando, os chamou:

— Para onde vão indo os colegas? Que tal acharias tu jogarmos aquela partida, Cranly?

Puseram-se a parlamentar, em voz alta, por entre o ar silencioso, sobre uma partida de bilhar a ser disputada no Hotel Adelphi. Stephen continuou a caminhar sozinho, pela sossegada Kildare Street, e defronte do Hotel Maple ficou parado, à espera, pacientemente, mais uma vez. O nome do hotel na tabuleta de madeira envernizada e a sua fachada desbotada chocaram-no como um olhar de polido desdém. Ficou a olhar para o salão aceso do hotel onde, imaginava, as vidas bem-tratadas dos patrícios da Irlanda tinham calma acomodação. Pensavam eles em comissões no exército e em serem agentes de terras; camponeses saudavam-nos ao longo das estradas, no campo; estavam a par dos nomes de certos pratos franceses; davam ordens aos carreiros com vozes provincianas, estrídulas, que vibravam através de seus timbres tensos.

Como poderia ele desancar suas consciências ou arremessar a sua sombra sobre a imaginação das filhas deles, antes que os morgados as pedissem, para que elas pudessem procriar uma raça menos ignóbil do que suas próprias raças? E sob a escuridão cada vez mais profunda, sentia os pensamentos e os desejos da raça a que pertencia esvoaçarem como morcegos através dos caminhos do campo, por debaixo das árvores, nas margens das torrentes e rente aos pântanos coalhados de poças. Certa mulher ficara esperando, à porta, aquela vez em que Davin passara pela estrada, à noite e, ao lhe oferecer um canecão de leite, fizera tudo para o arrastar para o seu leito; e isso porque Davin tinha os olhos suaves de alguém que sabia guardar um segredo. A ele, porém, mulher alguma requestara.

Nisto o seu braço foi agarrado com força e a voz de Cranly dizia:

— Vamo-nos embora.

Foram por ali abaixo, em silêncio. Só depois foi que Cranly falou:

— Aquele idiota do Temple, sempre cheio de si! Juro por Moisés, escuta bem, que hei de ser a morte desse indivíduo, algum dia.

Mas a sua voz já não estava mais zangada e Stephen ficou sem saber se ele estaria pensando no cumprimento dela ao passar sob o pórtico.

Quebraram à esquerda e continuaram andando, como antes. Depois de irem já algum tempo assim, Stephen disse:

— Cranly, esta tarde tive uma briga desagradável.

— Com a tua gente?

— Com minha mãe.

— Sobre religião?

— Sim — respondeu Stephen.

— Que idade tem tua mãe?

— Não é velha, não. Anda a querer que eu cumpra o meu dever na Páscoa.

— E tu, que vais fazer?

— Não quero fazer Páscoa nenhuma — respondeu Stephen.

— Por que não? — indagou Cranly.

— Não servirei — foi a resposta de Stephen.

— Tal declaração já foi feita antes — disse Cranly, com certa calma.

— E torna a ser feita agora — disse Stephen, vivamente. Cranly apertou o braço de Stephen, dizendo:

— Devagar com isso, meu caro senhor. Tu és sabes o quê? Um estuporado dum homem excitável.

Deu um riso nervoso ao falar e, olhando para o rosto de Stephen, com olhos cheios de afeto e vivacidade, disse:

— Sabes que é um homem excitável?

— Concordo que sou — disse Stephen, também com um sorriso.

Seus espíritos, ultimamente distanciados, pareciam, de repente, agora, terem se atraído mais intimamente um ao outro.

— Acreditas ou não acreditas na eucaristia? — perguntou Cranly.

— Não — respondeu Stephen.

— Tu então não acreditas!?

— Nem acredito nem deixo de acreditar — respondeu Stephen.

— Muitas pessoas há que têm dúvidas; e até mesmo pessoas religiosas, por mais que se dominem e afastem tais dúvidas — observou Cranly. — As tuas dúvidas sobre este ponto são, deveras, fortes?

— As minhas dúvidas, não as quero dominar — disse Stephen.

Cranly ficou embaraçado durante um momento, tirou outro figo do bolso, e ia comê-lo quando Stephen disse:

— Não comas. Como hás tu de discutir essa questão com a boca cheia de figo mastigado?

Cranly examinou o figo à luz da lâmpada sob a qual estava agora parado. Depois o cheirou com ambas as narinas, deu uma pequenina dentada nele, cuspiu o pedaço e atirou estabanadamente o figo na sarjeta. E se dirigindo ao figo, lá onde o figo jazia, disse:

— Pra longe de mim tu, ó maldito! Vá para o fogo eterno!

E segurando Stephen pelos braços, continuou a andar, dizendo:

— E não tens medo de que essas palavras te possam ser ditas no dia do julgamento?

— E que me é oferecido, na outra mão? — perguntou Stephen. — Toda uma eternidade de felicidade na companhia do deão dos estudos?

— Lembra-te de que ele será glorificado — disse Cranly.

— Ahn! — disse Stephen um tanto amargamente, com uma expressão larga, desenvolta, impassível e, acima de tudo, sutil.

— É uma coisa extraordinária, curiosa, digo-te eu — observou Cranly sem a menor paixão —, como o teu espírito está supersaturado com essa religião em que dizes não acreditar. Acreditavas nela, quando estavas no colégio? Aposto que acreditavas.

— Acreditava, sim — respondeu Stephen.

— E não era mais feliz naquele tempo? — perguntou Cranly, com suavidade. — Bem mais feliz do que és agora, por exemplo?

— Muitas vezes era feliz; muitas outras vezes, infeliz. Mas, naquele tempo, eu era bem outro — explicou Stephen.

— Outra pessoa, como? Que queres dizer com essa declaração?

— Quero dizer que eu não era como sou hoje, como o que vim a ser — disse Stephen.

— Não eras o que és hoje, o que vieste a ser — repetiu Cranly. — Posso te fazer uma pergunta? Amas tua mãe?

Stephen sacudiu a cabeça vagarosamente.

— Não compreendo o sentido das tuas palavras — disse com simplicidade.

— Nunca amaste ninguém? — perguntou Cranly.

— Referes-te a mulheres?

— Não é disso que estou falando — disse Cranly num tom mais frio. — Estou perguntando se nunca sentiste amor por alguém ou por qualquer coisa!

Stephen ia caminhando, ao lado do amigo, com os olhos sinistramente fixos na calçada.

— Experimentei amar a Deus — disse, por fim. — Parece-me, agora, que não consegui. É muito difícil. Tentei ligar a minha vontade com a vontade de Deus, instante após instante. E isso, lá uma vez por outra, consegui. Ainda agora talvez o consiga...

Cranly interrompeu-o com uma pergunta:

— Tua mãe teve uma vida feliz?

— Como hei eu de saber? — disse Stephen.

— Teve muitos filhos?

— Nove, ou dez — respondeu Stephen. — Alguns morreram.

— Teu pai era... — Cranly se interrompeu por alguns instantes e depois disse: — Não quero fazer pesquisas nos negócios da tua família. Mas era teu pai o que se chama uma pessoa em boa situação? Refiro-me a quando vocês já eram crescidos.

— Era — asseverou Stephen.

— Que é que ele era? — indagou Cranly, após uma pausa.

Stephen começou a enumerar fluentemente os atributos paternos.

— Foi estudante de medicina, remador, tenor, fez teatro amador, político exaltado, pequeno fundiário, pequeno investidor, bebedor, um bom sujeito, contador de casos, secretário não sei de quem, meteu-se uns tempos em destilarias, foi coletor de impostos, faliu e atualmente vive a elogiar o seu próprio passado.

Cranly riu; e rindo apertava cada vez mais o braço de Stephen, até que comentou:

— Isso de destilaria rende como o diabo!

— Estás satisfeito, ou queres saber mais alguma coisa? — perguntou Stephen.

— E como está a tua gente, atualmente? Em boas condições?

— Eu dou a impressão disso? — perguntou desabridamente Stephen.

— Assim, pois — prosseguiu Cranly, gracejando —, nasceste no regaço do luxo.

Empregou tal frase com certa negligência, segundo fazia muitas vezes ao usar expressões técnicas, como se desejasse que o ouvinte compreendesse que ele as usava sem convicção.

— Tua mãe deve ter passado por uma porção de desgostos — disse, a seguir. — Não terias tu tentado poupá-la de sofrer mais, caso... ou não te incomodaste?

— Caso pudesse — disse Stephen —, isso me custaria bem pouco.

— Faze então lá isso — aconselhou Cranly. — Faze o que ela tanto quer que tu faças. Que é que te custa? Não acreditas, mas é sempre uma forma, nada mais do que uma forma de pores o espírito dela em sossego.

Calou-se e, como Stephen não desse resposta, prolongou esse seu silêncio. Depois do que, como a dar expressão ao próprio raciocínio, acrescentou:

— Muita e muita coisa, ou melhor, tudo é incerto neste mundo que não passa dum monte fedido de estrume, menos o amor de uma mãe. Tua mãe foi quem te pôs no mundo, trazendo-te, primeiro, no seu corpo. Que sabemos nós a respeito do que ela sente? Mas, seja lá o que for o que ela sinta, isso, no mínimo, deve ser real. Deve ser. Quais são as tuas ideias ou ambições? Sejamos francos. Ideias! Ora! Pois se até esse sanguinário bode a balir, que é Temple, tem ideias! Se ideias tem MacCann, também ele! Qualquer jumento que vai pelas estradas acha que tem ideias.

Stephen, que estava prestando atenção à conversa inaudita que havia atrás daquelas palavras, disse com arrogante desenvoltura:

— Pascal, se é que me lembro direito, não podia admitir que sua mãe o beijasse, como se temesse o contato do sexo dela.

— Pascal era um porco — disse Cranly.

— Luís Gonzaga, creio eu, era assim também — disse Stephen.

— Também esse foi um porco — disse Cranly.

— Um santo! É como a Igreja o qualifica — objetou Stephen.

— Estou me lixando completamente com o que e como o qualificam — disse Cranly grosseiramente, dum modo categórico. — Eu cá o qualifico de porco.

Stephen, preparando as palavras bem direito no seu espírito, continuou:

— Jesus, também, parece haver tratado sua mãe em público com escassa delicadeza, mas Juarez, teólogo jesuíta e fidalgo espanhol, desculpou-o por isso.

— Já alguma vez te ocorreu a ideia — perguntou Cranly — de que Jesus não fosse o que pretendia ser?

— A primeira pessoa a quem essa ideia ocorreu — respondeu Stephen — foi o próprio Jesus.

— Quero dizer — explicou Cranly —, solidificando a sua conversa —, já te teria ocorrido a ideia de que ele próprio não passasse dum consciente hipócrita, que fosse ele próprio aquilo de que chamava os judeus do seu tempo: sepulcros caiados? Ou, para tornar isso mais categórico, que ele fosse um farsante?

— Tal ideia jamais me ocorreu — retrucou Stephen. — Mas estou curioso em saber o que é que estás tentando fazer: se um convertido, de mim, ou se um pervertido, de ti.

Voltou-se para a cara do amigo e viu que nela havia um sorriso cru, sorriso esse que alguma força tentava tornar finalmente significativo.

Cranly perguntou de repente, com um tom sensível de espontaneidade:

— Dize-me a verdade. Não ficaste completamente chocado com o que eu estive dizendo?

— Um tanto — confirmou Stephen.

— Mas chocado por quê — insistiu Cranly, com o mesmo tom —, se estás certo de que a nossa religião é falsa e que Jesus não é filho de Deus?

— Eu não estou absolutamente certo disso — disse Stephen. — É mais provável que ele seja um filho de Deus do que um filho de Maria.

— E é por isso que não queres comungar? — perguntou Cranly. — Por não estares bastante certo disso, porque achas que a hóstia, também, possa ser o corpo e o sangue do filho de Deus e não uma partícula de pão? E por que temes, justamente, que isso possa ser?

— É por isso, sim — confirmou Stephen moderadamente. — Sinto isso! E também receio isso.

— Percebo — disse Cranly.

Stephen, impressionado com o seu tom de reserva, reabriu imediatamente a questão declarando:

— Tenho medo duma porção de coisas: de cachorros, de cavalos, de armas de fogo, do mar, de trovoadas, de maquinismos, de estradas, à noite, no campo.

— Mas por que tens medo dum pedaço de pão?

— Imagino — disse Stephen — que haja uma realidade malévola por detrás dessas coisas de que te estou dizendo que tenho medo.

— Tens, então, medo — perguntou Cranly — que o Deus dos católicos romanos te fira de morte e te condene caso faças uma comunhão sacrílega?

— O Deus dos católicos romanos que pode fazer isso mesmo agora — disse Stephen. — Tenho medo, mais do que disso, da ação química que se produziria em minha alma com a falsa homenagem a um símbolo detrás do qual estão amontoados vinte séculos de autoridade e de veneração.

— Serias capaz — perguntou Cranly — de, em perigo extremo, cometer esse sacrilégio particular? Por exemplo, se vivesses nos tempos de punição?

— Pelo passado, não posso eu responder — retrucou Stephen. — Provavelmente, não seria capaz.

— Então — indagou Cranly —, não tens a intenção de te tornares um protestante?

— O que eu disse foi que havia perdido a fé e não que havia perdido o respeito por mim mesmo — respondeu Stephen. — Que raio de espécie de libertação seria essa, abandonar um absurdo que é lógico e coerente para abraçar um outro que é ilógico e incoerente?

Tinha caminhado na direção do bairro marítimo de Pembroke e, agora, como fossem seguindo vagarosamente ao longo das avenidas, as árvores e as luzes esparsas pelas vilas acalmavam os seus espíritos. O ar sadio e repousante, difundido em torno deles, parecia confortar a necessidade de ambos. Atrás duma sebe de loureiros, uma luz alumiava por dentro a janela duma cozinha; e uma voz de empregada se ouvia, cantando enquanto afiava as facas. Ela estava cantando, em cadências curtas e desafinadas, "Rosie O'Grady".

Parando, para ouvir, Cranly disse:

— *Mulier cantat.*

A suave beleza das palavras latinas tocou, como um gesto encantador, a escuridão da noite; algo mais leve e mais persuasivo do que um contato da música ou de braço de mulher. A contenda dos seus espíritos ficou acalmada. A figura de mulher, tal como aparece na liturgia da Igreja, passou silenciosamente por entre a escuridão: uma figura vestida de branco, pequena e esguia como um menino, com uma cinta cujas fitas pendiam. A sua voz, frágil mas de timbre alto, como a dum menino, era ouvida, entoando lá dum distante coro as primeiras palavras duma mulher, rompendo a obscuridade e o clamor do primeiro cântico da Paixão:

— *Et tu cum Jesu Galilaeo eras.*

E aquela sua voz tocava e fazia voltar-se para ela todos os corações: e a voz brilhava como uma estrela jovem, brilhando mais clara à medida que a voz entoava o proparoxítono e brilhando mais fraca à medida que a cadência morria.

O cântico parou. E eles prosseguiram, um ao lado do outro, Cranly repetindo num ritmo fortemente tenso o fim do refrão:

E quando nós nos casarmos
Que bom! Nem quero pensar!
Pois eu amo Rosie O'Grady
Que se farta de me amar.

— Ora aí está uma verdadeira poesia para ti — disse ele. — Aí está um verdadeiro amor.

Olhou de esguelha para Stephen, com um sorriso estranho, dizendo:

— Consideras isso poesia? Ou percebes apenas o que as palavras significam?

— Quero, antes, ver Rosie — disse Stephen.

— É fácil encontrá-la — disse Cranly.

O chapéu lhe tinha descido sobre a testa. Empurrou-o para trás; e na sombra das árvores Stephen viu o seu rosto pálido, contornado pela escuridão, e aqueles seus grandes olhos negros. De fato. A sua face era bela; e o seu corpo era forte e sólido. Ele tinha falado sobre o amor de uma mãe. Ele, pois, sentia os sofrimentos das mulheres, a fraqueza de seus corpos e de suas almas; e as protegeria com um braço forte e resoluto inclinando o seu espírito para elas.

Para fora, pois; era tempo de ir. Uma voz falou suavemente ao coração solitário de Stephen, instigando-o a ir e lhe dizendo que a sua amizade ia seguindo para um fim. De fato; devia ir-se. Não podia competir com outro. Conhecia a sua parte.

— Provavelmente irei embora — disse.

— Para onde? — perguntou Cranly.

— Para onde puder — disse Stephen.

— Ah! Sim — observou Cranly. — Ser-te-ia difícil viver aqui, agora. Mas é isso que te obriga a ir?

— Tenho que ir — respondeu Stephen.

— Pois não precisas de exílio — continuou Cranly. — Não te há de ser difícil manobrar a tua vida, caso não queiras te ir como um herege ou como um proscrito. Há muitos bons crentes que pensam como tu. Surpreender-te-ias com isso? A Igreja não é essa construção de pedra nem é tampouco o seu clero nem os seus dogmas. Ela é toda a massa dos que nascem dentro dela. Não sei o que fazer na vida. Será o que me disseste aquela noite quando estávamos do lado de fora da estação de Harcourt Street?

— É — disse Stephen, sorrindo, a despeito de si mesmo, ante o modo de Cranly se recordar das coisas; os seus pensamentos sempre em conexão com os lugares. — Aquela noite em que perdeste hora e meia altercando com Deherty a respeito do caminho mais curto de Sallygap a Larras.

— Aquele cabeça de panela! — disse Cranly com um calmo desprezo. — Que sabe ele quanto ao caminho de Sallygap até Larras? Pois se ele não sabe nada, por que se meteu nesse assunto? E que grande cabeça de jarro transbordando que aquele estupor é!

E soltou uma comprida gargalhada, bem alto.

— Bem? — disse Stephen. — E te recordas do resto?

— Referes-te ao que disseste então? — perguntou Cranly. — Ora se me lembro! Descobrir o modo de vida ou de arte lá onde o teu espírito pudesse exprimir-se com liberdade, sem grilhões.

Stephen tirou o chapéu, num alívio de reconhecimento.

— Liberdade! — repetiu Cranly. — No entanto ainda não és livre bastante para cometeres um sacrilégio. Dize-me uma coisa: serias capaz de roubar?

— Antes tentaria pedir esmola — respondeu Stephen.

— E caso não arranjasses nada, roubarias?

— Estás mas é me querendo dizer — respondeu Stephen — que os direitos de propriedade são provisórios e que, em certas circunstâncias, não é ilícito roubar. Qualquer um se apoiaria nessa crença. Portanto, não te respondo a isso. Dirige-te ao teólogo jesuíta Juan Maria de

Talavera, que também explicará para ti em que circunstâncias podes licitamente matar o teu rei e, caso aches melhor, estender-lhe o seu veneno num pedaço de carne, ou esfregá-lo, com idêntico fim, sobre a sua roupa ou sobre o arco da sua sela. Seria preferível me perguntares se eu consentiria que os outros me roubassem ou, se tal me fizessem, se eu chamaria sobre eles o que, creio eu, se chama a punição do braço secular.

— Fá-lo-ias?

— Acho — confessou Stephen — que fazer isso me amofinaria tanto quanto ser roubado.

— Percebo — disse Cranly.

E preparando o fósforo, começou a limpar os vãos dos dentes. E disse, descuidadamente, em seguida:

— Dize-me, por exemplo, serias capaz de deflorar uma virgem?

— Permites-me uma observação? — disse Stephen, com muita polidez. — Não é essa a ambição de muitos jovens?

— Qual é, então, o teu ponto de vista? — perguntou Cranly.

A sua última frase, nauseante, cheirando exacerbadamente como fumaça de carvão vegetal, excitou o cérebro de Stephen, sobre o qual seus vapores começaram a se aglomerar.

— Olha aqui, Cranly — disse ele. — Tu me perguntaste o que eu faria e o que eu não faria. Vou te dizer o que farei e o que não farei. Não servirei aquilo em que não acredito mais, chame-se isso o meu lar, a minha pátria, ou a minha igreja: e vou tentar exprimir-me por algum modo de vida ou de arte tão livremente quanto possa, e de modo tão completo quanto possa, empregando para a minha defesa apenas as armas que eu me permito usar: silêncio, exílio e sutileza.

Cranly tomou-lhe o braço e o aproou para darem a volta rumo a Lesson Park. Ria quase dissimuladamente, e apertava o braço de Stephen com a afeição dum irmão mais velho.

— Sutileza! Deveras? — disse ele. — Mas és tu mesmo? Ah! Tu, meu pobre poeta!

— E me obrigaste a me confessar a ti — disse Stephen, emocionado por esse aperto —, como já te confessei tantas outras coisas, não foi mesmo?

— Isso mesmo, minha criança — disse Cranly, ainda alegremente.

— Fizeste que eu confessasse os pavores que tenho. Mas vou te dizer também o que não me apavora. Não tenho medo de estar sozinho, de ser desdenhado por quem quer que seja, nem de deixar seja lá o que for que eu tenha que deixar. E não tenho medo, tampouco, de cometer um erro, um erro que dure toda a vida e talvez tanto quanto a própria eternidade mesma.

Cranly, grave desta vez, como ainda havia pouco, diminuiu o passo e disse:

— Sozinho! Completamente sozinho. Não receias nem sequer isso. E sabes o que tal palavra significa? Não apenas estar separado de todos os outros, mas não ter nem mesmo um amigo.

— Correrei esse risco — disse Stephen.

— E não ter uma pessoa, sequer — disse Cranly —, que possa ser mais do que um amigo, mais mesmo do que o mais nobre e mais sincero amigo que um homem jamais tivesse.

Tais palavras pareceram haver ferido alguma corda profunda do âmago da sua própria natureza. Teria ele falado de si próprio, de si mesmo tal como era, ou como desejava ser? Imerso em silêncio, Stephen examinou o rosto dele, durante alguns momentos. Havia por sobre aquele rosto uma tristeza fria. Sim, tinha falado de si mesmo, da sua própria solidão que, no entanto, o apavorava.

— De quem estás tu falando, amigo? — perguntou-lhe, por fim, Stephen.

Mas Cranly não respondeu.

Março, 20. Longa conversa com Cranly, a propósito da minha revolta. Ele, empregando a sua grande habilidade. Eu, flexível e suave. Pôs-se a atacar-me, empregando a carga do amor materno. Tentei imaginar como seria a mãe dele. Não houve meios. Já uma vez me dissera, ele, num momento de despreocupação, que, quando nasceu, seu pai já tinha sessenta e um anos. Posso imaginá-lo. Um tipo forte, de granja. Roupa cor de pimenta e sal. Pés chatos. Hirsuta barba grisalha. Provavelmente assiste a partidas de caça à lebre. Paga as suas dívidas regularmente, mas não suficientemente ao Pe. Dwyer de Larras. Conversa, às vezes, com moças, ao cair da noite. Mas e sua mãe? Muito nova ou velha demais? A primeira hipótese, mais difícil. Se tal fosse, Cranly não falaria como falou. Velha, portanto. Provavelmente, e descuidada. Donde o desespero da alma de Cranly: o filho de flancos exaustos!

Março, 21, pela manhã. Pensei isto, na cama, esta noite passada, mas com muita preguiça e largado demais, para o acrescentar. Largado, sim.

Mas e os flancos exaustos de Isabele de Zacarias? Logo ele, Cranly, é o precursor. Detalhe: mas este come principalmente toucinho gordo e figos secos. Gafanhotos vermelhos e mel selvagem. Também, quando penso nele, sempre vejo uma grave cabeça destacada, ou uma máscara de morto como que desenhada sobre o pano cinzento duma verônica. Decapitação, é como chamam a isso. Atrapalha-me são João no trânsito do portão latino. Que vejo? Um precursor degolado tentando arrombar uma fechadura.

Março, 21, de noite. Livre. A alma livre e a imaginação livre. Que o morto enterre o morto. Ai de mim! E que o morto case com a morta.

Março, 22. Na companhia de Lynch, acompanhei uma enfermeira grandalhona do hospital. Ideia de Lynch. Não gostei. Dois magros cães esfomeados seguindo atrás duma vitela.

Março, 23. Não a vi mais desde aquela noite. Adoentada? Sentada perto do fogo, talvez, com o xale da mamãe nos ombros? Mas não frenética. Uma boa tigela de mingau. Não queres agora?

Março, 24. Comecei uma discussão com minha mãe. Causa: B.V M. Tolhido por meu sexo e mocidade. Para escapar reatei relações entre Jesus e o papa, contra as existentes entre Maria e seu filho. Disse que a religião não era um hospital de depósito. Mamãe indulgente. Disse que tenho um espírito extravagante e que li demais. Não é verdade. Tenho lido pouco e compreendido ainda menos. Ela então disse que eu devia mas era voltar à crença, visto como o meu espírito não tinha paz. Isso significaria haver abandonado a Igreja pela porta dos fundos do pecado e reentrar através da luz celestial do arrependimento. Não posso arrepender-me. Disse-lhe isso e lhe pedi seis *pence*. Só arranjei três.

Depois fui ao colégio. Outra disputa com outro cabecinha de olhos espertalhões, Ghezzi. Desta vez a propósito de Bruno, o Nolan. Começou em italiano e terminou em jargão inglês. Disse que Bruno foi um terrível herege. Respondi que fora horrorosamente queimado. Concordou com isso, com certa mágoa. Depois me deu uma receita para o que chama de *risolto alla bergamasca.* Quando ele pronuncia o *o* breve estica e arredonda os lábios muito carnudos como se beijasse a vogal. Possível? Poderia ele arrepender-se? Sim, pôde, e chora duas lágrimas grossas, uma de cada olho.

Ao atravessar diante da casa de Stephen, isto é, o meu Green, me lembrei que os seus concidadãos e não os meus tinham inventado o que Cranly, na outra noite, chamou a nossa religião. Um quarteto deles, soldados do 97º Regimento de Infantaria, estava sentado ao pé da cruz e sacudia os dedos, para ganhar a túnica do crucificado.

Entrei na biblioteca. Tentei ler três revistas. Para quê? Ela ainda não saiu. Estarei eu alarmado? Por causa de quê? Que ela não torne a sair nunca mais.

Blake escreveu:

Pergunto se William Bond morrerá,
Pois, decididamente, está bem mal.

Ai de mim, pobre William!

Estive, uma vez, num diorama na Rotunda. Lá no fim, havia retratos de grandes figurões. Entre eles o de William Ewart Gladstone, que acabara de morrer. A orquestra tocava "Oh! Willie, que saudades que temos de ti!"

Uma corrida de cães saltadores!

Março, 25. Uma noite agitada, com sonhos. Quis tirá-los de cima do meu peito. Uma galeria enorme, fazendo curvas. Do chão sobem pilares de negro vapor. Toda ela povoada de imagens de reis fabulosos, em pedra. Com as mãos espalmadas sobre os joelhos, em atitude de cansaço; e com os olhos escurecidos pelos erros dos homens que subiam diante deles, continuadamente, como negros vapores.

Estranhas figuras avançavam, como que vindas duma adega, ou caverna. Não têm proporções de homens. Uma não parece vir muito separada de outra. Suas faces são fosforescentes, com listras mais negras. Espiam para mim e seus olhos parecem perguntar-me qualquer coisa. Não falam.

Março, 30. Esta tarde, Cranly esteve no pórtico da biblioteca, propondo um problema a Dixon e ao irmão dela. Certa mãe deixou o filho cair no Nilo. A criança a gritar que queria a mãe. Um crocodilo pegou a criança. A mãe pediu que a devolvesse. O crocodilo disse concordar, uma vez que ela lhe dissesse o que pretendia ele fazer com a criança, comê-la ou não.

Tal mentalidade, diria Lepidus, é com efeito produzida pela tua lama sob a função do teu sol.

E a minha? Não o é também? Então, para dentro da lama do Nilo com ela!

Abril, 1. Em tudo isso, não concordo com a última frase.

Abril, 2. Via-a bebendo chá e comendo bolo no Johnston's Mooney and O'Brien's. Ou, melhor, os olhos de lince, de Lynch, a viram quando passávamos. Contou-me ele que Cranly estava lá, convidado pelo irmão dela. Teria ele trazido o seu crocodilo? É ele agora a luz que brilha? Bem, descobri-o. Garanto que o descobri. Brilhando calmamente atrás dum alqueire de trigo de Wicklow.

Abril, 3. Encontrei Davin na loja de cigarros defronte da igreja de Findlater. Estava com um blusão preto e com uma bengala torcida. Perguntou-me se era verdade que eu ia embora e por quê. Da maneira mais curta possível lhe disse que para Tara, *via* Holyhead. Bem nisto, entrou meu pai. Apresentações: meu pai polido e observador. Perguntou a Davin se podia lhe oferecer algum refresco. Davin não podia, tinha que ir a um encontro. Depois que saímos, meu pai me disse que ele tinha uns olhos bons e honestos. Perguntou-me por que eu não entrava para um clube de remo. Respondi-lhe que ia pensar nisso. Contou-me, então, como foi que esbodegara o coração de Pennyfeather. Quer que eu estude Direito. Diz que sou talhado para isso. Mais lama, mais crocodilos.

Abril, 5. Luxuriante primavera. Nuvens correndo. Ó vida! Negra corrente de águas redemoinhantes e lodosas sobre as quais as macieiras arremessam suas delicadas flores. Olhos de moças entre a folhagem. Moças modestas e assustadiças. Todas claras ou castanhas: nenhuma trigueira. Ruborizam-se melhor. *Houp-là!*

Abril, 6. Certamente ela recorda o passado. Lynch garante que todas as mulheres fazem isso. Portanto, ela recorda a sua meninice — e a minha, se é que já fui criança. O passado é consumido no presente e o presente é vivido somente porque traz consigo o futuro. As estátuas das mulheres, se é que Lynch está com a razão, deviam sempre ser vestidas de alto a baixo, a mão da mulher sentindo com mágoa suas próprias partes posteriores.

Abril, 6, mais tarde. Michael Robartes recorda as belezas esquecidas e, quando os seus braços envolvem seu contorno, o que ele está apertando nos seus braços é a beleza que desde muito se esvaiu deste mundo. Isso não. Absolutamente. O que eu quero é apertar em meus braços a beleza que ainda não veio ao mundo.

Abril, 10. Muito de leve, sob a noite espessa, através do silêncio da cidade que voltou dos sonhos para dormir sem sonhos como um amante exausto que nenhuma carícia move, o som duns cascos sobre a estrada. Não tão de leve agora, visto como já se aproximam da ponte; e, num momento, ao passarem eles sob as janelas apagadas, o silêncio é fendido pelo estrépito como por uma flecha. Já agora sois ouvidos bem longe, ó cascos que brilhais através da noite espessa como gemas acelerando para lá dos campos adormecidos, para o fim de não sei qual viagem — qual coração? —, carregando quais alvíssaras?

Abril, 11. Leio o que escrevi a noite passada. Vagas palavras para uma vaga emoção. Apreciaria ela isso? Acho que não. Do contrário, também eu teria gostado.

Abril, 13. Aquele gargalo tem estado no meu espírito por muito tempo. Ponho-me a considerar e o acho bom vernáculo e até mesmo vernáculo já bem desgastado. Raios partam o deão dos estudos mais o seu funil. Para que veio ele para cá; para nos ensinar a sua língua ou para aprendê-la de nós? Duma maneira ou outra, raios o partam!

Abril, 14. John Alphonsus Mulrennan acaba de regressar do ocidente irlandês. Gosta de números de jornais europeus e asiáticos. Contou-nos que encontrou lá, numa cabana da montanha, um ancião. O ancião tinha olhos vermelhos e um cachimbo curto. Esse ancião falava irlandês. Mulrennan falava irlandês. Depois o ancião e Mulrennan puseram-se a falar inglês. Falou-lhe Mulrennan a respeito do universo e das estrelas. O ancião, sentado, escutava, fumava, cuspia. Até que disse:

— Ah! Deve haver terríveis criaturas esquisitas nos confins do mundo.

Tenho pavor dele. Pavor dos seus olhos córneos, com pestanas vermelhas. É com ele que levarei lutando durante toda esta noite, até que o dia venha, até que ele caia morto, agarrando-o pela garganta cheia de nervos, até que... Até que, o quê? Até que ele ceda diante de mim? Não. Não pretendo fazer-lhe mal algum.

Abril, 15. Encontrei-a hoje, sem rodeios, na Grafton Street. A multidão foi que nos ajuntou. Paramos ambos. Perguntou-me por que eu não aparecia mais, disse que ouvira uma porção de histórias a meu respeito. Só para ganhar tempo. Perguntou se eu estava escrevendo poemas. Sobre quem? Perguntei-lhe eu. Isso ainda a pôs mais confusa e fez-me sentir triste e malvado. Virei logo essa válvula de vez e abri o aparelho espiritual-heroico refrigerante, inventado e patenteado em todos os países por Dante Alighieri. Falei rapidamente de mim e dos meus planos. No meio disso desafortunadamente fiz um gesto inesperado duma natureza revolucionária. Devo ter ficado com a cara dum sujeito atirando mãos cheias de ervilhas para o ar. Gente começou a olhar para nós. Apertou-me a mão um momento depois e, ao ir embora, disse que desejava que eu fizesse o que havia dito.

Agora refiro-me a isso amigavelmente, pois não é?

Sim, gostei dela, hoje. Um pouco ou muito? Sei lá! Gostei dela e isso parece um sentimento novo, para mim. Portanto, neste caso, todo o resto, tudo que eu pensava eu pensei, tudo que eu sentia, senti, todo o resto antes de agora, de fato... Oh! Desiste disso, rapaz! Adormece isso!

Abril, 16. Ir-me! Ir-me!

O feitiço de braços e de vozes; os brancos braços das estradas; as suas promessas de íntimos abraços. E os negros braços dos navios imensos erguendo de encontro à lua sua narrativa de distantes nações. Estão erguidos para dizerem: "Estamos sós... Vem." E as vozes dizem com eles: "Somos teus parentes." E o ar é denso com a companhia deles a me chamarem seu parente; prontos já para se irem, sacudindo as velas da sua exultante e terrível mocidade.

Abril, 26. Mamãe está colocando minhas roupas novas (de segunda mão) em ordem. E está rogando agora, diz ela, para que eu possa aprender na minha vida própria, e fora do lar e dos amigos, o que o coração é e o que ele sente. Amém. Assim seja. Sê bem-vinda, ó vida! Eu vou ao encontro, pela milionésima vez, da realidade da experiência, a fim de moldar, na forja da minha alma, a consciência ainda não criada da minha raça.

Abril, 27. Velho pai, velho artífice, mantém-me, agora e sempre, em boa forma.

Dublin, 1904.
Trieste, 1914.

Sobre o autor

James Joyce nasceu em fevereiro de 1882 e passou a infância em sua cidade natal, Dublin, na Irlanda. Aos vinte anos, com o objetivo de estudar medicina, decidiu morar em Paris, e foi nesta cidade que começou a rumar sua carreira para a literatura, escrevendo poemas e buscando desenvolver uma estética própria. Teve seu primeiro livro publicado em Londres, em 1907, intitulado *Música de câmara*, com 36 poemas. Em 1914, publicou o livro de contos *Dublinenses*. Então morador de Trieste, casado com a irlandesa Nora Barnacle e pai de um menino e uma menina, decidiu mudar-se para Zurique após a entrada da Itália na Primeira Guerra Mundial. Neste mesmo ano, deu início aos trabalhos de *Ulisses*, sua obra mais aclamada, e posteriormente publicou o romance *Retrato do artista quando jovem* (1916) e a peça *Exilados* (1918). Em 1939, publicou *Finnegans Wake*, apesar de muito sensibilizado com a doença mental de sua filha. Morou na França ainda não ocupada após o início da Segunda Guerra e retornou a Zurique em 1940, onde faleceu em 13 de janeiro do ano seguinte.

DIREÇÃO GERAL
Antônio Araújo

DIREÇÃO EDITORIAL
Daniele Cajueiro

EDITORA RESPONSÁVEL
Ana Carla Sousa

PRODUÇÃO EDITORIAL
Adriana Torres
André Marinho

REVISÃO
Leonardo Vianna
Eduardo Carneiro

DIAGRAMAÇÃO
Futura

CAPA
Victor Burton

Este livro foi impresso em 2017
para a Nova Fronteira.